醫門獨秀 3 完

煙雨 著

風文創 568

目錄

第五十九章 怪病得治

「玉善妹妹，雖然咱們是朋友，但我想正式拜入妳門下，跟妳學習醫術。」唐素素是知道消息之後，最快跑到千草園找安玉善的人。

「素素姊，妳已經想好了？」古代大家閨秀家裡的規矩都很嚴，想要專心學醫，並不是那麼容易且方便。

「嗯！」唐素素很鄭重地點點頭。「我已經決定要成為真正的女醫，就算一輩子不嫁人，我也要走上這條路。」

很快的，又有人來了，是從峰州回京探親的任太醫。

「玉善，這兩個是我的孫子任新和任然，希望妳能收下他們當學徒。」坐在千草園的客廳裡，任太醫笑呵呵地對安玉善說道。

「任太醫，說實話，您的醫術不錯，想必您的兩個孫子也有學醫的基礎，讓他們在我這家小醫館做學徒，屈才了。」對於任太醫的請求，安玉善有些受寵若驚，畢竟他自己就是一個很不錯的老師。

「不屈才、不屈才！」任太醫揮揮手笑了。「他們能跟著妳認真學習幾年醫術比跟著我強，要不是怕妳嫌棄我老，這學徒我都爭著要來了。說起來妳也教過我，也算是我的先生。」

「任太醫，您太謙虛了，那我也就不客氣了，只要兩位公子不覺得委屈就行。」安玉善笑著答應。

「什麼公子，以後他們就是妳的弟子！我這大孫子任新對針灸比較擅長，小孫子任然很喜歡診治外傷，我多嘴一句，可以讓我這小孫子先跟妳齊傑哥學習學習，妳若覺得還行再教他。」

對於自己的兩個孫子最擅長什麼，任太醫自然比安玉善清楚，而且他覺得她之前有句話說得特別好，那就是「術業有專攻」，做自己喜歡和擅長的事情才更容易成功，學醫亦是如此。

就在安玉善在千草園決定收下唐素素、任新、任然為醫館學徒時，崇國公府內，安老夫人的面前也跪著一個倔強的身影。

「妳已經決定了？」安老夫人的話透著勸阻。「妳可是國公府正經的嫡小姐，將來無論是嫁入豪門大戶做主母，還是成為官家夫人，只要有黎家護著，妳的日子會輕鬆、快樂很多，為何非要走上一條被人指指點點的難路呢？」

「祖母，您這些話悅兒之前也想過百遍千遍，也問過自己，是不是因為一時的新鮮好奇才做此決定？又能不能吃學醫的苦？到時候令家人蒙羞該如何自處？可深思熟慮之後，悅兒想明白了，悅兒是真心想跟著玉善表妹學醫，也許現在我比不上素素姊有熱情，但我會堅持下去。」黎悅今天是鼓足勇氣才來到自家祖母面前，她要走出這大宅門的世界。

「既然妳決心已定，祖母也不再勸妳什麼，我黎家的兒女做出的承諾就一定會兌現。當年若是有妳玉善表妹那樣的神醫出現，或許妳二伯父就不會……」想起已病逝的二兒子，安老夫人長嘆一聲。

「祖母，您別傷心了，我一定會跟著表妹好好學習的。」黎悅堅定地說道。

而同樣對學醫意志力堅定的還有一個人，那就是病情漸漸好轉的趙恆。

悶在王府的這幾天，他總是讓府裡的人給他講一些外頭發生的事情，聽說安玉善不但要開醫館，還要收學徒，他就動心了。

這天晚上，秦老王爺照例來看他，躺在床上的趙恆同樣鼓起了勇氣說道：「爺爺，我想跟著神醫姊姊學醫術，我也要變成像她那樣厲害的大夫。」

「你說什麼？」

秦老王爺覺得自己聽錯了，他「閻羅戰神」的孫子竟然要去當大夫？不是應該學騎射上馬殺敵嗎？

「爺爺，我是認真的！我想當大夫，當一個醫術厲害的大夫。」趙恆一鼓作氣又接著說道：「我知道爺爺您一心想要我帶兵打仗，像您一樣成為戰場上的大將，這樣就能保衛疆土和百姓；可當大夫也能治病救人呀，況且大晉朝的武將已經有很多了，我想選擇當大夫。」

「可是這天下的大夫也有很多，再說當將軍救的人可比當大夫救的人多得多。」秦老王爺可就趙恆一個孫子，自然希望秦王府可以完完全全地交到他的手上，包括那些跟隨他多年的忠心部下。

「可是當將軍也會殺人，殺很多很多的人，我不想殺人，我只想救人。爺爺，您就答應我吧！」小時候趙恆跟著上過戰場，他知道戰場上是什麼樣子，而他永遠也不想回憶那種慘烈的畫面。

孫子的話讓秦老王爺陷入沈默。沒人天生就希望殺人，但是作為守疆拓土的將領，殺人卻是必須經歷的事。

如果是之前，面對孫子的請求，他一定不會答應，可現在他猶豫了。這一次孫子能從鬼門關拉回來，秦老王爺不知道有多慶幸，更對自己說，只要他的孫子能活下來，讓他做什麼都可以，他也不再逼這個孩子。

只是，就連他自己都沒想到，做選擇的那一刻會來得這樣快。

罷了、罷了，只要孫子喜歡，當大夫就當大夫吧！

「好吧，只要你喜歡就好。」終於，秦老王爺點頭了。

「爺爺，您答應了？」趙恆有些不敢相信地看向秦老王爺。以往爺爺總是很堅持自己的原則。

「嗯，答應了，誰教我就只有你這一個孫子呢！」看著孫子臉上真心愉悅的笑容，秦老王爺也放鬆一笑。

就這樣，第二天，安玉善又多收了兩個學徒，一個是崇國公府的五小姐黎悅，另一個是還在養傷階段的秦王府小主子趙恆。

「小妹，瞧瞧妳收的這幾個學徒，不是皇親國戚就是官家小姐，他們這些富貴人家到底是怎麼想的？學醫可不是鬧著玩的。」
安氏醫館內，正在幫忙打掃醫館後院的安玉冉想起趙恆等人就覺得頭疼，醫館學徒似乎不該是這樣收的。
「人各有志，誰說富貴人家的孩子就沒有自己想做的事呢？」安玉善笑著說道：「我覺得他們五個會成為最好的大夫。」
「妳說他們是最好的，他們就一定會成為最好的，二姊相信妳。對了，以後藥鋪和炮製藥材的事情就交給我吧！」安玉冉對藥酒坊沒什麼興趣，她的興趣永遠在大山裡。
「那是當然了，交給別人我也不放心，以後二姊妳就住在千草園，再挑幾個可用的人帶在身邊。」採藥這種事還真的很少有人能比得上安玉冉，安玉善自然放心把這件事情交給她來辦。
「大夫、大夫，快救救我娘子，快救救我娘子！」門外突然湧進了幾個人，一個滿頭大汗的農家漢子焦急地喊道。
「快把病人抬到病床上！」安氏醫館與尋常醫館不同，裡面所有設施都是安玉善根據現代醫院的模式改造而成，還有病房和專門的手術室。
看著被抬上病床的婦人滿頭大汗還大著個肚子，安玉冉試探地問道：「這是不是懷孕要生了？」
「不是、不是，我娘子今年都快四十了，哪還能生孩子！她這是得了怪病，肚子突然大了起來，喝了神仙水也不管用，求神拜佛也不管用，聽說這是神醫開的醫館，我們就趕緊來了！」婦人的丈夫也是急得汗如雨下。

「神仙水？什麼神仙水？」安玉善已經開始替床上的婦人診脈，但也不忘提出心中的疑惑。

「就是從劉神婆那裡求來的神仙水。我娘子一夜之間肚子就大了起來，劉神婆說她得罪了陰鬼，只有喝了神仙水才管用。」那漢子眼睛都急紅了。他本來是不信那劉神婆之言的，可他娘很相信，結果折騰來折騰去，自己娘子的病反而加重了。

「簡直是胡鬧！」對於古人的愚昧無知，安玉善之前也領教過，這也是她為什麼想要在這裡開辦一所醫學院的主要原因。這症狀明明是「腹水」，非要和什麼陰鬼扯上關係，這不是胡鬧又是什麼？

「小妹，這病妳能治嗎？」安玉冉信神靈也信安玉善，因為正是佛堂寄命讓小妹才幾番死裡逃生，所以有些事情還真的說不準，可跟在安玉善身邊久了，又讓人覺得很多事情和神靈沒關係。

「還好是良性的，不算太嚴重，我立即開個方子，二姊妳讓人把藥煎好給病人服下，我先給她施針診治。」安玉善對安玉冉說道。

「好。」安玉冉點點頭。

一聽說安玉善能治這種怪病，跟進來的病人家屬臉上都露出希冀的光芒。

正當安玉善給這名得了腹水之症的婦人診病時，大街上關於得了大肚子怪病的病人進了安氏醫館的議論也多了起來，畢竟新奇事總會讓人變得八卦。

「不會是婦人懷孕了吧？大肚子能是什麼怪病？」街頭巷尾聽到這件新鮮事時，第一個反應就是那婦人懷孕了。

這時有人出來證實怪病和懷孕沒關係。「哪是什麼懷孕，聽說那婦人都四十歲的人了，肚子也是一夜之間就變大的，肯定是沾染了什麼不乾淨的東西，這事找大夫、神醫都不行，得去廟裡找神人才行。」

「我聽說那家人找了個神婆，還喝了神仙水，結果喝完那婦人的肚子更大了，不管用！」

「神婆那都是騙人的，得找得道高僧，像圓空大師那樣的，包管唸幾遍經文就好了。」

「這種怪病找大師行嗎？我聽說那安家的女神醫是得了佛緣的，醫術不是一般的高，秦小王爺頭上插枝箭，她都能把人給救活，說是閻羅王都怕她呢！」

「那女神醫年齡可不大，別是招搖撞騙的吧？」

「哪能呀，她可救活不少人呢！」

不到一個時辰，大街上議論的內容很快又變了，頗有一種新奇事有了更多話題的興奮感。

「哎，你們聽說了嗎？剛才被抬進安氏醫館的那個得了怪病的婦人，被神醫扎了兩針，吃了一副藥，去了幾次茅房，現在已經好了，還能自己走出醫館了！」

「真的假的？有這麼神奇嗎？」

「真的！好多人親眼所見，現在安氏醫館門前圍著好多看熱鬧的人呢！」

「走走走，咱們也去看看！」

季景初和慕容遲走在大街上，耳邊聽得最多的就是有關安氏醫館今日救了得怪病的病人的奇事，百姓們的反應也各有不同。

不過可以想見，安玉善的女神醫之名會以最快的速度在百姓間傳播開來。

「看來安姑娘在京城的名氣是越來越大了，不過那小辣椒怎麼沒跟來呢？」慕容遲略有些遺憾地說道。

「小辣椒？」季景初詫異過後，恍然明白過來，沒想到好友還在惦記安玉善的結拜姊妹。

「聽玉善說，簡兒姑娘留在山下村照顧她的家人。」

聽到季景初這麼親密地稱呼安玉善，慕容遲賊兮兮地笑了。他就說這兩人之間的關係不簡單，如冰山般的好友也有被女人收服的時候，看來方怡郡主的心思白費了。

「我可聽說你爹和你家那位郡主忙著給你選親呢，似乎很中意葛家的姑娘，這事你的玉善還不知道吧？」兩人走進一家酒樓，上了二樓雅間坐下，慕容遲一邊推開窗戶看景，一邊笑著說道。

「他們都很愛多事。」季景初對他親爹的「糊塗」已經不抱任何希望，那個男人雖不至於絕情，但做出來的事卻讓人寒心。

「那你打算怎麼辦？你現在可是上了季家族譜的，雖然大將軍府的田產、地契連程家的一半都比不上，可你爹手裡有你祖父當年留下的鐵衛軍，這可比金銀財寶有用多了，照這樣下去，你爹會傳給你嗎？」慕容遲心裡清楚，季景初之所以回到大將軍府，除了想要名正言順地找回自己的身分，主要還是為了季家的鐵衛軍，否則他又怎麼會浪費時間留下來和方怡郡主那種女人周旋？

「他會傳給我的。」五萬鐵衛軍是皇帝唯一承認的臣子府兵，這也是當年為何皇后和長公主都不同意與季家的婚事，而元武帝還執意下旨賜婚的主要原因。

季家的鐵衛軍只能傳給長子嫡孫，當初季景初命運變得坎坷的起因也是因為這個，而現在他所表現出的軍事才能，比他那位同父異母的弟弟要出色許多。

雖然他不是季大將軍心愛的女人生出來的兒子，但他是嫡長子，身後站著長公主和當今聖上，就算他爹之前有意把鐵衛軍留給方怡郡主的兒子，現在也必須重新考慮了。

「放心吧，就算他不打算傳給你，我這個朋友也會幫你的。對了，我二哥前段時間發現了葛家的一個秘密，這個秘密要是被揭開，葛家可是滅族死罪。」慕容遲神秘一笑，轉身走到季景初身邊低聲說道。

「什麼秘密？」季景初猜想這也是今日慕容遲來找自己的主要原因。

「就是這個秘密……」慕容遲從懷裡掏出一錠銀子，接著用手指蘸著茶水，在銀子四周畫出山的形狀。

「確定嗎？」季景初心裡一驚。沒想到葛家竟敢私開銀礦，沒有皇上的允許，的確是死罪。

「很確定，我二哥的易容術你又不是不知道，他現在就是其中一個負責運送的工匠，而且這山被挖得可有些年頭了，不僅隱蔽，四周還設了陣法，要不是我師叔出山幫忙，我二哥也進不去。」慕容遲低聲說道。

「玉善說這段時間皇上的身體是關鍵，如果情緒太過激動，很可能會適得其反，這件事還是過一段時間再和他說吧！」因為前些時候秦王府和定王府的事情，皇上「故意」氣急攻心，讓本就不合的英王和奇王兩派去鬥，他老人家則在宮裡調養身體。

「惠王那邊呢？」慕容遲又問。

現在季景初可是站在惠王這一邊，而他站在季景初這一邊，自然要為他考慮周詳。

「現在皇上和惠王最擔心的是京城領兵的武將。這些年來，他們和太子、英王、奇王的關係都太複雜，皇上拿不準他們究竟效忠的是誰？一旦京城不穩，天下就有可能大亂。」季景初幾乎現在就可以斷定，如果有人知道皇帝的真正想法，那麼葛家一定會反，到時候季家的鐵衛軍若是還在他爹的手裡，他同皇上一樣，不知道到時候季大將軍的刀劍會指向誰。

這些年，季家和葛家的關係糾纏得太深了，兩家的親緣一輩連著一輩，想要完全扯清是不可能的。

何況京城裡不只季家被葛家拉下了水，除了那些一心依附太子、英王的人，很多官員或世家大族也被皇后掌握在手裡，事實上，就連奇王也與葛家有著親緣關係。

將來無論是太子、英王還是奇王登上皇位，葛家的榮華富貴都不會輕易減少，更別說他們現在還有銀礦在手。

「事情的確有些麻煩，希望皇上的身體能趕快好，如此才能力挽狂瀾，畢竟忠心的臣子還是大有人在。」慕容遲還想過幾天安穩日子。天下好不容易太平了幾年，要是再起紛爭，苦的還是百姓。

季景初也點點頭。關於京城的緊張局勢，他沒有完全告訴安玉善，但他相信憑她的聰慧也一定能分析出來，所以她才那麼煞費苦心地培養藥性血蛭來救治皇上吧！

就在季景初和慕容遲在雅間說話時，蕭林走了上來，敲響了房門。

「進來。」看到蕭林帶著笑意的臉，季景初奇怪地看了他一眼。「出什麼事了嗎？」

「回公子的話，別的事情倒沒出，就是安姑娘的醫館又傳出了新奇事。」蕭林說道。

「蕭林，你什麼時候跟個娘兒們似的，變得這麼愛打聽八卦了？」慕容遲笑道。

「慕容公子，小的只說我們公子愛聽的和想聽的。」蕭林絲毫不介意慕容遲的打趣。

「馬屁精！」慕容遲指了一下蕭林。真搞不懂季景初這樣冷冰冰的人身邊怎麼會有蕭林這個話多的活寶在？

「說吧，到底什麼事情？」這才不過一會兒的時間，安玉善那裡又有什麼事？

第六十章　妖女・神醫

「公子，事情是這樣的。安姑娘剛才不是治好一個得了怪病的婦人嗎？這消息很快就傳得滿大街都是，游將軍夫婦聽到了，急忙把安姑娘請進了府，讓她給自己的小孫子看病。」蕭林娓娓道來。

京城裡眾所周知，這位游將軍的小孫子兩年前就得了怪病，宮裡的太醫都沒辦法，誰知剛才讓安玉善一根銀針、一顆藥丸就給治好了，還說這病沒什麼要緊的。

據游府下人不小心傳出來的消息，安玉善替游將軍的孫子看完病準備離開，又看到游將軍的小孫女，她告訴游府的下人，說這小姑娘馬上就會有嚇人的暴病，最好送到安氏醫館去。

她的話把游府上下的人嚇了一跳，這位小小姐一向蹦蹦跳跳、能吃能喝，身體好得很，怎麼可能會有暴病呢？

誰知游將軍一聽就怒了，說他好好的孫女被安玉善詛咒得暴病，斥責安玉善信口雌黃，不過是想要多一點診金罷了，還把安玉善給轟了出來。

「後來呢？」季景初聽後臉色有些不好。他是知道這位游將軍的，大晉朝脾氣最火爆的一位將軍，連秦老王爺他都敢對槓。

「後來安姑娘只是搖搖頭，一臉遺憾地離開了游府，這會兒已經回到醫館了。」蕭林說道。

「她生氣了？」季景初又問。

蕭林搖搖頭。「那倒沒有，我聽木槿說，安姑娘臉色如常，只是嘆了一口氣。」

「我看這位游將軍一定會後悔！」慕容遲可是很清楚安玉善的醫術，她說那孩子有問題，一定就是有問題。

果然，到了第二天，整個游府就亂翻了天，而熱愛八卦的人們也一直關注著游府的動靜，就想知道這女神醫說的是真是假？

「怎麼樣？薰姐兒如何了？」游將軍焦急地問道。

「老爺，不行了，薰姐兒抽搐得都吐白沫了，咱們快去請那位安姑娘來吧！」游夫人哀求地道。

「請她？都是她昨天胡亂說話！」游將軍氣呼呼地說道，可又想到小孫女現在性命不保，終於咬牙命令。「來人，備馬，本將軍親自去請！」

游將軍快馬趕到安氏醫館，醫館的人卻把他給攔住了，因為安玉善正在手術室給一個孩子做闌尾切除手術。

「都給我讓開！本將軍的孫女就要死了，快把那丫頭給我叫出來！」游將軍大喊道。

安玉若聽到動靜就跑來了。昨天安玉善在游府的事情她也知道，此刻她毫不畏懼地看向游將軍說道：「我不管你是誰，這裡是醫館，有的只是病人、病人家屬和大夫，我小妹正在給人治病，不能被打擾，有什麼事情等她出來再說。」

「妳這丫頭好大的口氣，還沒有人敢這樣和本將軍說話，妳……」下一刻游將軍就像被人施了定身咒，說不出話來。

「就算你是將軍，也不能有特權。」說完，安玉若指了指掛在醫館裡的牌子，那上面清清楚楚寫著「一視同仁」的醫館規矩。

「三姊，快給游將軍解藥。」此刻安玉善已經從手術室走了出來。「將軍，我們走吧，救孩子要緊。」

游將軍此刻雙目瞪圓，一臉憤怒地看向安玉若，同時又充滿無奈和希冀地看向安玉善，他還從來沒有這麼狼狽過。

安玉若點點頭，扔給游將軍一顆藥丸讓他吞下。如此慢待她妹妹，這點兒懲罰真是太輕了。

「妳——」游將軍又瞪了安玉若一眼，誰知她也回瞪他一眼，這倒讓游將軍心中升起一絲佩服。

他手底下的兵士常都被他瞪得嚇破膽，這小姑娘竟然不怕，膽子夠大！

「將軍，咱們快點走吧，再晚點我擔心你的小孫女就沒機會和你說話了！」藥箱裡該準備的東西，安玉善昨晚就已備好，她的確算準今天游府會有人來找她，只是沒想到會是游將軍本人。

「安大夫，請吧！」游將軍點了一下頭，現在的確沒有比他小孫女更重要的事了。

「嗯，走吧！」

隨游將軍到了將軍府，安玉善幾乎是一路被這位火爆脾氣的老將軍給拽到他孫女面前。

「老爺，薰姐兒這孩子沒氣了——」安玉善剛踏進屋裡，就傳來游夫人悲痛欲絕的喊叫。

「什麼?!」游將軍臉色都變了。難道還是晚了一步？

安玉善一個箭步衝到床前，先給床上的小姑娘把脈，然後對心如死灰的游家眾人說道：「你們都先出去，孩子的事情交給我。放心吧，這孩子只是暫時休克，還沒死。」

屋內眾人都被安玉善給說愣了，明明沒氣的孩子怎麼可能沒死？

幸虧游將軍先反應過來，將屋內眾人都呵斥了出去，然後一起在屋外等著。

游家人剛走到屋外，就聽到屋內傳來薰姐兒的哭聲，全都被嚇了一跳，游薰兒的母親更是趴在丈夫肩頭，欣喜地痛哭起來。

「都別吵，讓安姑娘給薰姐兒好好治病！」聽到孫女兒起死回生的聲音，游將軍心中一鬆，對安玉善的佩服也油然而生。

過了約莫一刻鐘，木槿拿著一個藥包從裡面走了出來，看著游家人說道：「不知貴府後廚在哪裡？我需要給游小姐煎藥。」

「麻煩姑娘了，請姑娘跟我來。」游薰兒的奶娘趕緊上前，領著木槿去了後廚。

等到屋內的安玉善施針結束，游薰兒喝了藥也睡了過去，她才走出來，而自始至終沒有她的發話，游家的人也不敢踏進房內一步。

「安姑娘，我家薰姐兒如何了？」游夫人著急地問道。

「暫無性命之憂，接下來的幾天我還需要再給她針灸，每日以藥物輔助，七日後便可痊癒。」安玉善臉上也露出了笑容。

「安姑娘，謝謝妳！謝謝！」游夫人心裡是說不出的感激。

「不用客氣。」

這次安玉善從游府離開時是游將軍親自把她送出了大門，除了該有的診金，額外還送了不少禮物給她，更對外言明安玉善自此之後便是游家的貴賓，和她過不去就是和游家人過不去。

安玉善的醫術讓她在京城變得更加炙手可熱，但隨著她預言游薰兒病情的同時，也被一些暗中嫉妒或者不懷好意的人稱為「妖女」。

「哼，一個才十三、四歲的小姑娘，就算醫術高，這預言人得病也是詭異，我看根本是她自己使的壞！」

「是啊，聽峰州那邊的人說，她八、九歲時給人醫病就很厲害，而且還是從寺廟裡寄的命，她這身分肯定不簡單。」

「她不就是個農家女嘛，有什麼能耐？不就是仗著惠王府的勢！我看她倒有點像妖女，聽說鄉野山村總是有各種神神鬼鬼的陰私之事。」

一時間，就像當年在峰州一樣，關於安玉善到底是妖女還是神醫的爭論漸漸四起，安玉善的表現依舊和以前一樣，根本就沒有放在心上。

這天，是唐素素、黎悅、任新和任然四位學徒到安氏醫館正式跟著安玉善學習醫術的第一天，趙恆因為還沒痊癒，並沒有前來。

唐素素和任然先跟在安齊傑身邊學習縫合技術，而任新和黎悅則跟在安玉善身邊學習針灸，其中黎悅主要學習兒童與婦科方面的醫術。

安玉善打算晚上時讓他們一起學習自己特意為他們新編好的簡單教材，只是天色還沒暗下，安氏醫館就迎來了一位特殊的病人，讓這四位學徒有機會見識到安玉善與別的大夫不一樣的地方。

事情的起因是這樣的，東街的張武和北街的李四都是做小本買賣的生意人，結果因為一些誤會，兩個人直接就在大街上打了起來。

張武性子魯莽衝動，一激動就拿起旁邊肉攤老闆的殺豬刀把李四的手掌給剁了下來，嚇得半條街上的人都叫了起來。

所幸出事地點離安氏醫館不會太遠，加上又聽說安玉善的醫術高超，李四的家人沒找別的醫館，直接就把疼暈過去的李四抬到了安玉善的面前。

「病人的手掌呢？」安玉善讓任新和任然幫忙把病人抬進醫館的手術室，安齊傑已經在第一時間去準備消過毒的手術工具。

「大夫，妳要手掌幹什麼？快請救救我家相公吧！我們一家人就這一個頂梁柱，他可千萬不能出事呀！」李四的妻子哭得眼睛紅腫。

「沒有手掌我怎麼給他接上，難道妳想要一個變殘廢的相公？」由於病人一出事就送到了醫館，手掌斷掉的時間很短，安玉善有把握能重新接上。

「啥？這斷了的手掌還能接上？」醫館內外的人都傻住了，包括任新和唐素素幾人。

「我爹的手……我拿著呢……」這時，李四的兒子怯生生地從懷裡掏出一個血淋淋的斷掌。剛才他爹被剁下來的手掌剛好落在大哭的他懷裡，雖嚇了一跳，但他也沒扔掉，而是哭哭啼啼地跟來了醫館。

「快把斷掌給我，其他人都在外面等著，不要大聲喧譁。」安玉善接過斷掌就進了掛著「手術室」三個字的木門內。

手術室不算小，不過除了病人，還有安玉善、安齊傑和唐素素等四名學徒，以及充當臨時護士的木槿，倒是滿滿當當的。

「玉善，該怎麼做？」以前安齊傑在山裡給兔子接過斷肢，可「人」他還沒有嘗試過。

「齊傑哥，今天這台手術我來做，你給我幫把手。任新，你們四個好好看著，不要發出聲音，有什麼問題或想法，待會兒再說。」安玉善已經把斷掌的切口與病人的手腕對齊。

「嗯！」任新四人鄭重地點點頭。

當安玉善在病人的手腕間飛針走線時，唐素素和黎悅都覺得她比最出色的繡娘的女工還要好，而任新和任然則覺得她領著他們進入了一個新世界的大門。

李四的家人焦急地在手術室門外等著，眾多百姓更是好奇地守在醫館外，他們想知道不管這醫館裡的是妖女還是神醫，這次是否還能再次創造奇蹟？

很快的，安玉善要為人接手掌的消息就傳了開來，本就沸騰不已的議論更為熱烈了，豪門大戶裡同樣也拿這個當話題。

沒過多久，關於續接斷掌的事就有了下文。李四不但血止住了、命保住了，連手掌也接上了，說是好好養傷，過段時間就能和正常人一模一樣。

「如果不是親眼所見，我真的不敢相信！」任新見到自己祖父時，驚訝的神色還沒有完全褪去，心中對安玉善更加崇敬。

說起來，他是太醫之孫，醫術比一個普通的大夫還要強上許多，如果不是自家祖父逼自己去給一個女大夫做學徒，他是怎樣都不會去的，畢竟他也有自己的尊嚴。

可是一個續接斷掌的手術就讓任新對安玉善徹底改觀，也慶幸能有機會在她身邊當學徒。說不定就像自家祖父說的，跟著安玉善真的能學到很多東西。

「有什麼不敢相信的，在山下村，安家學醫的人都會做縫合手術，雖然是給兔子、野雞接回斷肢，可那針法我這老頭子是學不會了，只能指望你們這些年輕人。任新，爺爺知道你有傲氣，可是在安姑娘面前，你一定要謙虛好學，別看她年紀小，論醫術，你再學十年也未必及得上她的一半。」任太醫毫不誇張地說道。

雖然現在外頭有人說安玉善是妖女，可任太醫只會愈加鄙視他們。如果世上多幾個像安玉善這樣醫術高又有仁心的「妖女」，那麼很多人將不再受病痛的折磨，這根本就是行善。

然而，京城裡有很多任太醫的同行卻不這樣認為，比起妖女的言論，他們更在意的是「神醫」兩個字。

要說神醫，也該是他們這幫被皇家承認的太醫，可因為安玉善，他們被秦老王爺直接轟出了秦王府，就連皇上都罵他們無用，說養了一幫廢物，現在更是連診脈都不讓他們來做，只讓陳其人近身。

堂堂的太醫被質疑和羞辱也就算了，眼看著帝王都想把他們趕出太醫院，這可就大大不妙了。

「院首大人，照這樣下去，這京城就快沒有咱們的立足之地了。我聽說現在京城大戶人家都已經派人去安氏醫館示好，還買了他們家的藥丸。」一位太醫憤憤不平地對太醫院的院首大人說道。

他家在京城開了一家醫館，和安氏醫館在同一條街上，可自從安氏醫館開張後，他家醫館的生意就一日不如一日。

「不用去管那些人，太醫是皇家的太醫，主要是給貴人看病的，他們既然相信一個山野丫頭，那就由著他們好了。」院首大人不以為然地道。

「可現在就連皇上都不相信太醫院了，以前一直都是您給皇上診脈看病，可自從秦小王爺被安玉善治好之後，皇上就只信藥王神穀子的兩個徒弟了。」今日皇上對太醫院的態度大變，也是令太醫們深感不安原因之一。

聽到這裡，院首大人臉上才露出了深思。

不只是太醫館，就是整個皇宮裡的人都覺得皇上變得有些不一樣了，為此皇后還特意召他進後宮察問皇上的身體狀況。

可他都已經好多天沒近過皇帝的身了，陳其人那個人又滑溜得很，嘴巴更是嚴密得探不到一絲消息。

「皇上只是一時被迷了心智，很快就會知道誰才是真正能讓他身體變好的人，你們就安心等著吧！」院首大人眯起了謹慎的小眼。

而另一頭，季大將軍府內，方怡郡主也在為安玉善的事傷腦筋。

第六十一章 當年真相

「相公，現在外面都在傳那安姑娘是個妖女，我雖然不大相信，可錢嬤嬤確實記得清清楚楚，那一日她給長公主往千草園送兩個可用得力的人，結果那條桂花路怎麼都走不到盡頭，而且一轉眼就剩下錢嬤嬤一個人，嚇得她現在也不敢出門，整日裡拿著一尊佛像鎮邪。」方怡郡主給丈夫揉著肩膀，口氣帶著一絲愁緒，表情恰到好處。

「錢嬤嬤整天就知道神神叨叨的，那條路我以前走過，根本沒什麼問題，連皇上都相信安玉善的醫術，外面說的那些閒言碎語就不要聽了。」季大將軍輕嘆一聲。「再說，現在長公主住在公主府裡，咱們就是想管也管不上。」

作為駙馬，他這個丈夫想見自己的結髮妻子還要皇帝的權杖，否則根本進不了長公主府。

「相公，你是戰場上走出來的英雄，自然能夠鎮住那些牛鬼蛇神，長公主姊姊是皇家貴女，原本應也是不怕的，可她現在病況不是特殊嗎？不管怎麼說，姊姊現在都是大將軍府的嫡妻主母，我不過是代她管家而已，她好了，咱們府裡自然也好了。我覺得還是把她接回來照顧才好，我一定會親力親為照顧姊姊，不讓她受一點委屈，反正這府裡不就是姊姊的家嗎？」方怡郡主嘆氣道。

「方怡，這些年委屈妳，也苦了妳了，妳的這份心意，為夫的明白，別人也明白，妳做得已經夠好了，既然皇上要把長公主安排到府外，又有瑤兒在照顧，妳就放心吧，長公主的事情以後就別問了，」季大將軍溫柔地握住了心愛女人之手。

「可我還是擔心姊姊，她——」方怡郡主想要繼續勸說丈夫。

季大將軍卻放開她的手站了起來，看著她說道：「方怡，皇上說長公主也許時日不多了，就讓她在最後的日子和三個孩子多聚聚吧！至於我這個丈夫，離她遠一些，或許才是對她最好的。」之前長公主住在季府時，每次看到他情緒都會變得十分激動，到後來兩個人好幾年都不見一面。

雖然現在長公主的精神的確是好了不少，但季大將軍覺得自己和她還是少見面為好。方怡郡主見再也沒有轉圜的餘地，也知道繼續勸下去不會有任何效果，只好放棄。

不過她聽到長公主時日不多這些話，心裡還是很高興，感覺一直籠罩著她的那朵烏雲就要消失不見了……

夜晚的長公主府幽深寂靜，安玉善好不容易才從醫館脫身，接著來到長公主府，走進長公主所在的房間，見到季瑤正守在屋內。

「瑤姊姊，今天長公主怎麼樣？」安玉善見長公主已經睡下，輕聲問道。

「娘她今天都很乖，沒有鬧，飯也吃得比較多，甚至還叫出了我的名字。」季瑤微笑說道。

這也是她今天最開心的一件事情。早就不識人的娘親竟然彷彿一瞬間又認識了她似的，雖然是小時候的那個她。

「這是好現象。長公主現在的情緒比較穩定了，明日我為她配製的新藥就好了，再加上施針，我想一個月後情況會更加好轉。」安玉善替睡著的長公主診脈後笑著說道。

「玉善妹妹，我真不知道要怎麼謝謝妳？」季瑤感激地看著安玉善，然後又看向了自己的母親。「我娘她雖貴為長公主，可是這一生過得太苦了，我希望她晚年能夠過得幸福一些。」

「瑤姊姊，放心吧，一定會的。」

安玉善從長公主府離開後，季景初剛好從外頭回來，先去見了長公主，然後和姊姊季瑤說了會兒話。

「小弟，我聽人說外面有一些對玉善妹妹不好的傳言，大姊知道你最近很忙，但她是個好人，更是咱們的恩人，你要幫幫她。」季瑤自知能力有限，現在也只能求季景初了。

「大姊，我會的，而且妳別小看她，這點小事影響不到她的。」季景初看了暗黑無星的窗外一眼說道。

「玉善妹妹的確是個聰慧的姑娘。」季瑤聽季景初這樣說，不禁笑了。「小弟，你是不是喜歡人家？」

「嗯。」季景初沒有否認。

「那她呢？」

季瑤的問話讓季景初沈默下來，但沈默不代表這個問題的答案是否定的，事實上，他認為安玉善內心真實的想法應該是怕承認喜歡上自己吧！

「大姊，我和她一定會在一起的，我們會過得很好。」最後，季景初只能堅定地回答季瑤。

「那就好。」季瑤臉上露出溫柔的笑意。至少她的小弟應該得到真正的幸福。

之後的幾天，隨著安玉善在京城的名氣越來越響，安氏醫館上門的病人也越來越多。

雖然關於她是妖女的傳聞只增不減，但每個人心裡都明白，當自己生命垂危的時候，誰能救自己的命，誰就是自己的希望。

這一天，安氏藥酒坊新推出一款預防疫病的藥酒，剛一擺上櫃檯，就被搶購一空。

「不是說今天會有辟疫酒嗎？這才一個時辰不到就全賣完了？」自從安玉善救了自己的孫子，秦老王爺對於安家的大小事就開始上心了。怎麼說以後安玉善也算是自己孫子的師父，他怎麼樣都要多多照顧的。

「老王爺，咱們來晚了，這酒一大早就被晉國公府、安平侯府和威甯侯府給全買了，掌櫃的說今天就只有三十罈。」游將軍也親自來買藥酒，可到底還是遲了一步。

「他們手腳倒是快，一聽說是女神醫連夜釀出來的，竟然全都買走了，這下子只能半個月後再來了。」任太醫也走了進來。一聽說是能預防瘟疫的辟疫酒，他自然想嚐一嚐，順便研究一下。

「老王爺，你們別著急，三姑娘說了，半個月後辟疫酒會專門給你們留著，我們店裡還剩下幾罈菊花藥酒，你們要嗎？」看到生意好，掌櫃的自然開心，不過眼前這幾位也是不能得罪的，好在東家早有交代。

「剩下的酒都給老夫搬上車！」秦老王爺大手一揮說道。

征戰多年，他手底下也有不少老部下，受傷更是家常便飯，秦老王爺早就聽說安家的藥酒雖然貴了些，但對身體很有好處，他打算多買一些送給跟隨在他身邊多年的人。

游將軍也是如此想法，而且他不怕秦老王爺，兩個人平常就愛爭東較西，此刻也大著嗓門讓掌櫃的給他菊花藥酒。

「兩位別爭，安家藥酒種類多得很，有防風寒的、治骨傷的、治眼疾的，對症下藥才最好。」任太醫一下子就看穿兩個老小孩的意圖，笑著在一旁勸說道。

秦老王爺和游將軍一聽，心想也對，每個人體質不同，這該喝的藥酒也不同，於是在任太醫與酒坊掌櫃的解說下，兩位將軍都拉了一車的藥酒回府。

當天晚上，他們分別去找了安玉善，所說的事情是一樣的，無非希望她能為軍士們多配製一些良藥。

「兩位老將軍放心，玉善一定會盡力的。」安玉善答應道。

不管是秦老王爺還是游將軍，其實都已經多年未真正掌兵，可他們心中一直惦記著軍中將士，是十分令人欽佩的主帥，衝著這一點，安玉善對於他們特意前來的請求也不會拒絕。

送走了兩位耿直忠心的老將軍，安玉善又迎來了另外一位客人——季景初的二姊季薔，隨她一起前來的是一個中年婦人和一個神情憔悴的老婆子。

「安姑娘，我能單獨和妳說幾句話嗎？」季薔繫著黑色的披風，頭上戴著看不清容顏的風帽，一雙眼睛精明閃亮。

「康夫人這邊請。」安玉善就住在醫館後堂緊鄰著的一進小院，她把季薔請進了書房。屋內點著兩盞燭火，將小小的書房照得通明透亮，卻也顯得安靜異常。

季薔坐下之後，似乎一時之間不知道如何開口，讓安玉善覺得更加奇怪。那一日在玲瓏公主舉辦的宴會上見到這位長公主的二女兒，就覺得她是一位膽大心細又頗有謀算的人，可今日的她卻顯得有些拘謹。

安玉善知道，自從長公主從大將軍府搬到千草園後，季薔來見她的次數並不多，且每次都要避開季瑤，後來聽蘇瑾兒說，季瑤、季薔兩姊妹這些年似乎一直沒有來往，像是存在著心結。

「康夫人，有什麼話妳就直接說吧！」安玉善率先打破了沈默。

「安神醫，我娘她……身體如何了？」季薔終於抬眼正視安玉善。

「長公主她身體已經大好，康夫人要是想知道，可以親自去公主府探望長公主。」長公主搬進公主府之後，季薔一次也沒去過。

「我……」季薔苦笑一聲。「我還是別去了，大姊她……一定不想看到我。我聽說妳和大姊的關係很好，她現在怎麼樣了？」

安玉善會意過來，笑著說道：「瑤姊姊她現在還不錯，每日裡除了照顧長公主，就是默寫經書為長公主祈福。瑤姊姊也一直唸叨著康夫人，說是能見妳一面聊聊該有多好？」

「大姊她想見我？」季薔驚了一下。她一直以為季瑤是恨她的，畢竟她如今悲慘的人生和她這個親妹妹也脫不了干係。

「我想是的。」之前和季瑤閒聊的時候，安玉善的確聽她提起過季薔，言語之間多是遺憾和無奈。

「是嗎？」季薔低下頭又沈思起來，但很快又仰起臉看向安玉善。「我聽小弟說，妳希望找一些曾經認識我娘親的熟人來刺激她的記憶，這些年我一直在尋找，真沒想到這時候派上了用場。門外那兩個人是曾經待在娘親身邊最親近的人，對診治我娘親或許會有幫助，妳就把她們帶到長公主府吧！」

安玉善見季薔似是在迴避季瑤的問題，也沒有多說什麼，只是以一個大夫的角度，真誠地勸道：「康夫人，妳和瑤姊姊都是長公主的女兒，我希望治療的時候妳們都能在，畢竟比起旁人，親生兒女的作用會更大。」

季薔猶豫了一下，點點頭道：「到時候還請安神醫派人通知我一聲。」

「如果康夫人今夜無事，我希望妳們現在就跟著我去長公主府。」除了擔心夜長夢多，安玉善也希望能稍微逼一下季薔。

果然，季薔臉上閃過驚訝，但最後還是點了點頭。

她心裡很清楚，有些人躲不了一輩子，總要相見的。

於是，兩輛馬車於深夜一前一後進了守備森嚴的長公主府，從馬車上下來之後，季薔跟在了安玉善的身後，對於即將見到的姊姊，她還是有些怯意。

由於安玉善都是半夜來給長公主診病，季瑤已經習慣了這個時候被驚醒，只是她沒想到在安玉善的身邊能見到躲她躲了這麼多年的季蕾。

「妹妹！」一看到季蕾，季瑤的眼圈就紅了。

當年，方怡郡主原本打算把她認為好拿捏的季蕾嫁入林國公府做世子夫人，但季瑤太瞭解自己妹妹的脾氣，也知道林國公世子並非什麼良配，反而名聲不好的康家公子才是個良善之人。

當時，兩姊妹的婚事都掌握在方怡郡主手中，為了讓妹妹能有個好姻緣，從不曾做出出格之事的季瑤設計了林國公世子，代妹出嫁，而季蕾則是從世子夫人變成了康夫人。

也因為這件事情，季蕾對姊姊季瑤生了誤會，還當眾打了自己親姊姊一巴掌，認為是她奪走了自己的好姻緣，甚至當季瑤在夫家過得不如意的時候，她也沒有去看過。

後來有一天，季蕾從自己夫君的口中知道了當年季瑤換親的內幕，才恍然大悟自己的幸福是用姊姊的不幸換來的，但當時兩姊妹的關係已經勢如水火，在京城的名聲都不好，她也自覺無臉再去見季瑤。

這些年對季瑤的愧疚和歉意讓季蕾一直躲著她，尤其是生性溫柔軟弱的姊姊竟然和方怡郡主鬧翻了臉，還與娘家老死不相往來，這也讓季蕾得知自家大姊其實和自己一樣，從來都沒有和方怡郡主真正貼過心。

如今這一聲「妹妹」，而不是當年不帶感情的「蕾姐兒」，讓季蕾也淚如雨下，撲通一聲跪在了季瑤的面前。

「大姊，對不起、對不起……」不知道該從何說起的季薔不停地道歉。
看見妹妹跪在自己面前，季瑤連忙把她拉起來，淚中帶笑地說道：「我們是親姊妹，一切都過去了，過去了……」
這一跪，將兩姊妹曾經的誤會和恩怨一筆勾銷，而彼此的淚水則成了拉近親情最有利的武器，讓她們緊緊相擁在一起。
「大姊！」像小時候一樣，季薔輕喚著在心中最熟悉的稱呼。
「妹妹！」就算再相見時已經不是荳蔻年華的美麗少女，但在季瑤眼中，自家妹妹依然是那個脾氣火爆的姑娘。
一旁的安玉善也覺得感動，雖然想繼續看姊妹和解的場景，但她今日過來還有更重要的事情。
季薔帶來的兩個人，一個叫梅紅，曾經是長公主身邊的大丫鬟；另外那個老婆子叫秦嬤嬤，是當年長公主出嫁時，皇上親自為她挑選的陪嫁嬤嬤。
當年長公主在進香的路上遭遇劫匪，把小兒子交給程鵬帶走，她身邊的丫鬟、婆子也死傷不少。
回到大將軍府之後，長公主預料情況將對自己十分不利，於是佯裝發瘋，可是幾個月後她竟真的瘋了，伺候在她身邊的人全都莫名其妙地消失不見，梅紅和秦嬤嬤就在其中。
「秦嬤嬤，當年妳們怎麼會突然離開我娘身邊？」季瑤先把幾人帶到了隔壁的房間，詢問一些當年的事情，而安玉善正在給長公主施針。

「大小姐，當年長公主一開始是裝瘋，後來是被皇后的人給逼瘋的。您還記得和奴婢一起被皇上賜給長公主的蔡嬤嬤嗎？她是皇后的人，就是她給長公主喝下一碗使人發瘋的藥，又對長公主說了些莫名其妙的話，長公主才徹底變瘋的。」想起當年親眼所見的一幕，秦嬤嬤到現在還心有餘悸。

「蔡嬤嬤那個人我還有印象，娘當初瘋了之後，沒幾天她就被召進宮，以護主不力的罪名被皇后賜死了，之後皇后又給娘送來了兩個宮裡的嬤嬤。」季瑤想了一下說道。

「蔡嬤嬤就是因為知道得太多才被皇后賜死，而奴婢當時無意中知道了實情，實在沒膽量留在府裡，就和梅紅兩個人逃了出去，這些年在外隱姓埋名過了那麼久，奴婢心裡也是愧疚不已。如今奴婢老了，沒幾天活頭，如果這把老骨頭能幫到長公主，奴婢也死而無憾。」

說完，秦嬤嬤就跪在季瑤和季薔的面前，眼中的淚水順著她滿是溝壑的蒼老面容落下。

第六十二章　公主清醒

「兩位小姐，奴婢也不想躲了，當年奴婢聽到蔡嬤嬤說良妃娘娘是被皇后娘娘挫骨揚灰扔到了亂葬崗，根本就沒有葬入皇陵，七魂六魄都嚇沒了這才逃出了府，可這些年奴婢沒睡過一頓安穩覺……」梅紅也跪了下來。

「當年那種情況，妳們能保住性命已經算不錯了，再說就算妳們真的把實情說出來，最後的下場也會和蔡嬤嬤一樣，只是我怎麼都沒想到，皇后會這樣恨良妃娘娘，甚至欺瞞天下人和皇上，連皇陵也不讓她入。」季薔也被事情真相嚇到了，皇后的膽子可真是大！

「二小姐，您有所不知，當年在宮裡，皇上和皇后雖然是結髮夫妻，感情也極好，可後宮佳麗三千人，皇上最心儀的還是良妃娘娘，更讓良妃娘娘先於皇后生下孩子，如果當初長公主是位皇子，那皇后是不會讓她活下來的。」知道更多皇室秘辛的秦嬤嬤嘆了一口氣說道。

「葛家的女人最會偽裝，又都愛嫉妒，各個心狠手辣，不把她們的真面目都揭開，我季薔絕不甘休。」想到自家人這些年受的苦，季薔心裡燃起一把熊熊的烈火。

以前是為了長公主的生命安全，所以她一直沒有和方怡郡主還有皇后撕破臉，甚至違背心意地和她們相處，可現在情況變了，眾所周知，這段日子帝后的關係已經出現了裂痕。

「妹妹別衝動，葛家現在的勢力太龐大，光憑咱們的力量還不行，這件事情還要靠皇上，只有他能在真相揭開之後懲治葛家的人。」季瑤覺得茲事體大，她們以前便不是皇后和方怡郡主的對手，現在就更沒辦法對付她們了。

「大姊，妳不常在京城走動還不知道，現在葛家已經是眾矢之的，想要對付他們的大有人在，只是時機還不成熟而已。」別看季薔在京城貴婦圈名聲不大好，什麼宴會她都會參加，有些事情也看得很明白。

季瑤沒再繼續說什麼。她知道自家妹妹的脾氣，有時候是勸不動的，更何況這次她說的也是實話，若皇上知道皇后把他曾經心愛的女人挫骨揚灰，不知道會是什麼感受？

「很抱歉，我不是故意要偷聽的，不過我想知道當年導致長公主變瘋的那一幕究竟是怎麼樣？我想這對讓長公主清醒會很有幫助。」安玉善打算讓歷史重演，或許這樣能刺激長公主也不一定。

「玉善妹妹，妳想知道什麼就問秦嬤嬤和梅紅吧，當年的事情她們知道得最清楚。」季瑤並不介意安玉善聽到當年的這些事，她心裡很清楚，對於皇家的私密事，或許安玉善知道得比她還要多。

秦嬤嬤和梅紅就把當年所聽所見的事全都告訴了三人，根據二人的講述，安玉善布了一個跟當年一模一樣的局，沒想到真的把長公主刺激醒了。

清醒過來的長公主覺得自己就像作夢一樣，轉眼三個兒女竟然已經長大成人，想到錯過的種種，她頓時成了淚人兒。

安玉善走出屋外，決定把空間留給母女三人和隨後趕到的季景初。

當季景初從長公主屋裡出來的時候，見到安玉善就站在屋外。

「我有件事情想讓妳幫忙。」他帶著安玉善走到了府中的涼亭裡。

「什麼事情，你說。」安玉善問道。

「我娘她想現在就進宮見皇上，但以皇上如今的身體狀況，如果讓皇上知道良妃娘娘的遭遇，我擔心皇上的身體會禁受不住刺激。」對於長公主的生母良妃娘娘，季景初透過調查，所知的比旁人還要多一些。

當年皇上對良妃娘娘的確用情很深，以至於良妃死了之後，他又納了與良妃長相相似的良妃親妹妹為妃，也就是後來生下惠王的淑妃娘娘。

只是淑妃娘娘的命運與她姊姊極為相似，同樣被挫骨揚灰，也沒有葬入皇陵，這也是惠王得知真相後再也不和皇后親近的主要原因。

一個如此憎恨他母妃的蛇蠍女人，又怎麼可能發自內心對他這個情敵之子愛護有加呢？之後惠王開始暗中調查皇后，結果越查越心寒，為了暫時讓皇后安心，他執意到峰州這亡國之地做封主。

「你想讓我怎麼做？以身體健康為由不讓長公主出公主府？」安玉善問道。

季景初點點頭。他兩個姊姊也會勸說自己的娘親，畢竟現在長公主清醒的消息要是傳出去，方怡郡主怕是如坐針氈，狗急跳牆不知會做出什麼事情來？

安玉善答應下來。無論是長公主還是皇上，現在都不適合情緒太過激動。

一個多月後，黃葉落盡，冬天的腳步不疾不徐地來到，空氣中瀰漫著初冬的乾冷。

這段時間是安玉善也是安氏醫館最忙碌的時候，換季時節，無論是大人還是孩子，都比平時更容易生病。

幸好有安玉冉帶著北靈山附近的藥農進山採藥，千草園附近也種了幾十畝秋冬可以採挖的藥材，對於配製藥丸和釀製藥酒都起了作用。

唐素素、黎悅幾位學徒也同樣忙得腳不沾地，他們不僅要盡可能利用時間學習安玉善教給他們的醫術，還要在醫館幫忙救治病人，雖然很累，卻很充實。

「今天東街張屠戶兒子的手是我給縫上的，那孩子也硬氣，愣是沒吭一聲，我想我縫合的技術也不錯。」唐素素頗有些得意地看著黎悅、任新、任然和趙恆。

「師姊，妳能不能教教我！」趙恆到醫館學習才一天，看著兩位師兄和兩位師姊在醫館游刃有餘的樣子，十分羨慕。

唐素素雖然有些得意，不過還是謙虛地說道：「小師弟，齊傑師兄的縫合技術都快趕上師父了，我們都是跟他學的，你剛來不要著急，先把縫針拿穩了再說。還有，你不能一看到血就噁心頭暈，這以後怎麼給病人療傷呀！」

聽到唐素素這樣說，趙恆不好意思地低下了頭。他也算一個小小男子漢了，可內心對於血腥場面的陰影有些深，現在一看到血就容易難受。

「師姊，我一定會克服的！」既然以後要做大夫，趙恆下定決心要戰勝自己的毛病。

「多看看血說不定就好了！」聽到幾人談話的安玉善走出來說道，後頭跟著拿著藥箱的木槿。

「師父，您這是要去哪裡？」任新奇怪地看著安玉善問道。現在已經是傍晚，天上都能看到星星了。

「有個病人需要我去複診。」安玉善笑著說道。

「師父，需要我陪著您一起去嗎？」任新恨不得時時刻刻都跟著安玉善，因為跟著她真的能學到很多實用的醫術。

「不用了，以後吧！」說完，安玉善就走了出去，上了醫館外的馬車。

一開始，馬車順著大街行駛，之後拐進了小巷，接著又七拐八彎到了皇宮不遠處的一座私宅內，從後門悄悄進去。

安玉善一下馬車，最先看到的便是皇帝身邊的李公公。今天她要複診的病人便是元武帝。

「安姑娘，快請！」

這座私宅乃是秦老王爺的一處秘所，自從得知皇上真實的身體狀況，秦老王爺便暗中保護皇帝。

安玉善隨著李公公走進房中，就看到元武帝和秦老王爺坐在椅子上，元武帝的臉色憔悴枯瘦，一雙威嚴的龍目卻充滿力量。

安玉善拜見過元武帝和秦老王爺之後就開始給元武帝把脈。這段時間，藥性血蛭在元武帝體內不知道大戰了幾百回合，最終將所有毒性血蛭都變成了自己的「奴隸」。

現在，元武帝面容上雖看起來病態，但內裡已經大為改觀，任何毒素到了他體內都不會有太大的影響。

「如何？」其實不用人診斷，元武帝自己就可以感覺出來，他的身體明顯比之前好太多了。

這段時間雖然體內疼痛難忍，但身為男人和帝王，他硬是撐了過來，到了他現在這個年紀，所有的一切都比不上江山社稷來得重要。

「回稟皇上，您的脈象變強，毒性血蛭已經無法起作用了，不過藥性血蛭也是需要飲血的，您還是需要多吃一些補品藥膳。另外，民女也為您配製了藥丸調理身體。」安玉善從懷裡掏出兩個裝著藥丸的瓷瓶，恭敬地送到了元武帝的面前，一旁的李公公趕緊接了過來。

「每瓶有五十粒，每天早晚各吃一粒。」

李公公感激地對安玉善點點頭，將藥瓶放在了自己的懷裡。他是皇帝最信任的人，這藥丸他一定會叮囑元武帝按時吃的。

「朕還能活幾年？」聽到安玉善的話，元武帝臉色好了一些，但他要做的事情太多，時間對他來說還是太緊急了。

「啟奏皇上，人的壽命之數不好言說，只要皇上您遵照醫囑飲食、休息，加上藥物調理，三年以上絕對不是問題。」安玉善是大夫，不是掌管生死簿的人，也不好直接判定元武帝能活多少年。

「這時間就夠了。」元武帝終於露出了笑容。別說是三年以上，就是現在給他精力充沛的一年，他都能把葛家這個禍害給拔除，將大晉朝的江山和百姓交到兒子趙琛毅手裡。

經過這麼多年的觀察，元武帝心中有數，兒子趙琛毅才是他心目中最合適的儲君。

給元武帝診病結束，安玉善想說沒什麼事情了，正打算告辭離開，元武帝又看向了她。

「朕聽說妳把朕的女兒的瘋病給治好了？」

安玉善點點頭。這件事情季景初三姊弟一直瞞著所有人，只不知道皇帝是如何知道的？

「好，真是太好了！」元武帝慢慢站了起來，李公公要扶他，他揮了一下手拒絕了。

「朕今夜想要見見長公主。」

「皇上，此刻夜深了，要不明日如何？」有些事情秦老王爺已經知道了，他擔心皇帝身體剛好，一見到長公主又會受到刺激。

「啟奏皇上，您身體不宜多操勞，要想有精力辦大事，還是應該多休息。」安玉善以一個醫者的身分勸說道。

「朕的身體不是沒事了嗎？你們放心，朕自有分寸，李公公去辦吧！」有些事情元武帝一刻也不想等，就像他此刻想要把那些亂臣逆子都斬殺一樣。

「奴才遵旨！」李公公最瞭解元武帝，如今身體有力氣，元武帝是打算快刀斬亂麻了。

秦老王爺也只是嘆了口氣，由著皇帝的性子來。現在怕是任何人都阻擋不了元武帝的決心。

不知道是不是元武帝之前就和季景初知會過，很快的，長公主就在季景初的陪伴下來到了元武帝的面前。

等到屋子裡只剩下父女二人時，看著同樣身形憔悴且已經略顯蒼老的長女，元武帝眼裡有了濕意。

曾經，眼前之人長得多麼像她的母親——美麗、明亮，又總是透著少女的純真與聰慧，可如今他老了，他的女兒也被折磨得沒了精神。

同樣的，長公主一夢多年，看著曾經威風凜凜的父親如今像沒有血肉的軀殼，眼淚當即就落了下來。

當年她是怨過元武帝的，怨他沒有保護好母妃，還為了季家的鐵衛軍硬是把她嫁給了一個不喜歡自己的男人，結果害得自己一生悲苦，兒女命運坎坷。

可清醒之後見了面，那些曾經的埋怨與隔閡似乎被親情融化了，畢竟是至親骨肉，在知道彼此的真實情況後，有些東西也已經放下了。

幾日後，空氣突然變得有些寒冷，天空還飄著小雨，京城的街道難得清新不少。

突然，人們只聽得一聲暴喝，一顆人頭就從京城最熱鬧的茶館裡落了下來，驚動了百姓。

只見茶館裡的人紛紛竄逃而出，接著手持滴血大刀、怒氣沖沖的秦老王爺就從茶館裡大踏步走了出來，身後還跟著兩個威武不懼的親隨。

「回去告訴定王，他兒子不僅當眾調戲良家婦女，還辱罵老夫，這樣的逆子留著何用？老夫已經替他殺了，不用道謝！」說完，秦老王爺拎起從樓上落下的人頭騎上了馬，朝著皇宮的方向而去。

不到半個時辰，秦老王爺在茶樓怒斬定王世子葛輝的事情就傳遍了整個京城。定王妃聽到這個消息，當下就昏死了過去，而定王也栽倒在地，口中大罵秦老王爺，更恨得立刻進宮告狀。

就在秦老王爺與葛輝在茶樓「狹路相逢」時，季大將軍府也大門正開，迎接突然痊癒的長公主回府。

季府上下都被打了個措手不及，方怡郡主更是一口茶全噴了出來，穩定許久才冷靜下來。

此時，安玉善正在安氏醫館給排隊的病人診病，沒有片刻空閒，不過她還是以最快的速度得知了秦老王爺在茶樓怒斬葛輝的事情，在醫館內等候的病人與病人家屬也在竊竊私語。

很快的，她也知曉了秦老王爺帶著證人和證據去了皇宮，聽說不是請罪，而是告狀，定王也已經怒火萬丈地進了宮。

「小師妹，需要我幫忙嗎？」就在這時，許久未見的陳其人出現在醫館內。

「師兄來得正好，最近天氣不好，生病的人也多，你一起來幫忙吧！」若遇到普通的病人，安玉善開個藥方、拿粒藥丸就能治好，若遇到疑難雜症，則麻煩一些。

「好呀！」陳其人笑笑，開始替醫館的病人診治。

大概過了一個時辰，又有消息吹到醫館內，安玉善等人想不聽都難。

「哎哎，你們聽說了嗎？今天長公主病好了，還回了大將軍府，已經自請下堂了！」

「什麼？公主自請下堂？」許多人表示不信。

「是真的，長公主還特意請了聖旨呢！季大將軍也依照聖旨寫了休書……」傳消息的人故意神秘地低聲說道。

「京城的人都知道長公主瘋多少年了，這一病好就要休書，是不是又瘋了？」都說皇家事莫議，但人們還是止不住自己的好奇心。

「這個就不知道了，反正連宮裡的公公都跟著呢，現在長公主的嫁妝都開始往公主府搬！」

「是不是長公主一清醒，得知季大將軍又娶了平妻，心有不忿，這才自請下堂？」也有人猜測道。

「這便不清楚了……」

總之，關於長公主突然自請下堂和秦老王爺怒斬定王世子的消息傳得飛快，而且說什麼話的都有。

待病人漸漸散去，陳其人與安玉善便到醫館後堂說話，說的自然也是今日轟動京城的兩件大事。

「師妹，我從皇宮出來時，老王爺和定王都到了宮內，只是皇上避而不見任何人，妳覺得皇上接下來會怎麼做？」陳其人喝了一杯木槿溫好的熱酒，笑嘻嘻地看向同樣飲著藥酒的安玉善。

「皇上會怎麼做我不清楚，但我知道接下來京城沒有太平日子好過了，想必這幾天，隨著皇上身體越來越好，師兄在皇宮的日子也不好過吧？」安玉善笑著問道。

「妳說得沒錯，那幫太醫院的太醫可是無時無刻不想從我嘴裡打聽皇上的身體狀況，而且我覺得那位院首大人似乎對血蛭很有興趣的樣子。」陳其人輕輕挑了下眉頭。

「會不會……下毒性血蛭的就是他？」安玉善猜測道。

第六十三章 凍瘡藥膏

「我看有點像，這位院首大人原本與太子關係不錯，可最近似乎和奇王走得有些近，不大尋常。」陳其人在皇宮裡可不是閒得只給皇上把把脈，除了後宮嬪妃的宮殿進不去，像太醫院、御膳房、藏書閣之類的地方他可是去得很勤。

「有什麼不尋常？」安玉善追問道。

「妳還記得秦小王爺腦袋上的那枝箭嗎？最近此事有了新眉目。聽說當初是有人驚了葛輝的馬，那人與奇王頗有淵源，定王府想把這件事情推到奇王身上，可奇王又怎會甘心當冤大頭？反而使了小計讓葛輝承認他是故意射殺秦小王爺，今日秦老王爺聽聞此事，又見葛輝當街調戲民女，一怒之下便殺了他。」這其中的彎彎繞繞，陳其人比安玉善更明白，而且他相信很快會有更多人知道。

「看來真是好一臺大戲……長公主自請下堂這件事情，你又知道多少？」安玉善搖頭一嘆，也不知道自己嘆的是什麼？京城這個魚龍混雜之地還真沒有山下村待著舒服。

「這件事情我知道的也不多，也是來的路上聽說的，不過我知道今天李公公手裡似乎有兩道聖旨，看來那位季大將軍做了一個不高明的選擇。」陳其人有些惋惜地說道。

「為了一個女人毀了一世英名，想必季大將軍真的很愛方怡郡主吧。」在安玉善看來，不管季大將軍喜不喜歡長公主，長公主畢竟是皇帝的親生女兒，一旦季家出事，只要有她在，就能保住季家上下。

可如今長公主徹底與季家斷了關係，而皇帝又準備動葛家，季家勢必會受到牽連，再沒有鐵衛軍的依仗，到時境況恐怕不是那麼理想。

「事情並不只如此。妳之前在峰州，對京城瞭解不多，這些年季家內部也是亂得很，一門忠烈之家早已不復當年模樣，怕是季大將軍心中也明白，所以才沒有極力保住季氏一門吧！」瞭解一些內情的陳其人說道。

「不知道這場風雨何時才能真正結束……」安玉善算得上半個局外人，她並不想參與朝堂爭鬥，之所以留在京城，也不過是為了能幫上一點忙而已。

這天的小雨直到半夜才停，第二日天空依舊陰沈沈、冷颼颼，醫館剛開門就迎來不少病人，安玉善帶著唐素素等幾個學徒很早就忙碌起來。

等到早朝結束，又有新的消息從皇宮裡傳了出來，先是說定王在大殿之上狀告秦老王爺殺子，結果皇帝不罰反賞，氣得定王當殿吐血。

再有，皇后身穿鳳衣上殿為葛輝討說法，結果御史言官都站在秦老王爺那邊，就是皇帝也怒斥道是葛輝的錯，於是帝后在大殿上爭吵起來。

早朝散後，文武百官皆知帝后已經失和，葛家被帝王所厭，有聰明的更覺察出皇上有了要動葛家的念頭，紛紛做出應對之策。

就在當晚，安氏醫館闖入一個黑衣人，不過安正早就暗中埋伏，抓住了人，還沒盤問，黑衣人就已咬舌自盡。

看著地上的屍首，木槿語氣森冷地道：「姑娘，這是有人要對您不利。」

安玉善搖搖頭說道：「這人應該不是衝著我來的，安正，明日一早你就送趙恆去千草園，告訴二姊，讓趙恆在千草園的藥爐裡幫忙煉製藥丸，不要讓他出園子，我擔心定王府的人因為葛輝之事不會放過他。」

正如葛輝是定王唯一的嫡子，趙恆也是秦老王爺僅存的血脈，如今帝后失和已成定局，定王勢必會報殺子之仇，而趙恆就是他的目標。

「姑娘，您還是一起回千草園吧！」木槿也擔心安玉善的安危，比起別處，千草園設有陣法，不僅安全也能禦敵。

「最近醫館病人多，我回千草園診病不大方便，明天我會在院中設上陣法，你們再多注意些，不會有大事的。」雖然自己現在在京城有些醫名，但安玉善很清楚，在皇后那些人眼裡，她只能算得上小嘍囉，注意力根本不會放在她身上。

安玉善推測得沒錯，自從長公主和秦老王爺的事爆發之後，京城的權貴之家都突然變得更加謹慎小心。

尤其是太子辦事不力被皇帝當殿怒斥，更被禁足府中，不許任何人探望，大家似乎都嗅出了不尋常的味道，京中局勢像是一觸即發。

接下來的兩個月，葛家就像是得罪了瘟神，災禍一件接一件出現，就連曾經被掩埋的那些「往事」也被挖了出來，如今皇上也已不再見皇后了。

且不管宮裡風雲如何變幻，宮外卻感覺不到有多大的變化，如今京城老百姓最欣喜的就是有了安氏醫館，不用再飲那些難喝的苦藥，一粒藥丸就能治好病。

「聽說安氏酒坊又出新酒了，這次可要買上幾罈子備用！」每天早上，安氏藥酒坊的大門還沒開，就有人排隊等著買酒。

短短數月，安氏藥酒坊的名氣已經傳遍周圍幾州，更有大貨船專門來買酒，安玉若也是忙得腳不沾地。

京城這邊，安氏醫館和安氏藥酒坊的生意好得很，峰州就更不用說了，帝京的大客商們為了買藥酒，乾脆住在峰州不走了，連帶馬家酒也成了當地的名酒。

這天，安玉善正在醫館裡看病，突然一個十二、三歲，衣衫破舊的少年跑了進來，見到她就跪下，什麼話都不說，只是一直磕頭，把安玉善弄得莫名其妙。

「安正，快把人給拉起來。」就這一小會兒的工夫，那少年的額頭上就已經出血，可見他勁道不小。

習武之人力氣大，安正一把就將少年從地上拎了起來。

「你是誰？是不是哪裡不舒服？」安玉善問道。

「我叫阿虎，請師父收下我做學徒，我要跟著您學習醫術，求求您收留我！」叫阿虎的少年想掙脫安正的胳膊繼續跪下，卻被拉住了。

「我最近沒有再收學徒的打算。」安玉善想等京城風平浪靜些再開一家古代的醫學院，畢竟現在正是要亂的前夕，她不想在這時候湊熱鬧。

「那您什麼時候要收？」阿虎雙眼有神地看向安玉善。

「年後再說吧！」如今已經快入隆冬，她原本是想把醫學院開在峰州，不過京城這邊她暫時也離不開，不妨在這裡開一間小的學院。

「那您到時候會收我為徒嗎？我什麼苦活、累活都會做，只要能讓我在醫館當個學徒，我一定會很努力的！」阿虎像是下定決心般說道。

「學醫光努力還不夠，到時候我會舉辦一次入學考試，如果你能通過，我就會收你為徒。」其實這段時間看著唐素素幾人在安氏醫館做學徒，有不少人暗中打聽安玉善是否還會收人？也有窮苦人家翹首以盼，希望神醫能多收些弟子。

「我一定會通過的！」無論安玉善要考什麼，阿虎心中已打定會傾盡全力去考試。

阿虎是窮苦人家的放牛娃，但他在學堂外偷偷學了不少字，也讀過一些書，因為家中爹娘生病，小弟也因急病去世，他便下定決心將來要當一名大夫。

後來他得知藥王神穀子的兩位徒弟來了京城，其中一位女徒弟的醫術更是高超，給窮苦百姓治病，診金極低，還願意招收學徒。

只是前段時間她已經收了幾位學徒，等到阿虎趕來時，醫館已經不招收學徒了，他等了這麼多天，見醫館毫無動靜，今日一時衝動，就鼓起勇氣走了進來。

阿虎走出醫館的時候，安玉善年後要招收學徒的消息再次傳了出去，上一次沒機會進安氏醫館的人，這次都攢足了勁兒要抓住這個機會。

比起別家醫館的大夫，安氏醫館教出來的學徒可厲害得很，外傷、內傷都能治，而且唐素素和黎悅兩個女學徒已經能給女病人看一些小病了。

又過了幾日，京城下了一場幾十年難得一見的大雪，出京的不少道路都被大雪封住，天冷得嚇人。

前來安氏醫館診病的人也多了起來，大多都是風寒之症、凍傷和摔傷。

「表姊，從今天開始，妳和素素姊帶人多熬製一些薑附湯，免費給路人喝，這是冬月主治傷寒的湯藥，療效很好。另外，任然你們去買一些瓦愣子，記住要將瓦愣子先燒熱，研磨為末，出水之後放在一起。」說完，安玉善又吩咐木槿去買一些冰片，還讓人去多找一些山羊油脂。

等到所有東西都備齊，她直接在醫館的後堂熬製凍瘡膏。現在天氣嚴寒，四肢凍傷的人不在少數，還要為軍中將士多準備一些。

游將軍聽說安氏醫館又出了一種神奇的凍瘡膏，抹在手上、臉上不但能保護皮膚，還散發一種淡淡的清香，女子也可以拿它當胭脂水粉用，當下便帶著銀子來找安玉善，說是要買下全部的凍瘡膏。

「將軍，這些凍瘡膏都是為醫館的病人熬製的，您和老王爺需要的藥膏，我不是已經把藥方都給了你們嗎？」安玉善曾答應他們要為軍中將士多想一想，所以一入冬她就寫了藥方派人送去給游將軍和秦老王爺。

「妳是給了沒錯，可那不是妳親手熬製的，我最相信妳的醫術，妳親手熬出來的藥膏比別的大夫熬出來的都強，效果也肯定更好。」現在游將軍對安玉善信任得很，只相信她親手做出來的藥丸和藥膏。

安玉善禁不住一笑，說道：「將軍，我也只是根據藥方熬製，藥效是沒有任何差別的。」

「不行，我只信妳。」游將軍固執地說道。

「可我時間有限，即便熬製藥膏，一天也熬製不了多少。」雖然身邊有學徒幫忙，但安玉善給人治病也是忙得沒時間，尤其因為天冷，她還需要多熬製一些過冬的藥丸和藥膏。

「妳能給我多少就多少，這些藥膏是專門為那些傷殘老兵準備的。」游將軍笑著說道。

「那好吧，我盡力。」安玉善想了一下。目前人手不夠，招收學徒的事情似乎應該提前一些了。

既然答應了游將軍，安玉善沒有耽擱，直接將熬製藥材的鍋子又換了大一號的，藥材需求量也跟著增加。

「木槿，派人去千草園問一下，二小姐怎麼還沒讓人把藥材送過來？」安玉善所需的藥材都來自安玉冉的供應，可她已經兩天沒有見到自家二姊了。

「小妹，妳不用去問了，二姊她現在不在千草園，在離京城最近的陸州城外，現在大雪封路，她一時半刻是回不來的。」這時安玉若一臉愁眉地走了進來。

「二姊去陸州幹什麼？」安玉善不解地問道。

「這段時間看妳忙得暈頭轉向，我和二姊就沒把事情告訴妳。爹娘和大姊一家已經從峰州趕來了京城，小堂叔和二姊先去接應他們了，誰知突降大雪，他們都被困在陸州城外的一家客棧裡。」安玉若解釋道。

「就算再忙也應該把這件事情告訴我呀，爹娘他們要來京城事先都沒通知一聲嗎？」安玉善沒想到家人都已經到京城外了，自己竟然還一點消息都不知道。

「爹娘他們來之前誰都沒說，說是要給咱們一個驚喜。妳也別擔心，這一路上都有旗遠鏢局的人隨行，沒出什麼事情。」安玉若也是後來才知道這個消息。

「安全到達那是最好了。」安玉善放下手上的事情。「三姊，妳知道爹娘在哪家客棧嗎？」

「好像是福來客棧吧，不過妳現在也過不去，還是等雪化一些，路通了之後再去吧。」要是能出去，安玉若早就去了，只是現在通往陸州的大小道路都因大雪無法前行。

安玉善還是有些不放心，她想早點見到家人，於是又讓安正騎著快馬先去探探路，結果安正帶回來的消息和安玉若說的一樣，此時根本無法去陸州。

這天晚上，季景初來到安玉善熬製藥膏的地方，對她說道：「我帶妳去陸州吧，正好明日我要去那裡辦事。」

「你怎麼知道我想去陸州？」安玉善驚訝地看了他一眼。這個時間他不是應該幫助皇帝對付葛家的人嗎？何況聽說季家的鐵衛軍已經正式交到了他的手上。

「妳的事情我總會知道的，妳爹娘一行人已經到了陸州，如今就住在福來客棧裡，妳知道現在陸州知府是何人嗎？」季景初臉上帶了些笑意。

「何人？」安玉善不明白他為何突然提起這件事情？

「是許傑，妳大姊夫一家的仇人，我明日去陸州，就是要辦他們。」季景初走近安玉善小聲說道，這猛然親近的動作稍顯曖昧。

「是皇上交代，還是你主動請纓的？這和我大姊夫或我有關係嗎？」季景初與許傑之間並沒有什麼恩怨，就算許傑曾是北朝叛臣，但在大晉朝人的眼中，他可算得上棄暗投明的「可用之才」。

「都有吧！許傑這幾年在京城、陸州兩地雖說混得還不錯，但依仗的不過是宮中旁親姪女許妃的勢力。前兩日許妃伺候皇上時觸怒龍顏，已經被打入冷宮，這些年許妃、許傑等人所做的惡事多不勝數，皇上自然不會放過。」許傑被治罪是遲早的事，而皇帝還在這時懲辦許妃、許傑等人，則是因為他們都是太子的人。

許妃如今被打入冷宮，一旦許傑再被查辦，皇帝欲斬斷太子羽翼的想法便人盡皆知了。

「可現在路被封了，你要怎麼過去？」安玉善也猜出季景初去陸州的原因沒那麼簡單，畢竟一個犯錯的宮妃和官員還不值得皇帝如此操心。

「妳跟著我走就是，我自有辦法。」這次要懲辦許傑，季景初想著許誠剛好能幫上忙，這些年許誠暗中可搜集了不少許傑貪贓枉法的證據，此次正好派上用場。

第六十四章 仇人見面

到了次日，安玉善帶上木槿和安正兩人跟著季景初前往陸州，他們先從京城城外繞到山中，穿過隱藏在山中的軍營，走過黑漆漆的山洞，又繞了一條難走的山路，最後七拐八彎才到了陸州城外。

福來客棧就在陸州城外的官道上，陸州離京城最近，許多外來的客商都會暫住陸州，因此陸州十分熱鬧繁華，城外也有不少酒肆店鋪。

安玉善一行人抵達時，因為大雪封路，陸州城外亦是人滿為患，官道上擠得水洩不通，許多南來北往的商人找不到暫住的地方，直接就在路邊搭起了帳篷。

季景初因為有公事要辦，便讓安玉善先去福來客棧找家人。

只是當安玉善快到客棧時，忽地被一個長得油頭粉面的男子攔住了去路。

「這是哪家的小娘子，可真是俊俏！」如今是大冬天，可滿嘴輕佻之語的男子卻拿著一把紙扇裝瀟灑。

他本想用紙扇挑起安玉善的下巴，但被安玉善嫌惡地躲開了，木槿和安正則一前一後護在了她的身邊。

「喲，小丫頭還挺有個性，大爺我喜歡！別害怕，爺最是憐香惜玉，只要妳跟了爺，爺絕不會虧待了妳。」男子輕薄的話越說越露骨。

「這種畜牲都不如的垃圾別讓他在大街上礙眼了，最好嘴巴也給封住。」安玉善冷眼掃了一下眼前之人，這話自然是對安正和木槿說的。

果然，她話一出口，安正就伸手想把那人給扔出去，沒想到對方也是個練家子，還會幾下拳腳功夫，只是最後仍被安正打了個狗吃屎。

「娘的！敬酒不吃吃罰酒，你們知不知道爺是誰！」那男子跳起來朝安玉善三人怒罵道。

「姑奶奶不知道你個畜生是誰，但敢當街欺負我妹妹，我看你是不想活了！」沒等安正再出手，安玉善就看到安玉冉氣沖沖地從福來客棧衝了出來，手裡拿著兩把明晃晃的菜刀。

雖說安玉冉行事素來魯莽，可每次看到安玉冉為了保護家人那股不要命的架勢，安玉善內心深處都是激動和感動——這才是她的二姊呀！

「玉冉，我來幫妳！」安玉冉身後傳來姜鵬的聲音。

「好啊，今天是碰上硬茬了，真以為我許榶會怕？來人，給我上，打死了算我的！」那男子終於報出了自己的大名。

「你說你叫什麼？」不說名字還好，一說名字，安玉冉的怒氣更盛了。

「哈哈，怕了吧？我叫許榶，我爹可是陸州知府！」許榶冷笑道。

他這一說，安玉冉不禁怒極反笑。當年許榶綁走安玉璿的時候，她就想拿刀砍了這個叫許榶的男人，沒想到這麼多年過去，這個「願望」終於有機會實現了。

「怕？姑奶奶等這一刻等太久了！」安玉冉同樣露出凶狠的笑容，嚇得許榶背脊發涼。

「玉冉，這事妳別插手，我來！」就在這時，許誠也疾步走了出來，而四周圍觀看熱鬧的人則是越來越多。

「大姊夫，今天我要宰了這個畜生！」新仇舊恨加在一起，安玉冉又怎會放過許棟？

「我山魚繡莊與許傑父子之仇不共戴天，算大姊夫請求妳，這個機會就留給我吧！」許誠臉色平靜地看向許棟，胸中的恨意幾乎要將他淹沒。

這些年，他終於積攢了足夠的力量來對抗許傑父子，如今峰州的許氏一族無法再當他們的靠山，宮中的許妃聽說也已經被打入了冷宮。

許傑父子雖然在大晉朝的京城經營了幾年，畢竟根基淺，又是北朝舊人，若不是看在當初季大將軍提拔了下他，之後他們父子又靠上了葛家的分上，怕是沒人會抬舉他們。

如今葛家成為了皇帝的眼中釘，季大將軍府也因為長公主的自請下堂和鐵衛軍的易主而不再那麼光鮮，許傑父子現在沒了靠山，想對付他們自然容易多了。

「你是……許誠？」許棟定睛瞅了瞅眼前身姿傲然的男子。

這和他記憶中那個蓬頭垢面、經常被自己羞辱的殘廢三少實在是太不同了，但許誠的面容他是永遠不會忘的，從小到大，這個許家公子一直都是他的死對頭。

當初的一念之慈讓他們父子沒有斬草除根，結果就留下了禍害，誰想到給他胡亂許了一門親，反而讓他因禍得福，不但重新站了起來，還娶妻生子。

就算這些年沒怎麼回過峰州，但因為惠王在峰州，作為太子一黨的人，許棟也從自己父親口中得知了峰州的不少事情，更何況許氏一族被惠王懲治得那麼慘，許誠的消息他自然也算清楚。

還以為這輩子他在京城、陸州過他許大少爺的逍遙日子，而許誠窩在峰州，永無相見之日，沒想到是仇人就總有相見的那一天。

許槤心中冷哼：這樣也好，今日就讓許誠有來無回。

「許槤，你殺我山魚繡莊幾十條人命，該是還的時候了。」許誠眼中迸發憤然的恨意。

「還？哈哈哈，笑話，你們家死人和我有什麼關係，小心我告你誣陷！」許槤毫無畏懼地大笑道。

「天理昭昭，報應不爽，你的好日子到頭了！」許誠沒有先動手，即便要報血海深仇，他也要正大光明地讓天下人看到許傑父子的報應，一刀就殺了他們，太便宜了。

「那咱們就等著瞧！」許槤已經沒有繼續糾纏下去的想法，他看出來了，真要動起手來，自己根本占不了便宜。

許誠緊握雙拳，也沒有衝動，他不在乎多等一會兒。

待安玉善進了福來客棧，剛才外頭發生的事情，安松柏、尹雲娘和安玉璿等人在二樓雅間的窗戶旁都已經看到了，只是還沒來得及下來，這事情就已經結束。

「玉善，妳沒事吧？」對於許傑父子，尹雲娘心中還隱隱殘留著一絲恐懼，當年安玉璿被綁走這事確實嚇到她了。

「娘，我沒事，那種人蹦躂不了兩天。」季景初已經帶著聖旨到了陸州，相信許傑父子的懲處很快就會有個結果。

「這種惡人，老天爺怎麼不收了他！」尹雲娘氣憤地說道。

「岳母，您別為這種畜生生氣，我一定不會放過他的。」既然今日見了面，許誠就決定要了結這段仇怨，許傑父子必須血債血還。

「許誠，你可不能胡來，這許傑怎麼說現在也是個官，咱們無權無勢的百姓要小心行事才行。」尹雲娘因為擔心，開始勸說許誠。

「娘，您放心吧，誠哥他有分寸的。」安玉璿相信丈夫隱忍這麼多年，絕不會在最後功虧一簣。

「依我看，還等什麼，直接就剁了那對父子！」安玉冉怒氣難消。像許棟那種噁心的男人就該早點下地獄。

「馬上就要成婚的人了，別整天拎著刀就出去，妳這暴躁脾氣什麼時候能改一改？」尹雲娘無奈地看向二女兒。

「成婚？什麼成婚？」安玉冉迷糊了，安玉善也有些不明所以。她二姊什麼時候訂婚了？

「妳和姜家的婚事，妳爺爺奶奶還有我和妳娘，都已經做主允了，你們的庚帖都已經換過，六禮也過三了，婚事就定在明年六月！妳大爺爺說了，到時候直接讓妳從京城出嫁，不用回峰州了。」安松柏身為一家之主，看著瞪大雙眼的二女兒直接說道。

「爹，這件事情您怎麼不和我商量？」安玉冉有些急了，她還不想嫁呢！

一旁的姜鵬臉上倒是露出了笑容。

「我都和妳商量幾年了，妳不是一直不答應？現在你們兩個整日在一起，沒名沒分的成什麼樣子，咱們就算是鄉野出身，這名聲就不要了？這次容不得妳再任性，婚事不能再拖了。」安松柏態度強硬地道。

「姜鵬，這件事情你是不是早就知道了？」安玉冉有些生氣地轉向姜鵬。

「天地良心，我大哥一直讓大嫂幫忙操心我的婚事，這段時間我也一直陪妳在北靈山採藥，連家都沒回過兩次，庚帖的事情我真的不知道。」姜鵬舉手發誓。

「玉冉！」安松柏瞪了二女兒一眼。四個女兒中，這個女兒膽子最大也最隨興，像個男孩子一樣大大咧咧的，安松柏平時對她也沒有管太多，但這事關她的終身大事，不能再由著她了。

安玉冉從小經常被尹雲娘打，可沒怎麼被安松柏語氣冰冷地訓斥過，現在猛不丁地來這麼一回，她還真有些怕了。

她氣勢陡然變弱，嘀咕道：「我又沒說不嫁，只是這件事情你們應該事先知會我一聲……」

見安玉冉態度軟化，安玉璿笑著說道：「爹娘這樣做還不是怕妳脾氣一上來，又在京城惹什麼禍，到時候妳可真嫁不出去了。」

「嫁不出去就嫁不出去，我就做一輩子的老姑娘！」安玉冉被安玉璿這一打趣，氣勢又回來了，不過眾人一聽就知道她是在「嘴硬」。

「妳當然能嫁出去，我一定娶妳！」姜鵬順口就接道。

看著有些「傻裡傻氣」的二女兒和未來的二女婿，安松柏和尹雲娘無奈地相視一笑。以後成了婚，在京城這個規矩森嚴的地方，還指不定怎麼被別人笑話呢！

「看來明年咱們家就有喜事了。」安玉善在一旁笑道。

「沒錯，不過喜事可不止一件。」安玉璿笑呵呵地看向了安玉善，神情意味深長。

「還有什麼喜事？」安玉善問道。

「妳的親事呀！」安玉璿笑容滿面地說道。

「我？」安玉善指了指自己，她哪門子的親事呀！

「沒錯，就是妳！」尹雲娘也笑著看向小女兒。

這次他們特意從峰州趕過來，除了來探望在京城的三個女兒，更為了她們的婚事而來，特別是安玉善。

「娘，您可別嚇我，二姊、三姊都還沒出嫁呢，怎麼能輪到我呢？再說，我還小，要和誰訂親呀？」雖說古代流行「父母之命，媒妁之言」，但安玉善可沒打算盲婚啞嫁，何況她現在心中已經有人了。

「妳二姊明年就嫁了；至於妳三姊，她老早就和妳大爺爺說過，自己的夫君要自己挑，妳大爺爺也同意，我們對她是沒辦法了。」說起三女兒的婚事，尹雲娘可是犯頭疼，那丫頭竟然一聲不吭找到了安清賢，也不知用了什麼辦法，竟讓安清賢答應她的婚事自己做主。

「那我也要自己挑。」安玉善趕緊說道。

「那可不行！」安松柏堅定地搖了搖頭。「妳的婚事是本家族長和神相大人一起定下的，說是天定的姻緣，更改不了。」

「爹，就算是本家族長和神相大人定下的，只要我不喜歡，這門婚事我也是不答應的。」安玉善態度同樣堅決。

「妳這孩子怎麼和妳三姊一樣？」尹雲娘倒是沒生氣，反而笑著說道：「妳就不問問對方是誰？」

「是誰？」安玉冉率先反問。她的小妹可不能隨隨便便嫁人。

「這人你們都認識，就是曾經住在咱們隔壁的程小公子。妳大爺爺說，本家的神相大人為玉善和程小公子都批過命，你們二人因禍得福，改了天命，而且鸞鳳相交，乃是注定的姻緣。我就說當初那程小公子怎麼會從渠州來到山下村，原來這都是緣分。」尹雲娘最信佛道天命，現在在她心中，季景初就是她的四女婿。

安玉善此時有些哭笑不得。她和季景初怎麼就鸞鳳相交，成了注定的姻緣了？不過仔細想想，自己的確是改命了不假，他也是因為遇到自己而活了下來，否則後來的一切都不可能發生。

「娘，妳知不知道妳口中的程小公子，其實是長公主與大將軍的兒子、當今皇帝的外孫？」即便安玉冉這段時間經常在深山裡跑，但與北靈山的藥農們相處久了，京城裡發生的事情她還是知道一些的。

「娘已經知道了，可妳大爺爺說，別管他是什麼身分，妳妹妹這輩子注定是要和他在一起的，娘倒是不擔心。」尹雲娘最疼小女兒不假，但她也知道比起另外三個女兒，小女兒是最聰慧的，遇到什麼情況都能應對。

「娘，這件事情還有誰知道？」安玉善感到很疑惑，如果季景初真要和自己訂親，為什麼季家那邊一點反應都沒有，而季景初對自己也隻字未提？

「別人還不知，就咱們家人知道。妳大爺爺交代了，不管季家人什麼態度，這門婚事咱們安家人說了算！」自從知道有安氏本家護著，峰州安氏的族民身上都多了底氣，安松柏也是如此。

安家三姊妹俱是一愣。這口氣好橫呀，連皇親國戚都不放在眼裡！

在陸州再見到季景初的時候，安玉善並沒有把二人很可能會結親的事情告訴他，並不是因為害羞，而是她覺得這件事情因為本家的插手而變得不那麼簡單了。

「你的事情這麼快就辦完了？」從分開到再見面也就兩個時辰左右，季景初就出現在福來客棧裡。

「許傑不過是太子門下的一條狗，關於他貪贓枉法的證據，奇王老早就送到了皇上面前。」季景初先是拜見過安松柏和尹雲娘幾人，然後又和許誠單獨敘話，最後才見到了安玉善。

「看來奇王現在是一心要扳倒太子了……姊夫他怎麼說？」貌似許誠和季景初見過面之後，臉色不是特別好。

「許傑手裡有一部分葛家與太子合開銀礦、出售銀錠的證據，雖然現在就可以下旨定他的罪，可我還需要他手裡對帳的帳本，只能讓妳姊夫暫緩對付他了。」季景初這次來陸州要懲治許傑只是原因之一，主要目的是為拿到太子與葛家私開銀礦的確鑿證據。

除了許傑，太子黨的走狗還有陸州最大錢莊雲來錢莊的東家，同時也是富雅山莊的莊主——南宮雲傑。

此人不但武功高強、心機深沈，還是個善使機關的高手，富雅山莊裡亦設有陣法，一般人很難闖進去。

季景初已經得到確切消息，那些銀錠都是由南宮雲傑幫忙燒製並從錢莊銷出去的，大部分帳本都在南宮雲傑手裡，如今就藏在富雅山莊。

許傑手中有一塊能進入富雅山莊的權杖，季景初打算先把許傑秘密關押起來，然後找人假扮許傑進入富雅山莊查探消息，一旦找到帳本，就把太子這些左膀右臂都卸掉。

第六十五章　罪行暴露

「今日許樋已經見過我大姊夫了，現在又回不了京城，我擔心許傑父子若想在陸州斬草除根，到時我家人會有危險。」安玉善現在不擔心別的，就擔心許傑父子暗中使壞。

「妳別擔心，送妳家人離開陸州的人我已經安排好了，待會兒就可以走。」剛才在大街上，許樋調戲安玉善的事情季景初已經知道了，要不是顧全大局，許樋早就身首異處。

「他們真的會動手？」安玉善有些坐不住了。雖然木槿和安正的武功都不錯，可強龍不壓地頭蛇，許傑現在在陸州可是風光厲害得很。

「妳還記得那個烏半仙嗎？他是季家的家奴，現在已經聽命於我，就在剛才他給我送來消息，說今晚許傑要對妳大姊夫動手，很可能會火燒福來客棧。」季景初說道。「我剛才已經把這件事告訴了妳大姊夫，今天他會留在陸州。」

「許傑他膽子也太大了！福來客棧裡住的可不只我們這一家……不過草菅人命這種事他做過也不止一次了。」如此不把人命當回事，安玉善私心裡希望許傑能早點得到報應。

「許傑的好運今日已經到頭了，待會兒妳跟著妳家人一同離開陸州吧！」既然許傑起了殺心，為了以防萬一，季景初決定讓安玉善同安松柏一行人一起離開。

「景初，她可不能走！」就在安玉善與季景初在房裡說話時，窗邊突然響起一道嬉笑的聲音。

慕容遲推開窗戶跳了進來，先是一臉歉意地看著季景初說道：「實在是對不起，我那不可靠的師叔出了關又不知去了哪裡，這次富雅山莊的陣法不能指望他了。」

季景初瞭解富雅山莊的情況後，就讓慕容遲去請他的師叔幫忙，本來算好時間，今日慕容遲會和他師叔一同出現，卻沒想到人又沒請來。

「你師叔還真是神龍見首不見尾。」

季景初不想安玉善陷入危險之中。富雅山莊並沒有那麼好闖，再說安玉善只是奇門遁甲的書讀得多，自己會設一些陣法，但破陣之事宜早不宜遲，這麼短的時間內她能想得出來嗎？他不想她為難。

「我師叔不在不要緊，玉善姑娘不也會奇門遁甲之術？當初的四門龍虎陣也是她破的，說不定富雅山莊的陣法她有奇招呢！」慕容遲也覺得很抱歉，但好在季景初的身邊還有能人在。

「那我留下來幫你。」既然自己對季景初清除陸州叛黨有用，留下來助他一臂之力也是應該的。

「不行！」季景初不同意。雖然富雅山莊有陣法防守，但真要強攻，山莊裡的那百號人也撐不了太久，不過是多費些時間和人力罷了。

「沒什麼不行的，一旦對方知道皇帝要動太子和銀礦，說不定就會迅速把證據轉移，到時候豈不是前功盡棄？我身邊有木槿和安正保護，不會有事的。」安玉善知道季景初是在擔心她的人身安全，但只要不是瘋爺爺那種來無影、去無蹤又手法極快的武功高手，她就有反擊的機會。

「玉善姑娘說得對，現在咱們必須抓緊時間，今天晚上我就去陸州知府那裡偷權杖！」慕容遲決定彌補自己的辦事不力。

「不用了，今天晚上直接把許傑押入大牢，從他嘴裡逼問出權杖的下落。」季景初又看了安玉善一眼，見她眼中閃著不容拒絕的光芒，最終也沒有再反對。

安松柏和尹雲娘幾人雖然不知道發生了什麼事，但看安玉善與許誠的神色都很慎重，也就沒多追問，聽從他們的安排悄悄從客棧後院離開，由蕭林護送到更安全的地方。

這天晚上，天冷得異常，福來客棧四周倒還是熱鬧得很，街道旁臨時搭建的帳篷外燃起了一堆堆篝火，把白雪映襯得更加明亮。

安玉善喬裝改扮過後就在一間小帳篷裡等著。雖然剛才季景初對她說過，福來客棧的這場火根本就燒不起來，但她還是有些擔心。

直到冬夜漸漸深沈，人們都慢慢進入夢鄉，福來客棧也關了門，四周還是沒有任何動靜。

這一等，安玉善就等到了子時過後，她沒等來要火燒客棧的人，卻是等來了勿辰。

「姑娘，公子讓您早點回客棧休息，事情全都辦妥了。」勿辰恭敬地對安玉善說道。

「沒事了？」安玉善並未察覺任何異樣。難道許傑的人根本就沒來？

「是的，沒事了。」勿辰點點頭。

與此同時，陸州城內一處隱密私宅的密室監牢裡，許傑父子驚恐地張大嘴巴，根本不明白短短時間內，怎麼就從發號施令的人變成了階下囚？

「爹、爹，咱們這是怎麼了？有沒有人？快把爺給放了！」此刻，除了許家父子，監牢裡連隻老鼠也沒有。

「該死的！到底是誰！」許傑頭髮凌亂，惱怒地說道。

他的四肢被鐵鍊綁在冷硬的柱子上，這感覺太不好受。

「快放開我、放開我！」許榑大聲地喊著，四周瘮人的寂靜讓他越來越恐懼，好在還有他老爹在一旁陪著。

「別喊了，先想想有沒有辦法出去？」如此情景，許傑只想著逃命要緊，這一生他得罪的人可不少，還不知是哪個仇家找上了門？

只是鎖鍊綁得太緊，無論他們父子怎麼掙扎都沒用，反而因過大的動作把衣服磨破，養尊處優的皮膚磨出了血。

大概半個時辰左右，監牢厚重的石門被人從外面推開，一盞燈光照亮了原本昏暗的監牢。

一個身影走了進來，石門再度關閉。

「誰？」由於逆著光，許傑眯起眼睛，想要看清來人的面容。

直到監牢內原本的燭火被來人點著，許傑父子才看清此人。

「許誠，竟然是你！你知不知道私抓朝廷命官是死罪，快把我們給放了！」面對氣勢勃發的許誠，許榑心中曾經消失的瘋狂嫉妒又出現了。

「誠哥兒，叔父知道你心中對我有怨，但當時我也是無奈之舉，一切都是誤會！」與許槤不同，看到許誠之後，許傑臉上不但沒有惱怒，反而換上了沈痛的表情。

「許傑，你少在這裡假惺惺了，我不是我爹，不會被你滿嘴的花言巧語給騙了。你滅我山魚繡莊滿門，今日便是你的死期，這次我會讓你的家人都跟著陪葬。」許誠殺意盡顯。

「許誠，你敢動我家人試試，我一定會殺了你！」雖然許槤在外頭一副滿不在乎的樣子，但想起家中的妻妾兒女都要跟著一起死，不禁也激動起來。

「誠哥兒，你可別衝動行事，我如今好歹是陸州知府，殺了我，你也沒有活路。」許誠眼中的恨意太嚇人，許傑也這才感到後怕。

「只要能為我家人報仇，我還要什麼活路？今天我就要把你們父子千刀萬剮！」說完，許誠就從袖中抽出一把寒光閃閃的利刃，先走到許槤的面前，一刀下去就把他的左耳俐落地割了下來。

「啊——」許槤疼得全身都要痙攣了。

「許誠，有種你衝著老夫來！」許傑也裝不下去了，他可就許槤這一個兒子，而許誠明顯真的動了殺意。

「別著急，很快就輪到你了。」許誠轉身又走到許傑面前，猛地抓起許傑的左手，臉上閃過讓人膽寒的笑容。

「你、你要幹什麼！啊——」許傑的疑問很快有了答案，他左手的大拇指被許誠給割斷，鮮血汩汩直往外冒。

「別這麼喊，我這只是剛開始，不過一根手指，還有九根，咱們慢慢玩。」許誠又走到了許棟的面前。

這下子許傑父子都害怕了，之前他們也遇過殺人不眨眼的狠角色，不過那些人都是他們雇傭來對付自己的敵人，現在輪到他們自己，膽子都要嚇破了。

「許誠，只要不殺我，你想要什麼都行！」許棟開始求饒。在這個叫天天不應、叫地地不靈的鬼地方，他成了許誠案板上的魚肉，只得想盡辦法活命，他可是很怕死的。

「我現在什麼都不想要，我只要你們的命，替我枉死的家人報仇。」許誠一刀又下去，許棟的另一隻耳朵也沒了。

「不不不，你別殺我！殺了我，你也毀了，怎麼說當初我們也留了你和你小妹兩條性命，只要你不殺我，我保你日後榮華富貴享用不盡！」許傑慌忙說道。

「保我？哼，你如今都已經成了階下囚，許妃也被打入冷宮，你還有什麼能力保我榮華富貴？」許誠語氣輕蔑地說道。

「有，我有！」為了保命，許傑心想一定要穩住許誠才行，可他哪裡知道許誠此刻不過是個「唱白臉的」。

於是，為了取得許誠的信任，許傑告訴他自己是太子的人，而之後季景初適時出現，並在許傑父子面前扮起了「紅臉」。

沒想到，就是這一紅一白的軟硬兼施，不但讓許傑全盤交代手中掌握的太子私開銀礦的證據，季景初等人還拿到了富雅山莊的通行權杖。

不過，富雅山莊的莊主夫人李如月精通奇門遁甲之術，山莊內被她布置了陣法，就算拿到權杖，季景初的人一時也難以進入。

這時，慕容遲卻道出這李如月算是他同門師叔，可惜背叛師門嫁了人，因成婚多年未有子嗣，她便篤信佛道，每月初一、十五都會去廟裡進香。

利用李如月求子心切的心理，安玉善在李如月又一次上山進香時，玩了一招「仙子算命」，攻破她的心理防線，讓她以為這些年求子不得是因為陣法的阻礙。

回去之後，李如月輾轉難眠，終究沒有忍住對孩子的渴望，將陣法打開了缺口，而這也給了季景初等人進入山莊的好機會，成功將太子以及富雅山莊莊主南宮雲傑當場逮住。

臨近新年，在如此天寒地凍的日子裡，京城裡還是十分熱鬧，任何事情都阻擋不了人們籌辦年貨的腳步。

皇宮內院裡，三宮六院的貴人娘娘們比平常安分守己。自從兩日前太子府和定王府突然被重兵圍困之後，皇后的地位似乎更加岌岌可危。

消息靈通的已經有了眉目，說是太子暗訪陸州富雅山莊，和南宮雲傑秘密在山莊內非法煉製銀錠，結果被季景初當場人贓俱獲；同一天，作惡多端的許傑父子也被捉拿歸案，沒等送來京城就被當街斬首示眾了。

緊接著，當今聖上查出多年前，太子發現一處銀礦卻沒有上報，反而與定王、南宮雲傑等人密謀開採，所貪銀兩全都讓他用在私人花費以及結黨營私。

這兩日朝堂上氣氛極為緊張，廢掉太子幾乎成了板上釘釘的事情，至於參與私採銀礦的定王府也是誅九族的大罪。

眾人紛紛猜測，皇帝之所以沒有立即將獲罪之人斬首，顧念的是與當今皇后的夫妻之情。

另一頭的季大將軍府內，方怡郡主如坐針氈。前幾日她還能進宮與皇后訴苦，這兩天卻是連大將軍府都出不去了，太子與定王府出事，她這個春風得意的大將軍夫人也一下子失去了娘家的靠山。

入夜，方怡郡主在書房內找到獨自坐在書案前沈思的丈夫，手中端著的熱茶放下之後，她拿起披風給他披上。

「夫君，屋裡雖然燒了炭火，可還是很冷，小心別著涼了。」方怡郡主溫柔地給季大將軍揉著肩膀。

「沒關係，我是習武之人，這點寒冷不算什麼。已經很晚了，待會兒我還有事情要忙，今夜不用等我，妳先去休息吧！」季大將軍微微錯開了肩膀，此刻他正愁緒滿腹。

方怡郡主微微一愣，低頭沈思片刻，突然跪在了季大將軍的面前。「夫君，求你救救葛家！」

季大將軍似乎並不意外方怡郡主會有此舉動，只是他長嘆一聲，說道：「如今我自身難保，又如何去救葛家？」

方怡郡主聽後大驚，忙抬頭問道：「夫君此話何意？難道皇上也要對付季家不成？」

「妳錯了，不是皇上要對付季家，而是如今的季家已經得不到皇上的重視。沒了鐵衛軍、沒了掌兵的實權，如今我不過是一具名喚大將軍的軀殼而已。」就在今天，皇上召他進宮，將他手中全部的兵權都給了季景初。

子繼父位，這本是最正常不過的一件事情，可惜父子離心，季大將軍清楚季景初心中對季家是沒有任何感情的，可皇上的旨意他又不能不聽從。

「你說什麼？」方怡郡主直接從地上站了起來。「夫君，你是有功於大晉朝的大將軍，怎麼會沒有掌兵的實權呢？」

她剛才還想著就算沒有鐵衛軍讓皇帝忌憚，但丈夫手中還有二、三十萬的軍隊，皇上要動葛家也不是輕易就能動的，可現在她丈夫手中竟然連兵權也沒有了？

「我就算是掌兵大將軍，可也是皇上的臣子，君要臣亡，臣不得不亡，更何況本就是皇上賜給我的兵權，他要回去也理所應當。」骨子裡，季大將軍還是當初那個忠君愛國之人。

「那怎麼可以！」方怡郡主急了。「沒了鐵衛軍、沒了兵權，還怎麼保葛家！」

在方怡郡主心目中，丈夫雖然是她的天，但葛家才是真正給予她地位和榮耀的靠山，一旦葛家與皇后倒了，季家又成了不受皇帝重視的空殼，那她還有什麼呢？

方怡郡主眼中的神情一覽無遺，季大將軍突然覺得有些悲哀。為了這個女人，他付出了太多，如今錯已鑄成，只能承受後果，可這後果來得太快、太重，讓他覺得都有些喘不過氣。

「妳放心，我的兵權到了景初手中，皇上也已經答應我，無論葛家和太子的事情鬧得多大，都不會牽連到咱們府裡，妳只要和葛家斷絕關係，命還是能留住的。」這已經算是他與皇帝「談判」後的結果，事實上他是用兵權保住了季家、保住了方怡郡主的性命。

否則，憑藉這些年方怡郡主暗中對長公主做的那些事，以及與葛家的牽扯，皇帝是不會留她性命的。

方怡郡主始終是個聰明人，聽到這裡，已經明白有些事情是覆水難收，她曾自以為贏了長公主、得到了一切，如今看來輸得最慘的還是她。

一想到之後很可能會到來的昏暗日子，她就有些支撐不住，軟軟地跌在冰涼的地上。季大將軍本想彎腰去扶她，卻見她臉上猶如死灰的神色，嘆了口氣，邁著沈重的腳步走出書房。

夜更深也更冷了，無邊無際的黑暗開始緩緩吞噬所有的一切。

第六十六章 大勢已去

天未亮，彷彿一下子又衰老十歲的皇后站在皇帝的御書房外，潮濕的空氣中預示著一場雨雪即將到來。

「娘娘，皇上還未起，您還是先請回吧！」李公公走到皇后面前，還保持著應有的恭敬。

「不急，本宮就在這裡等，什麼時候皇上起了，自有時間見本宮了！」皇后與元武帝是青梅竹馬的夫妻之情，兩個人的年紀差不多，如今的皇后也已經頭髮花白、愈加蒼老了。

「娘娘，那您到偏殿等吧，殿裡暖和些。」李公公說道。

「不必了，本宮教子無方，就在這裡給皇上請罪。」元武帝已經避著自己很長一段時間了，還不許她和她的人出宮，就連英王都被嚴令留在府中不許外出。

皇后不知道現在的太子與定王還有兩府的人怎麼樣了，她也已經清楚皇帝這次是要辦太子和葛家，對她來說，廢不廢太子早已經不重要，重要的是葛家不能倒。

李公公也沒有辦法，又過了兩盞茶的時間，皇帝直接寫了一道禁足聖旨讓皇后回去。

「皇上，您難道連一點夫妻之情都不顧了嗎？」皇后一臉悲痛地朝著御書房大喊道。

此時天已經微亮，雪粒子開始砸在人的臉上，涼涼的，還有些疼。

御書房的門依舊緊閉，裡面安靜得就像沒有人，但皇后知道，她那個九五之尊的丈夫正臉色深沈地站在案桌後面。

最終皇后也沒有見到元武帝，在幾個宮中侍衛的「護送」下回到了自己的宮殿，神情難看至極。

等到身邊只剩下親近信任之人，皇后就讓人給宮外的英王捎信，讓他早做準備。

皇后在宮中經營多年，她的人還是有辦法出去的，並且將口信帶給了英王，之後英王又秘密派人去了太醫院。

這天午膳時分，雨挾著雪，有越來越大之勢。

因為家人都來了，安玉善心情極好，又加上天冷，她便親自做了火鍋給家人吃。

大冷天的，一家人圍著吃火鍋最是熱鬧歡樂，陳其人抬腳走進來的時候，看到的就是安家一大家子，還有唐素素幾個學徒圍著兩張大圓桌吃飯的場景，真是比吃年夜飯還要喜慶。

「呵呵呵，真是來得早不如來得巧，大老遠都聞到香氣了！」陳其人笑著說道。

安玉善趕緊讓人拿來碗筷，他卻擺擺手道：「好飯待會兒再吃，師妹，我找妳有事。」

「那我們裡面說。」安玉善將陳其人請進了較為安靜的房間裡。

待兩人在溫暖的房中坐下後，安玉善問道：「師兄，你這時候趕來是不是宮中出了什麼事情？」

陳其人現在主要負責皇帝的身體狀況，這段時間幾乎都待在皇帝身邊，寸步不離，且她聽說現在宮裡宮外的局勢都很緊張，他怎麼這會兒有閒情逸致來找自己了？

「妳猜得沒錯，我發覺今天太醫院的院首似乎有些異常，惠王的人一直在監視英王，說英王曾派人去找過這位太醫院的院首，皇上已經知道了，現在我們都懷疑血蛭的事情和英王、院首等人脫不了關係。」陳其人說道。

「既然有嫌疑人，要抓住他們就很容易了。」對於毒血蛭的幕後之人，安玉善也早有猜測，除了皇帝那幾個不甘心的兒子外還能有誰？

「所以現在才需要妳的幫忙。」陳其人微微一笑說道。

「讓我幫什麼忙？」

「妳有沒有假死藥？最好是和毒血蛭病發時症狀一模一樣的？」陳其人問道。

「虧得我早有準備！」當初配藥的時候，安玉善就多留了一個心眼，為了以防萬一，她把假死藥也煉製好了。

「呵呵，我就說我這個小師妹厲害又聰明得很！」陳其人佩服地道。

安玉善讓木槿取來藥瓶遞給陳其人。「你就別誇我了，這藥雖是假死藥，但最初的疼痛感卻不是假的，皇上服下去還是會受點罪。」

「這一次皇上最痛的不是身，而是心。」陳其人拿起藥瓶收到身上，站起來說道。

背叛和傷害自己的是最親近的妻子和兒子們，元武帝心裡又怎麼會好受？

安玉善也理解陳其人話中的意思。這便是帝王家的無奈吧！

臘月二十六這天，離皇家祭祖還有三天，皇帝還沒有發下任何裁決的聖旨，但太子府與定王府的人已經全部被押入大牢。

很多人都在猜測，元武帝之所以隱忍不發，是不想皇家還有百官過不好這個新年。

得知內情的安玉善心中有數，這幾天惠王、季景初、安平侯、秦老王爺都在暗中調派兵馬，防的就是皇后與英王等人狗急跳牆，來個逼宮造反。

至於遲遲不將太子與定王治罪，那是因為元武帝想要一網打盡，將有可能危及大晉朝安穩的逆賊全部趕到他的網裡。

只是元武帝沒預料到，皇后等人竟是連這個年都等不及了。

「父皇，皇后娘娘的手令已經秘密發出去了，根據兒臣的估計，再過兩天，擁護太子、英王的人就會帶兵抵達。」惠王站在「生病」的皇帝龍床前稟告。「那些人都被安平侯還有秦老王爺控制住，您不用擔心會有大軍逼宮。」

「就這幾天，他們都等不及了！」說到底，皇帝對皇后還有太子、英王幾人都是有感情的，他與皇后是幾十年的夫妻，太子和英王又是他疼愛的孩子，可沒想到就是他們想讓自己死。

「父皇，您真的要用這個方法嗎？萬一……」元武帝想利用假死逼英王、皇后等人自投羅網，可凡事最怕萬一，惠王認為即便他們已做出萬全的準備，可到時只要發生一點「意外」，都有可能導致全盤皆輸。

「沒有什麼萬一，他們想讓朕死，朕就『死』給他們看！」元武帝氣極道。

臘月二十七這天深夜，元武帝突然「病情加重」，不但太醫院的太醫全都聚在皇帝的龍床前，就是陳其人和安玉善也被緊急請進宮中給皇帝診脈。

安玉善看著病床上痛苦到臉部扭曲的皇帝，面上露出凝重，心中增添一絲緊張和憂慮。

愈加臨近新年的這一夜，恐怕是最不平靜的一個夜晚了。

「皇上如何了？」被特許前來的皇后一臉焦急地看向龍床上的元武帝，臉上的擔憂並不像作假。

「皇上的氣血嚴重不足，怕是……」陳其人已經先給元武帝診過脈，在這之前，太醫們也全都給皇帝會診過，得出的結論都是一樣的。

「放肆！皇上龍體已經大好，怎麼會氣血不足？你們不是大夫嗎？快給皇上治病呀！」皇后怒然訓斥道。

陳其人微微一轉頭，看向安玉善。「師妹，怎麼樣？」

現在安玉善在京城的名氣比陳其人這位進宮的神醫還要響亮，尤其在百姓之間，「女神醫」之名早就人人皆知。

安玉善診脈結束，抬頭看向陳其人，滿臉遺憾地搖搖頭，似是在說皇帝的病她也無能為力。

「你們不是藥王神穀子的徒弟嗎？外人都說你們的醫術比太醫還高，怎麼這時候沒用了?!」皇后同樣瞪了一眼安玉善。

「皇上吐血了！」就在這時，一名太醫看到元武帝咳出一口鮮血後就昏了過去，嚇得趕緊跪在了地上。

這次皇上的病來得極凶，怕是熬不過今晚了。

一看這種情形，皇后當機立斷只留下太醫院的院首，把陳其人和安玉善都趕了出去，又把朝中的幾個大臣叫了進去。她慶幸秦老王爺此時不在宮中，否則能做主的就不一定是她了。

安玉善、陳其人和其他幾名太醫一同在偏殿等候，眾人才剛進去，就有侍衛嚴守殿門，不讓他們出去。

幾名太醫已經嚇得雙腿都軟了。一旦皇帝歸天，等待他們的還不知道是什麼？

安玉善與陳其人則是氣定神閒地站在一扇緊閉的窗戶前聊天。

「今夜怕是要起風了……」陳其人臉色也變得凝重嚴肅。

「希望風吹影走，明日能迎來一個好天。」在進宮之前，安玉善已經把自家人都安排在千草園，萬一到時候京城亂起來，也有個地方讓他們暫時躲一躲。

「希望吧！」陳其人說道。

不到半個時辰，安玉善等人突然聽到外邊先是一陣騷動，緊接著是宮中侍衛整齊的步伐聲響，似乎還隱隱有哭泣之聲。

「父皇有病，為何不讓我們進去探望？」安玉善聽到了惠王生氣的質問聲。

「王爺，正是因為皇上病重，此刻才不宜見別人。」這似乎是一位朝廷官員的聲音。

「撒謊！剛剛本王明明看見英王進去了，同樣都是兒子，為什麼不讓我們進去?!」奇王同樣焦急，怒氣沖沖地說道。

殿外的氣氛因為奇王突然拔高的聲音而驟然緊張起來，殿內的太醫們似是預知將有大事發生，也開始不安地竊竊私語。

奇王想要硬闖進去見皇帝，但被皇后早就安排好的侍衛攔住了，等候在外的官員們也是額頭冒汗。稍有不慎，今夜怕是要一家老小都捎帶進去！

「吵什麼！」就在這時，皇后威嚴的聲音傳來，臉上還掛著淚珠。

副總管太監高公公代替已經服毒身亡的李公公，腳步踉蹌地跟在皇后後頭，含淚高呼皇帝賓天了，緊接著英王以及眾大臣的哭喊之聲就傳了出來。

「不可能……不可能……父皇不會有事的！」奇王也被嚇傻了，繼而憤怒地指著皇后母子說道：「一定是你們狠毒地殺害了父皇！父皇只是舊病復發，怎麼可能突然歸天?!」

「放肆！奇王，皇上剛剛仙逝，你竟然口出侮言，該當何罪！徐愛卿，宣旨吧！」皇后示意兩旁侍衛制住不斷叫囂的奇王，讓與葛家一向交好的宰相宣讀先帝遺旨。

「慢著！為什麼不讓我們見父皇一面？是不是另有隱情？皇后娘娘，不是說父皇已經……那還有什麼聖旨要宣？」奇王真後悔把他的兵馬都安排在宮外，如今宮內都被皇后母子控制，這一場宮變怕是在所難免了。

惠王自始至終都是鐵青著臉，不發一言，任由奇王一個人在那裡瘋狂「阻止」皇后母子。

「皇上自然會讓你們見，國不可一日無君，幸好之前皇上已經寫好傳位聖旨，從此刻起，自有新皇來安排一切。」皇后示意徐宰相趕緊將手中的聖旨昭告天下。

如今太子被幽禁，皇后身邊只有英王，徐宰相宣讀的聖旨中自然是傳位給英王，擁立他為新君。

「這聖旨是假的，你們不要被這對蛇蠍心腸的母子給騙了，父皇肯定是被他們害死的！」怒氣攻心的奇王此刻已經失去理智，無法思考，眼看即將到手的皇位被英王給奪去，這口氣他無論如何也忍不下去。

「辱罵皇后、誣陷新君，即便你是皇子，今日也不饒你！」皇后怒氣沖沖地說道。

「反正本王今後也不會有什麼好日子，大不了今天來個魚死網破！」奇王雙眼發紅。這段日子皇后母子對他的誣陷和打壓已經讓他忍無可忍，他心裡也明白，一旦英王繼位，自己也不會有什麼好下場。

突然，奇王用蠻力掙開侍衛的箝制，抽出侍衛腰間的佩刀，就朝皇后與英王砍去。

英王眼疾手快地從一名侍衛腰間拔出佩刀，在奇王刺到皇后之前擋住了他。

「奇王，你犯上作亂，已經犯了死罪！」英王與奇王對戰了起來。

兩個皇子相鬥，其餘人此刻倒是默契十足，全都自動後退當起了「看客」。

奇王冷笑。「左右都是死，帶上你也不錯！」

「哼，不自量力！」英王出手開始變得狠絕，奇王從一開始就不是他的對手。

即便沒有打開房門觀看，安玉善也能猜到外頭此刻不是你死便是我亡，今夜地府注定要添亡魂。

果然，也就兩炷香的時間，奇王就被英王一箭穿心，鮮血頓時灑在宮中華美的臺階上。

已經被太醫院院首判定為「死亡」的元武帝此刻雖然意識清醒，但因為假死藥的藥效還沒過，所以外面發生的一切他都無力阻止。

一個兒子被另一個兒子所殺，最痛心的還是他這個當父親的，是他的錯，是他的錯！

奇王在眾目睽睽之下死在英王刀下，在場的人除了皇后冷哼一聲，其他人動都未動。

「對於英王繼位，還有誰有異議嗎？」皇后銳利的雙眼掃視全場。

「老臣有異議！」就在這時，一身戰袍的秦老王爺威風凜凜地走了進來，身後跟著幾位一直忠心於皇帝的武將。

由於事發突然，皇后並未特別注意有哪些官員進了宮，唯一確定的是安平侯和秦老王爺都有事外出了。

「老王爺，你來得正好，皇上他……已經賓天了，留下遺詔，立英王為帝。」面對突然出現的秦老王爺，皇后心裡多了緊張，但還是冷靜應對。

「巧了，本王手中也有一份詔書，皇上說了，如果有朝一日他突然仙逝，就立惠王為帝，同是遺詔，那就拿出來看看吧！」秦老王爺從懷中掏出一份明晃晃的聖旨。

聽到秦老王爺這麼說，在場的不少官員暗鬆了一口氣。就算大晉朝今日要擁立新君，他們也希望新君是惠王，而非英王。

「這不可能！」皇后立即反駁道。

高公公雖然沒有李公公得皇帝的歡心，但也是皇帝身邊得用的老人，又是自己的人，如果皇帝真寫下遺詔，高公公不可能不告訴她！

皇帝剛才早已昏迷不醒，痛苦死去，又怎麼可能有力氣起來寫遺詔？徐宰相手中的那份遺詔，不過是皇后情急之下模仿元武帝筆跡代寫的而已。

「遺詔是真是假，當著百官之面，咱們直接驗證便是！」秦老王爺一雙銳目瞪向皇后。

她也曾是天下人稱讚的賢后，正是因為有她坐鎮京城，元武帝才能毫無後顧之憂地在外征戰。

可惜歲月無情，人會變得貪婪、自私，連曾經最愛的人也敢痛下殺手。

「本宮的遺詔自然是真，有徐相等人可以親自作證。秦老王爺，你剛從宮外而來，這手中遺詔又是從何而來？哼，我看你是想犯上作亂，阻撓新君繼位，不尊先帝聖恩，可是逆臣所為！」箭在弦上，不得不發，此時皇后已經沒有退路，必須咬死手中的聖旨才是真的。

第六十七章　新君繼位

正當所有人都在關注皇后與秦老王爺的遺詔之爭，一直被看守在偏殿的太醫們也都驚慌地靠近門邊側耳偷聽，因為這場「爭」的結果，也決定他們日後是生是死。

正因如此，沒有人注意到一直躲在角落裡「悠閒」的陳其人和安玉善不知何時已經沒了身影。

此刻，皇帝的龍床前一片幽暗，兩盞蠟燭已燃燒過半，剛才皇后將殿內的下人全都趕走了，而她和英王、徐宰相等人又急著確立新君，結果整個大殿內空蕩蕩的，李公公的「屍體」就俯趴在元武帝的床邊，至今沒有人動過。

突然，兩個身影從側門暗道悄悄走了進來，正是剛才「失蹤」的陳其人和安玉善，他們分別給元武帝和李公公餵了一粒藥丸。

過了一會兒，李公公清醒了，擦了擦嘴角的血，有些擔憂地看向龍床。「皇上怎麼樣了？」

「朕沒事。」元武帝也睜開了眼睛，聲音裡透著疲憊。「朕倒要出去看看，他們究竟還想要殺誰！」

剛才皇后與英王等人以為皇帝與李公公都死了，在殿裡說話並沒有顧忌，甚至連殺誰、留誰都做出了決定，假聖旨的事情元武帝自然也知道得一清二楚。

殿外，皇后正在下令宮中侍衛將秦老王爺和惠王以謀逆之罪押入大牢。

「皇后娘娘，這些年來您可曾因那些被您冤殺的亡靈而不安過？我的母妃還有良妃娘娘，可曾午夜夢迴時找您談談往事？難道您就真的以為，這些年您做過的那些事情能悄悄帶進棺材裡嗎？」惠王終於不再保持沈默。

「惠王你在胡說什麼！你別以為有秦老王爺保你，你就真能成為新君，本宮手裡的遺詔才是真的！你可是本宮從小養到大的，沒想到是個養不熟的白眼狼！」皇后痛心地說道。

「養我？哼，妳不過是拿我當棋子罷了，妳對我母妃所做的一切，我又怎麼會忘？」惠王充滿恨意地說道。

想到這些年自己暗中查到關於皇后一黨的罪證，惠王便難以抑止滿腔的怒意和憤恨，就連當初安玉善第一次進京出事，這背後也有皇后的手筆，那批不明身分的黑衣人就是她指使的。

「你這個逆子休要胡說八道！來人，把他給押下去！」皇后心中的猜想終於得到了驗證，原來惠王真的知道當年她做的一切，這是不是代表皇帝也已經知道了呢？

想到皇帝已經死了，皇后便沒有那麼緊張，今夜一切都要結束了。

「我有沒有胡說八道，只有妳自己知道！妳敢說妳沒有把良妃娘娘還有我母妃挫骨揚灰扔在亂葬崗，而非葬在了皇陵裡？現在皇陵裡的棺材中可是什麼都沒有！」惠王最終還是說了出來。

「你給本宮閉嘴！」皇后趕緊看了一眼在場的官員們。「你們不要聽這個逆子胡說八道，為了皇位，他可真是滿嘴謊言，你與奇王一樣，如此詆毀本宮，便是大逆不道！」

英王已經等不及了，現在元武帝駕崩的消息還沒有正式昭告天下，一旦喪鐘敲響，到時候宮裡的局勢若還沒穩住可就麻煩。

畢竟惠王不但有秦老王爺相助，季景初和安平侯也是向著他的，這些可都是手握重兵的武將。

他朝他的手下示意，讓他們把秦老王爺還有惠王，以及站在惠王那邊的官員都抓起來，等他接了帝印，就要把這些人全都殺了。

就在英王的人準備動手時，秦老王爺突然冷哼一聲，右手朝空中一揮，四周出現兩隊手持火把的將士，瞬間就把此處照得比白晝還亮，宮牆上還出現一排排弓箭手，同樣是箭在弦上。

皇后、英王以及徐宰相等人嚇了一跳，四周明明該是英王和皇后安排的人，怎麼這些人像是秦王府的兵馬？

「這……」徐宰相感覺形勢不妙。皇后和英王看起來像是突然決定宮變，而秦老王爺和惠王卻是一副胸有成竹的樣子，事情的局勢怎麼反而不明朗了？

「秦老王爺，你這是要謀反！」皇后怒斥道。

「皇后，妳錯了，本王今日是來護駕並捉拿亂我大晉朝根基的逆賊！天理昭昭，善惡有報，妳真以為能瞞盡天下人的耳目嗎？」秦老王爺氣勢十足地說道。

「來人，這些都是造反的逆賊！全都給本宮殺了！」皇帝已經不在了，皇后也沒有什麼可顧慮的，現在她只想她的兒子登上皇位，善後之事自有辦法巧妙處理。

「皇后，妳真是好大的膽子！」就在這時，剛才緊閉的殿門突然打開，元武帝震耳的聲音敲進每個人的心裡。

皇后聽到這聲音，幾乎是僵著脖子轉身，接著嚇得跌倒在地，面色蒼白如紙。

英王手中還在滴血的佩刀「哐噹」一聲掉在了地上。「父……父皇，您……您不是……」

李公公扶著元武帝，陳其人和安玉善走在皇帝的身後，安玉善看到嚇懵的英王身邊不遠處，已經死了的奇王還睜大著雙眼，死不瞑目地瞪著暗黑的天空。

「你是不是想說，朕為什麼沒有死？」元武帝的眼神狠戾，讓英王全身戰慄，看到地上的奇王屍首，元武帝一臉沈痛。「他可是你的親兄弟！」

「皇上，是秦老王爺和惠王……他們……他們……」皇后第一次面對皇帝時說不出整句話，這時候的反駁與辯解顯得那麼無力。

「皇后，朕怎麼都沒想到，竟是妳要害朕！幾十年的結髮夫妻，我對妳的信任與尊重，難道就真的比不上那張椅子！」如果說之前對皇后還有一絲憐憫和同情，甚至是維護之心，那麼皇后剛才假擬聖旨，連同英王害死自己，就已經是誅九族的大罪了。

「皇上，不是這樣的，不是這樣的！臣妾以為您已經仙逝，為了穩定朝局，臣妾才出此下策。」皇后哭訴道。

「妳真以為朕是眼瞎耳聾了，妳的所作所為朕就一點都不知道？朕那是念在少小的情誼、幾十年的夫妻情分上給妳留著顏面，沒想到妳心腸如此歹毒，毀了朕的兒女、朕心愛的女人，還要毀了朕的江山，朕豈會再容你們！」元武帝幾乎是用盡所有力氣怒喊道。

「父皇饒命、父皇饒命！」英王已經明白，他的人怕是根本沒機會出動了，皇帝死而復生，很顯然這是皇帝在「試」他們，結果他們真的上當了。

現在自己能做的就是求饒，先保住性命才是最要緊的。

「狠心的東西，朕怎麼就生了你這麼個逆子！」元武帝一腳將英王踢倒在地。

「皇上，您有氣就衝著臣妾發，一切都是臣妾做的，和別人無關，您要殺就殺臣妾吧！」如今大勢已去，皇后也知道沒有挽回的可能，她可以死，但她的兒子、孫子要活著。

「妳以為這個時候朕還要留妳嗎？」元武帝眼中殺意盡現。

「皇上，臣妾知道現在說什麼都沒用了，只是您可還記得當年封后大典上所說的話？您說將來無論臣妾犯什麼錯，您都會原諒我，也絕不會讓咱們的孩子受到傷害。當初的誓言猶在耳邊，您難道忘了？」皇后決定用最後一點感情來博取皇帝的仁慈。

「妳錯了，朕沒忘，是妳忘了。皇后，朕是皇帝，不是聖人，朕曾經原諒了妳一次又一次，可妳越來越過分，再沒有我當初認識的模樣。朕可以不殺妳，但今日之後，妳我不必再相見，死後妳入葛家墳，朕死後也不想再見到妳！」元武帝狠絕地道。

「皇上，您真的要做到如此絕情嗎？」皇后眼中也有了恨意。她可是皇后，竟然連皇陵都不讓她入，這比殺了她還讓她痛苦。「不管怎麼說，咱們都做了幾十年的夫妻，臣妾生死都是皇家的人！」

「妳既無情，朕又何必有情？」夫妻情斷，元武帝心意已決，他是真的不想再見到她了。

寒風凜冽，皇家祭祖如期舉行，莊嚴肅穆而又浩大。一夜之間，天地變色，參加祭祖的皇室成員以及官員也驟減，不見的那些人不是畏罪自殺便是被押入大牢。

元武帝的身側不見皇后，此刻的京城也是風聲鶴唳，這個新年注定不好過。

安玉善一直沒機會從宮中離開。皇后與英王事發之後，在見到元武帝重新站出來的那一刻，太醫院的院首就給自己餵了一顆毒藥。

這些年，幾乎整個太醫院都成了皇后、太子與英王等人控制的地方，還沒等元武帝對太醫院問罪，頗有自知之明的太醫們就都走上太醫院院首選擇的死路。

曾經名滿天下的大晉朝太醫院成了空殼，陳其人和安玉善只好暫時留下來看顧元武帝的身體。

而季景初、秦老王爺和安平侯這些忠心於元武帝的臣子也十分忙碌，除夕之夜還忙著抓捕逆賊。

沒等到新年第一天，元武帝就果斷地廢后、廢太子，又處決了英王與定王，其餘該論罪的都不輕判，無論是皇親國戚還是曾經有功之臣，只要是參與此次宮變之人，格殺勿論。

正月，本該是萬物復甦、大地春暖的好時節，但京城的官員和百姓卻緊閉房門，街道上官兵抓人的聲音似乎像是索命的鬼差，令人後背發涼。

元武帝快刀斬亂麻，將危害大晉朝安危的「毒瘤」全都一刀斬斷，雖然這會大傷元氣，也會給新君之路造成隱憂，但夜長夢多，拖不得也留不得。

一場風暴迅速颳過，又很快地平息了下來。

二月，嫩芽破土而出，春風吹散了血腥味，拂來清新的好空氣。

在安玉善的認知裡，二月初二是民間俗稱「龍抬頭」的好日子，也是一年之中開始春耕農忙的時候。

就在這天早朝，元武帝站在大殿的龍椅前，親自宣布將退位為太上皇，皇位將由他的兒子惠王繼承，蘇瑾兒則封為皇后。

聖旨昭告天下，新君正式即位，舉國歡騰。

「這可真是太好了，以後終於有安心日子可過了！」還住在千草園的尹雲娘臉上終於露出了笑容。

「我怎麼覺得以後的日子怕是更麻煩了呢？」聽到尹雲娘這麼說，安玉冉皺起了眉頭。以後尹雲娘的乾女兒就是皇后娘娘，安玉善又要嫁給長公主的兒子，她對兩任皇帝都有恩情，怕是身分地位會更高。

這樣的安家在京城豈不是一下子就變得顯赫起來？想到日後會有不少京城貴婦找上門，安玉冉就覺得一個頭兩個大。

安玉璿也有此擔憂。即便現在一家人重回山下村，這身分自是和年前來的時候不一樣了，就算自家人不在意，可外頭的人看安家已是大不同。

安家人更沒想到的是，新君的登基大典與封后大典過後的第三天，永平帝趙琛毅就下了一道聖旨，封安松柏為「逍遙伯」，尹雲娘為誥命夫人，賜逍遙伯府邸一座，雖無實權，卻享皇家俸祿。

安玉善因護駕保國有功，太上皇元武帝欽封她為「靈伊郡主」，並下旨賜婚，將她許配給季景初。

永平帝得知她想要開設醫學院，特賜千畝良田讓她做藥田，還賜她荒地連山萬畝，讓她建造學院。

不僅如此，當初許誠與安玉璿是被迫成婚，頗有些名不正言不順，因皇后蘇瑾兒的建議，永平帝不僅為安玉璿和許誠重新賜婚，同一道聖旨上還御賜了安玉冉和姜鵬、安玉若與崇國公府四少爺黎博軒的婚事。

一時間，來自鄉野之家的安家榮寵無限，比當初的葛家還要令人咋舌。

「這算不算一人得道，雞犬升天？」從皇宮裡得了封賞，又在千草園接了聖旨，安玉善非但沒覺得「麻雀變鳳凰」，反而覺得有重重的擔子壓在心頭。

在她看來，外人眼中的帝王恩寵更像是枷鎖。她的確是想開辦醫學院不假，可她並不想讓自己的家人都困在這風雲變幻的京城裡。

待傳旨太監離開之後，安松柏和尹雲娘兩人都癱軟在椅子上，感覺像作了一場夢。

「我一個只知道種田的農家百姓對大晉朝又沒什麼貢獻，怎麼就成了伯爺了？玉善，妳能不能找皇上和皇后說說，把我這伯爺還有那府邸都給收回去？」安松柏覺得這天大的好運與福氣，他一個平民百姓有些承受不起。

「我這什麼誥命夫人也不需要……」尹雲娘也覺得這天降的好事有些燙手。

安玉若則是有些悶悶不樂，也拉著安玉善說道：「小妹，妳說皇上和皇后心裡是怎麼想的？為什麼給咱們家這麼大的封賞？妳為朝廷做了那麼多，這封賞是該有的，可我們又沒做什麼；再說，我的婚事大爺爺都答應讓我自己做主了，皇上跟著湊什麼熱鬧？」

安玉善看了一眼愁眉不展的家人，無奈笑道：「計畫總是趕不上變化，我哪裡知道太上皇、皇上還有皇后心裡真正的想法？皇家賜婚不是兒戲，我覺得四表哥還是挺不錯的！」

「什麼四表哥、五表哥的，那本來就和咱們家沒什麼關係！」如果不是因為本家族人插手，崇國公府怎麼會和自家攀上親戚？安玉若心中氣憤。黎博軒那人她見過，看著正人君子的樣子，其實更像個無賴痞子。

「這可怎麼辦才好呀！」尹雲娘只覺得隨著福氣而來的是負擔和慌張。

「君無戲言，咱們也只能接受了。」外人聽到這句話，肯定會覺得安玉善這是得了便宜還賣乖，但只有她最清楚，這樣的富貴落到一心只想過安穩日子的安家，更像是個燙手山芋，可不接又不行。

永平帝初登大寶，必須在短時間內穩固自己的勢力，季景初、姜家、崇國公府甚或是自己，都是他要拉攏安撫的人。

君要贏得臣心，能用的方法自然有很多種，這也算是帝王的馭人之道。

還有一點，皇后蘇瑾兒與娘家蘇家早已決裂，反而與安家關係極為親近，抬高安家的身分地位，無形中也給蘇瑾兒增加依靠的力量。

對於安家來說，今天接到的聖旨極為沈重；可對於新君來說，他考慮得更是長遠。

即便安玉善此時能猜透永平帝心中的想法，她也沒有能力拒絕這份「厚賞」，作為新任帝后身邊的人，她與她的家族已經不可能回到原本平靜的生活了。

第六十八章　神相大人

皇宮內院裡，永平帝與皇后蘇瑾兒同桌而食，飯後，去安家傳旨的太監回來了。

「皇上，您今天這一道聖旨肯定會把義母給嚇壞的！」蘇瑾兒原本並不贊同永平帝一道聖旨上有那麼多的賞賜，恩寵太過，對於安家也未必是好事。

「放心吧，有靈伊郡主在，他們會很快接受的，我這樣做也是希望能幫他們盡快在京城站穩腳跟，讓別人欺負不了。」永平帝笑著說道。

「有皇上還有我這個皇后在，誰敢欺負他們！」蘇瑾兒也笑了。

「呵呵，說得也是。」永平帝點了一下頭。「父皇昨日說他想搬到北靈山那邊的皇莊去休養，那個地方離千草園近，李公公也會跟著一起去；另外，皇長姊今天也進宮請旨，說是想陪父皇一起。」

葛家如今已經倒了，方怡郡主雖然性命無憂，但季大將軍還是依照元武帝口諭，罰她在季家家廟待足二十年，故在新君繼位的第二天，她就被季家送走了。

長公主雖然對她、對葛家恨意難消，但事情已經定局，她也不再追究，如今只想陪在年邁的元武帝身邊盡盡孝道。

「長公主一生悲苦，如今煙消雲散，她想做什麼皇上就允了吧！」蘇瑾兒輕嘆一聲說道。

永平帝點點頭說道：「嗯，我也是這樣想的，不過還要問問父皇的意思。還有，我想封皇長姊的兩個女兒為郡主，以往她們受盡冷眼，日子也不好過，現在我不想委屈了她們。」

「一切但憑皇上做主，另外，臣妾還有一件事情想問問皇上您的意見。」蘇瑾兒臉上有著淡淡的笑容。

「什麼事？」永平帝溫柔地看向她。

「玉善妹妹昨日來給臣妾請脈，說她師兄對一個姑娘很有好感，只可惜對方身分特殊，婚姻之事怕是有些坎坷。」蘇瑾兒說道。

安玉善的師兄不就是陳其人？永平帝奇怪地問：「陳其人喜歡的人是誰？」

永平帝與陳其人認識多年，從未聽他說過有心儀的女子，再說，只要他說出對方是誰，自己這個皇帝好友也不介意幫他一把。

蘇瑾兒笑著湊近皇帝耳邊說了一個名字。

「皇上，你不是一直說陳院首年紀也不小了，依臣妾看，這未嘗不是一樁美好的姻緣。」

陳其人如今已經是太醫院的院首，永平帝沒想到他看上的竟然是季景初的大姊季瑤，一個被夫家休掉的下堂妻。

「這件事情就算朕應允賜婚，季瑤也未必會同意。說起來，季瑤與皇長姊的脾性是最像的，看起來溫柔和善，內裡卻是一個很有主見的人，若是她不同意呢？」

雖說在大晉朝，女子改嫁並不是什麼稀罕事，但即便是皇家貴女，也免不了被人說三道四，萬一季瑤不想再嫁呢？

「皇上，依臣妾的意思，這件事情咱們先找皇長姊商量。」蘇瑾兒認為陳其人是個不錯的丈夫人選，他既不介意季瑤的過往，又一心想要求娶，兩人若成，也是好事一件。

「好！」永平帝表示同意。「對了，瑾兒，靈伊郡主請脈之後，可說了妳的身體如何？」

「玉善妹妹說我的身體是調養得越來越好了，就算再活二十年也沒問題，不過還是要按時診治、吃藥和喝藥酒。」身邊有個女神醫，蘇瑾兒是越來越不擔心自己的身體了。

「那她有沒有說咱們什麼時候可以要個皇兒？」永平帝有些著急地說道。

「皇上！」蘇瑾兒嬌嗔一笑。之前安玉善說他們五年之後才可以要孩子，如今還差些時間。「您忘了當年玉善妹妹的話了，現在怕是不適合。」

「還是問清楚為好，她若是說再晚一年，那咱們就再等一年，她若是說現在便可以，那咱們……」永平帝露出曖昧的笑容。

「皇上，您國事繁忙，別的事情現在還是不要想了！」對於孩子，蘇瑾兒也很渴望，只是連她自己都覺得現在未必是時候。

「那怎麼可以，這件事情是一定要想的！」永平帝笑著說道。

轉眼間便是草長鶯飛、春花爛漫的三月，不管如何忐忑和惶恐，安松柏一家還是搬進了逍遙伯府，尹雲娘也沒時間擔憂能不能適應貴夫人的生活，幾個女兒的婚事已經夠她著急忙碌了。

許誠與安玉璿因為連孩子都有了，經過與峰州的家中長輩商議，最後安清賢來信告知，許誠與安玉璿的婚事就安排在三月，再依照先前與姜家說好的日子，六月辦安玉冉與姜鵬的，九月則是辦安玉若與黎博軒的。

至於安玉善與季景初的婚期則不用著急，等到安玉善及笄之後再定。

「娘，當初在陸州的時候不是說，小妹的婚事本家的族長會出現嗎，怎麼一點消息也沒有了？」安玉冉一邊幫尹雲娘準備安玉璿出嫁當天的用品，一邊好奇地問道。

「這件事娘也不清楚……」尹雲娘也覺得奇怪。

安玉善也在一旁幫忙。她畫好的繡樣已經讓繡娘們趕製完成了，剛才她進屋就是要看用她畫的繡樣做成的八面屏風，出來時正巧聽到安玉冉與尹雲娘的對話。

其實在皇后與英王發起宮變之前，安氏本家的族長和神相大人就已經來到了京城，只不過安玉善並沒有見到他們本人。

聽季景初的意思，元武帝似是對安氏本家族長和神相大人敬重又信任，就連惠王繼位這件事情似乎也和安氏本家有些關係。

元武帝能夠快速地從皇后的事件中緩過心情，多半也是與安氏族長和神相大人對他說的話有關。

「我還以為有機會見見安氏本家的族長和神相大人呢！」安玉善還記得自己當時對季景初說的話。

事實上，她對頗為神秘的安氏本家有太多的好奇和不解，但從安子洵的嘴裡能套出來的有用消息實在太少。

「夫人，府門外來了六輛馬車，說是來給府裡送東西的！」下人小跑著，急急稟告道。

「有沒有說是什麼人？」尹雲娘問道。

「說是當年受過安家救命之恩的人。」

「我去看看！」安玉冉放下手中的東西就往外疾步走去，尹雲娘和安玉善也跟了出去。

到了府門外，果然停著六輛大馬車，安玉冉用靈敏的鼻子聞了聞，驚奇地說道：「是藥材！」

「不但是藥材，還是上等的好藥材！」安玉善也聞了出來。

「你們到底是什麼人？」尹雲娘出聲問道。

「我家莊主姓閻，因家中夫人生產，此次無法親自前來送禮。莊主說，當年在峰州他差點被人活埋，是安家救他性命，改日定當親自上門謝恩。這是我們藥莊後山之中種出來的藥材，還請夫人笑納。」領頭的一個管事模樣的人看著尹雲娘，恭敬地說道。

一聽到「活埋」兩個字，安家眾人都恍然大悟。定是當年安家救助的那些官奴之中某一人不忘恩情。

「我能先看一看這藥材嗎？」安玉善笑著走下府門的臺階。

「這位是靈伊郡主。」逍遙伯府的下人給那人介紹道。

「小的見過郡主，早就聽說您是神醫再世，這些藥材還請您過目！」那管事一聽說安玉善的名號，言語之間更為尊敬，連忙打開一車藥材讓她察看。

馬車上放著兩個大紅木箱子，封得很嚴實，來人打開箱子之後，安玉冉也圍了上來，她不認識裡面的藥材，但安玉善卻驚訝的「咦」了一聲。

「小妹，這是什麼藥材？我在天將山和北靈山都沒有見過。」安玉冉可是採藥方面的「專家」，可眼前的藥材她在安玉善給她的書中也沒有見過。

「這是精心炮製好的上等鹿茸，乃是極為名貴的藥材，這箱子裡面乾燥密封，又放了花椒，可以保存三至五年，炮製藥材的肯定是個高手！」安玉善還從未見過這麼多上等的鹿茸。

「郡主不愧是神醫，果然好眼力，這另外一箱也是鹿茸，都是我家夫人親自炮製的。」管事聽到安玉善對藥材的稱讚，笑著說道。

「還未請教你家莊主和夫人尊姓大名，你們又是從何處而來？這藥材太過名貴，不說清楚，我可不好收下。」即便動心，安玉善也克制住。她心裡隱隱有個想法，如果在藥材方面能和對方合作就更好了。

「回郡主話，我家莊主姓閻名傑，我家夫人姓張，大晉朝極北之地有個仙草谷，谷外有個仙草莊，小的是仙草莊的大管事張茂。」張茂約四十歲左右，身形高大健壯，說話間自帶一股北方人的豪爽。

「極北之地？離京城遠得很，你們這一趟可不易。」安玉善感慨一聲後道。

「勞郡主掛心，小的們天南海北地送藥材習慣了。」張茂笑道。「在來之前，莊主與夫人特意交代小的，這藥材無論如何請收下，以後郡主府上想要珍貴的藥材，儘管告訴仙草莊，一定竭盡全力為您找到。」

「既然你家主人如此誠心誠意，這藥材我就代為收下了。」安玉善這次爽快地答應下來。「另外還請張管事回去告訴你家莊主，我倒是很想和他談筆生意，不知道他有沒有興趣？」

「郡主放心，您的話小的一定帶到！」主子交代的事情辦成了，張茂也鬆了一口氣。

待張茂等人離開之後，尹雲娘拉過安玉善問道：「玉善，妳就這樣收下了？他說受過咱們家的恩惠妳就信了？」

安玉善也笑了。「即便送禮的不是當年咱們救過的官奴，這炮製藥材的高手我也很想見一見，再說像這車上的名貴藥材，可不是一般藥山中能有的。」

「那咱們自己種得出來嗎？」安玉冉問道。

前段時間，皇帝賜給安玉善的千畝良田已經請人翻耕過，並請北靈山的藥農一起幫忙栽種藥草，還有安玉善心心念念的醫學院，也已經破土動工了。

既然這車上的都是珍貴奇藥，安玉冉便想著，是否能在普通的藥田裡栽種出來呢？

「有些藥材對於周圍生長環境的要求比較高，而且大部分的珍貴草藥都是在山中，即便在平原之地種植出來，藥效可能也會大打折扣。就拿鹿茸來說，一般的山林中也有野鹿，但要獲得上等鹿茸卻不是那麼容易，而且養鹿對水草、溫度等方面都有要求，盲目地馴養，根本養不活。」

與現代相比，古代的人工馴養及人工種植的技術層面上相差甚多，更何況安玉善善於用鹿茸入藥，但真要讓她去養鹿，她可是個地道的門外漢。

「妳說得也是，反正京城也有藥山，咱們峰州也有，要是能養成，我還真想試試。」安玉冉頗感興趣地說道。

「二姊，妳馬上就要嫁人了，以後進山採藥、種植藥田還有煉製藥丸都不再那麼方便，手頭上的事情就暫時交給小堂叔來做吧！」一旦安玉冉成了名門家的媳婦，就不能再隨心所欲地由著自己的性子。

「就算成了婚，我也可以做自己喜歡的事情，這是姜鵬答應我的！」安玉冉可不想困在大戶人家的後宅裡。

「成了婚後妳就知道有些事情是由不得妳的！」尹雲娘看著二女兒說道。在她心中，就算是小女兒嫁了人，想要再出來行醫，也怕更不方便了。

到了這天晚上，安玉善還在醫館裡給人診病，木槿走到她身邊小聲說道：「郡主，伯爺讓您趕緊回府一趟。」

「我爹有說是什麼事情嗎？」安玉善問道。

木槿搖搖頭。好在醫館即便是晚間也有人在，安玉善便起身回了伯府。

剛走進客廳，一抬頭就先看到一個一身素袍的白鬍子老頭坐在廳中主位，一副仙風道骨的模樣，陪坐的安子洵、安松柏和安松堂都在下首。

白鬍子老頭一臉和藹地看向安玉善，可安玉善卻有些愣住。眼前老者的一雙溫和慈目似乎能將她的靈魂給看穿，最重要的是，這有些熟悉的面容驚得她說不出話來。

安玉善記得清清楚楚，當年教她醫術的怪老頭師父的房間暗格裡，藏著一幅陳舊的畫像，而畫像上那人的容貌與眼前的老者極為相似，猛然間真會讓人誤以為是同一個人。

可不同的時代、不同的時空，怎麼可能會出現同一個人呢？難不成怪老頭師父也曾魂穿到這裡？想了想，安玉善覺得脖子有些麻麻的，還有些不知名的懼意。

「玉善，妳怎麼了？快來拜見本家的神相大人！」安松柏有些著急地低聲提醒。一向聰明伶俐的女兒怎麼此刻變得傻愣愣的？

「神相大人？」

就是那個據說是安氏一族中最神秘的老人？那個「前知五百年、後知五百年」，奇門八卦、卜算星象、天文地理無所不知的天神一般存在的人物？

「玉善，不得無禮，快來拜見神相大人！」安子洵也示意安玉善趕緊回過神來。

安玉善帶著心中的猶疑還有那莫名的熟悉感及懼意，抱歉地低著頭，走到廳中行禮。

「晚輩安玉善見過神相大人。」

「不必多禮，起來吧！」神相大人一臉溫和地笑道：「早就聽說峰州安氏出了一位了不得的姑娘家，今日一見，果然如此！」

果然如此？安玉善聽著，總覺得這位讓她畏懼的神相大人話裡有話。聽安子洵說過，最初就是這位神相大人根據天上星宿算出她的存在呢！

假如眼前之人真有些「神氣」，那是否早就看穿她不是「本地人」？接下來自己又該如何應對呢？

安子洵和安松柏幾人也察覺到安玉善在見到神相大人後有點不對勁，不過安玉善很快就冷靜下來，恢復了從容鎮定。

「多謝神相大人誇讚。」安玉善低頭回道。

「妳這孩子倒頗合我眼緣，以後就跟在我身邊吧！」神相大人突然說道。

安玉善猛地抬起頭來。這進來兩句話還沒說，怎麼就讓自己跟在他身邊？

安子洵和安松柏也是臉上一驚，尤其是安子洵。他知道神相大人座下有四名得力出色的弟子，其中一人還繼承了神相大人的衣缽。

只是，安氏一族從未有女子成為神相一脈的弟子，而老神相大人的話，明顯是想要親自教導安玉善。

「晚輩多謝神相大人看重，不知您讓晚輩跟在身邊做什麼？晚輩只擅長行醫治病，其他方面怕是沒什麼慧根。」安玉善恭敬地詢問，內含委婉的拒絕。

神相大人微微一笑。「是嗎？可據我所知，妳的奇門遁甲之術學得也不錯，這次來京，我從族中特意帶來幾箱這樣的書，閒來無事可以指導妳一二，妳不會嫌棄我這個老頭子多事吧？」

「晚輩不敢。」安玉善心中明白了，看來這位神相大人是想教自己奇門遁甲之術。「只是晚輩愚鈍，怕有負神相大人的一番美意。」

第六十九章 被人刁難

「都是一族之人，說話就不要這麼客氣了，我收妳做關門弟子，妳上面還有四位師兄。」神相大人笑著從懷中掏出一塊玉珮。「來，這是為師給妳的見面禮。」

安玉善抬眼看去，只覺得那玉珮也很眼熟，等到恭敬地接到手中，差點沒拿穩。當年，就在她被怪老頭帶到山中生活的第一天，怪老頭也是送了一塊玉珮給她，那塊玉珮和眼前的一模一樣。

之前安子洵還在說她的續命「非同尋常」，如今看來，曾經信奉科學的她也被這大千世界的奇幻之處所迷惑。難道真如佛家所言，這世上沒有無緣無故的因，更不會有無緣無故的果？只是，為何偏偏選中的是她呢？

「孩子，這世上有很多事情是說不清的，來有來處，去有去處，妳本就該是安家人，何必凡事都要弄得清楚明白？心若安，四海皆是家。」從安玉善迷茫疑惑的眼神中，神相大人自然看出別人看不出的東西。

猶如星火閃過混亂焦灼的心海，再抬頭時，安玉善眼中一片清明。是啊，何必糾結為什麼，只要自己心繫此處，這裡便是自己的家。

「多謝神相大人教誨，玉善明白了。」安玉善輕輕一笑。

「還不改口，該叫師父了！」安子洵算是本家派到安玉善身邊的「保護者」，只是他沒想到神相大人會對安玉善如此青睞。

這樣一來，安玉善這個安氏旁支出來的女兒在安氏本家的身分地位突然高了起來，連帶著他也跟著水漲船高。

安松柏不敢耽擱，立即讓人準備了拜師茶。安玉善跪在神相大人面前敬茶，而神相大人則一臉滿意地喝了下去。

拜師之後，神相大人叮囑了安玉善幾句，便由安子洵和安松柏陪著先離開了。

安氏本家在京城有不少宅院，其中京郊湖畔有一座山水環繞、風景秀麗的綠水山莊，神相大人和本家來的人就暫居在此。

第二天一大早，安玉善就帶著木槿等人啟程趕往此處，接下來的一段時間，她要留在綠水山莊跟著神相大人學習奇門遁甲之術。

安玉善的馬車剛在山莊外停穩，山莊裡就走出一群儒生裝扮的年輕人，他們都一臉好奇地看向往山莊走來的安玉善。

「這……這是神相大人新收的弟子？也太年輕了吧！還是個女的！」幾乎是看到安玉善的第一眼，人群中就有個冒失鬼大聲地說道。

他的聲音中含著震驚、不解、輕視還有藏都藏不住的嫉妒。神相大人這次莫不是看走眼了？

「安玉，不可造次！」一個奶油小生模樣的男子趕緊制止說話冒失的男子，有些歉意地看向安玉善。「請問姑娘可是神相大人新收的關門弟子？」

「盛師兄，肯定是咱們弄錯了，神相大人的關門弟子怎麼可能是一個嬌滴滴的姑娘家？看她的衣著裝扮，怕是還未及笄呢！」這次說話之人對安玉善倒沒什麼輕視感，只是直覺認為眼前之人絕不可能是他們要等著見真身的人。

「可是師父說，今日來綠水山莊的陌生人只有神相大人的關門弟子，不是這位姑娘又是誰呢？」又有人提出了質疑。

其他人一聽也都迷糊了。難不成還真是眼前這個未及笄的小姑娘？可她看起來比他們年輕太多了，想到以後要叫這樣一個姑娘家為「師叔」，他們就覺得身上有了寒意。

安玉善幾次想張口，都被眼前這群更像是「書生」的人給打斷，她乾脆站立靜聽，不發一語。

「玉善，既然來了，怎麼不進去？」安子洵出來接人，看到安玉善已經到了，卻站在莊外沒動。

安玉善無奈一笑。她倒是想進去，可眼前這群人擋住了她的去路。

「快進來吧，神相大人在等著妳呢！」安子洵無奈地看了那群人一眼，以後在綠水山莊可有熱鬧瞧了。

安玉善朝那群人禮貌地頷首，然後跟在了安子洵的身後。

這時有個稍顯活潑的年輕男子一下子蹦到安子洵的面前，很是親近地拉著他的胳膊，悄聲問道：「洵叔，她真的是神相大人昨天收的關門弟子嗎？」

「小遠，不可無禮，以後她便是你們的師叔，待會兒自有人為你們說清楚。」安子洵輕敲了下男子的額頭。

「是，姪兒明白了！」安小遠有些不甘願地點點頭。

綠水山莊內部很是幽靜，院落寬敞，花草樹木也多。

安玉善現在雖然能一眼看出莊子裡面設了陣法，不過對於這陣法，她卻是一無所知。自己在奇門遁甲方面本來就是半路出家、學藝不精，又沒有人教導，所知自然有限。

「這便是小師妹吧，快請進！」來到綠水山莊正廳前，一個身形瘦削的中年男子走到安玉善身邊說道。

眼前這人可比陳其人那個「假師兄」年紀大多了，此刻突然喊自己一聲「小師妹」，安玉善也覺得有些尷尬和不適應。

老神相大人就坐在廳中飲茶，身邊跟著一位八、九歲的童僕，安玉善昨日也在府中見過。

她把木槿等人留在外頭，進廳之後就給老神相大人行禮問安，然後又送上了一罈藥酒做為拜師禮。

神相大人點點頭收下藥酒，又笑呵呵地給她介紹站在她身前的中年男子。「這位是妳四師兄勿言，在醫藥上頗有研究，以後你們師兄妹可以經常在一起研習。」

「玉善見過四師兄。」知道今日要來綠水山莊正式認師門，安玉善準備了不少禮物。她送給安勿言的也是一罈藥酒，不過配方上略有不同。

「小師妹莫要多禮，四師兄也沒有什麼送給妳的，平時我喜歡炮製各種藥丸，這一瓶送給妳做見面禮，希望妳不要嫌棄才好。」安勿言雖然醫術高超，不過平時不喜出門，也只有安氏本家人生了病才有機會讓他醫治，外人是不知道的。

「多謝四師兄。」安玉善接過瓶子打開，先看了一眼瓶中的小藥丸，又聞了一下，然後笑著說道：「這是用五味子、菖蒲、白茯苓、桂心還有天門冬做成的延年養身丸，如果再加上熟乾地黃、去心的遠志和去毛的石韋這三味藥，那麼功效就會更好了。」

安勿言先是吃驚於安玉善看一看、聞一聞便能知道他所用的藥材，接著竟說出更為完善的藥方，心中對她的評價立即就不同了。

昨日剛得知神相大人收了一名年輕的弟子，他心中還存有試探之意，沒想到這天下人傳聞的女神醫看似年紀小，還真的不容小覷。

「熟乾地黃、遠志、石韋……嗯，加上它們聽起來的確更好。小師妹，我那裡還有幾個藥方，妳可否幫我參詳一下，看還有哪裡可改進的？」安勿言稱得上是醫癡，雖然他也有幾名弟子，天分也不錯，不過真正能和他志趣相投的很少，好不容易遇上安玉善這個高手，他自然不願放過。

「勿言，今日之後玉善就住在綠水山莊了，有的是時間讓你們探討，今天就先讓她熟悉一下綠水山莊。」神相大人笑道。

「是弟子莽撞了，小師妹，勿怪。」安勿言有些不好意思地一笑，又趕緊讓站在廳外的弟子以及師侄們進來。

剛才安玉善在廳中的表現，其他人在廳外看得一清二楚，心想安玉善能入神相大人的眼，肯定是有她的特別之處。

「以後玉善便是你們的小師叔，雖然她年紀比你們小，但你們一定要尊敬她。現在就來正式拜見你們小師叔吧！」有了神相大人的這句話，這幫年輕人就算心有不服，也只好對著安玉善行禮問安，口中尊稱一聲「小師叔」。

「好了，玉善，接下來就讓勿言帶妳逛逛綠水山莊，為師今日與老友有約。子洵，你送我前去吧！」神相大人起身說道。

「是，師父！」

「是，神相大人！」

「恭送神相大人！」

等到神相大人一離開，原本有些嚴肅緊張的綠水山莊就變得熱鬧起來。

安勿言遵照師命帶著安玉善逛起綠水山莊，一群好奇的弟子們都跟在兩人身後，還不時傳來竊竊私語。

安玉善發現安勿言走路時眉頭深鎖，一副著急的樣子，但看向她時又有些欲言又止。

「四師兄，您有什麼話就說吧！」安玉善笑著說道。

安勿言尷尬一笑。「讓小師妹見笑了，妳四師兄我就喜歡琢磨藥丸配方，剛才在廳中聽妳說起新添加的三味藥，我就想回藥廬重新試一試。這綠水山莊安全得很，或是，我找個人帶妳逛逛？」

「不用了，您有事情就去忙，我自己也可以轉一轉。」身邊跟著這麼多人，安玉善逛起莊子也覺得有些彆扭。
「四師叔，您就先去藥廬忙吧，接下來就由我們這些人陪著小師叔逛綠水山莊！」弟子中有一位二十歲左右、年輕俊朗的男子笑著說道。
「小師妹，妳以為如何呢？」安勿言有些擔憂地看向安玉善。
雖然他常住藥廬，但底下這群弟子們各個年輕氣盛，他們之中有的人自小就苦學苦練，為的便是入神相一門，安玉善初來乍到，必定會被這群「晚輩」為難一下。
安玉善明白安勿言的擔憂，微微笑道：「可以，那就讓這些師侄們陪我走走吧！」
「那好吧！」安勿言點點頭，又看向剛才說話的男子。「路羽，好好照顧你小師叔。」
「是！」安路羽拱手施禮道。
安勿言有些急不可耐地匆匆趕往自己的藥廬，待他轉身一離開，雖然眼前這群人的神色未變，但安玉善知道氣氛已經不同。
「小師叔，前方有個涼亭，那裡風景不錯，可否有興致一觀？」安路羽笑臉盈盈，眼中的態度卻是不容拒絕。
「好，我也正想找個地方坐坐。」安玉善淡定一笑，往前走去。
在她身後，安路羽等人互相交換了個眼色。他們倒要看看，神相大人年邁退位之時破格收下的這個關門弟子，到底有什麼本事！
安路羽所說的涼亭很大，亭外便是荷花池，金色鯉魚歡快地游來游去，池塘邊是幾棵茂盛的垂柳，一座小拱橋將池塘一分為二，拱橋上還刻有醒目的名字，蒼勁有力地寫著「半月橋」三個大字。

「剛才聽師父叫小師叔的名字，小師叔應該是來自峰州安氏吧？聽聞是佛堂寄命開的心竅，那妳的醫術究竟是跟誰學的？」之前被安子洵稱為小遠的男子沒等安玉善在亭中坐下就好奇地問道。

「我說是無師自通你信嗎？」安玉善開玩笑似的說道。

旁邊卻有人當了真。「小師叔真是好大的口氣，既然無師自通，想必小師叔定是聰穎絕頂，能得神相大人青睞，才學能力自非一般人可比，既是如此，師侄想向小師叔討教討教，不知小師叔可願意？」

「剛才我不過是玩笑之語，這世上確有博學多識之人，不過學無止境，我非天才，自也是一步步學來的，討教不敢說，大家倒可以一起討論看看。」安玉善口氣溫和地說道。

「既然小師叔這麼說了，那師侄就斗膽相問了。」

「請說。」

被刁難早在安玉善的預料之中，當然憑藉她「小師叔」的身分自可以不用理會，但如此他們便會一直對自己心存輕視和疑慮，倒不如正面迎戰。

「小師叔是學醫之人，師侄想問，何謂真正的醫者？」

「『凡大醫治病，必當安神定志，無欲無求，先發大慈惻隱之心，誓願普救含靈之苦。若有疾厄來求救者，不得問其貴賤貧富，長幼妍媸，怨親善友，華夷愚智，普同一等，皆如至親之想，亦不得瞻前顧後，自慮吉凶，護惜身命。見彼苦惱，若己有之，深心悽愴，勿避嶮巇、晝夜、寒暑，飢渴、疲勞，一心赴救，無作功夫形跡之心。如此可為蒼生大醫。』我雖為女子之身、鄉野之民，但得學醫道，此生為醫只願自省其身能做到精誠二字，足矣！」

安玉善所說的這段話乃是「藥王」孫思邈所著，《千金要方》一書中所言，也是她一生想要追求的醫道。

安玉善話音方落，亭中一片寂靜，從安氏一族中層層選拔出的優秀青年們都陷入沈思。

「小師叔，妳說得太好了，我也想成為這樣的大醫者！」聽完安玉善說的這段話，安小遠馬上就改變了心中對安玉善的想法，立即崇拜起來。

「共同努力。」安玉善看著他笑了笑。

安小遠像受到鼓勵一般，立即又說道：「小師叔，我也有一個問題想要請教妳。如果有人常年患吐血之症，該如何診治？」

「吐血之症所因鬱怒憂思、勞欲體虛等導致胃熱壅盛，或肝火旺盛、心脾氣虛而成，當然也可能是因為外部原因導致。我必須親自診治過病人，才能判斷是因為什麼導致其常年吐血，然後再對症下藥。」安玉善沒有籠統地給出治療的方法，這也是為醫者的謹慎。

「那妳能治好嗎？我師父都沒有辦法根治。」安小遠顯得有些失落。

「你只能等我看過病人後才能回答這個問題。」安玉善說道。

「可是我小舅舅在千里之外，不知何時有機會來京城？」安小遠學醫目的之一就是為了治好自己小舅舅的病。

「小遠，你小舅舅有四師叔的靈丹妙藥護著，暫時不會有什麼生命危險，你也不要太掛心了，安心學醫才是。」安路羽安慰他道。

安小遠聽後點點頭，暗暗下決心一定要好好學醫。以後他不但要跟著自家師父學，也想跟著安玉善學，相信他那位師父絕不會反對，興許為擺脫他們幾個「麻煩」而欣喜不已呢！

「小師叔，我也曾聽過您的名號。」安路羽再對安玉善說話時，言語之中多了些恭敬。「聽說您曾在峰州種過水稻，而且經過您改進的方法，種出來的水稻產量極高，難道您對於農桑之事也知道不少？」

安玉善搖搖頭說道：「農桑一事我只是略懂皮毛，有些東西看得多了，自然懂得一些。」

「小師叔謙虛了，只是路羽心中有一事困惑不已。天下太平、風調雨順的年月，百姓辛勤耕種一年，可還是吃不飽肚子，更別說過不好的年月了，依照小師叔看，怎樣才能讓地裡的糧食多一些？」安路羽平時最喜農桑耕種之事，一直都在想如何提高糧食的產量？

第七十章　廚娘師叔

「路羽師兄，這個問題不用小師叔回答，我就可以告訴你。只要當地的官員清正廉潔，一心為民，天下的徭役賦稅減少，老百姓的日子自然就好過了。」安小遠快嘴說道。

他的說法得到在場不少人贊同。一般會傳出餓死人的事件，多半是當地官員無作為還欺壓百姓。

「農田糧產之事我真的懂得不多，不過我認為世上事一通百通。在我看來，百姓們要想『糧滿筐，谷滿倉』，能做到『天時、地利、人和』最重要。」安玉善用個人觀點說道。

「小師叔，這話怎麼說？」安路羽一副虛心求教的樣子，其他人也都好奇地看向安玉善，想知道她能說出什麼子丑寅卯來？

「字面意思上來說，一季糧食要想提高量產，除了老天爺賞飯吃，百姓們還應該懂得改善土地質量和農具，在選種、栽種、灌溉等方面用正確有效的方法，當然朝廷方面也要給予百姓良好的政策。如此一來，即便是荒地也能種出高質量的糧食來。」安玉善從另一方面重新解讀了「天時地利人和」。

「可老天爺是不可捉摸的，朝廷的政策也不是一時能隨意更改的，百姓們便只能依靠『地利』了，小師叔當初提高水稻的產量，不正是從這一方面著手的嗎？」安路羽眼中出現了亮光，似乎糾纏他的心結終於解開了。

「應該算是吧！」安玉善點點頭說道。

「多謝小師叔今日的提點，路羽日後可否就農桑之事來詢問小師叔？」安玉善幾句話就把問題的癥結找了出來，安路羽對她也有了很大的改觀。

「說不上提點，我剛才說過了，對於農桑之事，我懂的只是皮毛，你要是覺得我的建議有用，我倒是不嫌麻煩。」安玉善這樣說也代表她同意了。

安路羽再一次恭敬地施禮道謝。神相大人果然有天神之眼，所看中的人真的非一般人。眼看來回幾句話安玉善就「收服」了亭中大半人，還有幾個覺得心有不甘的眼珠子又機靈地轉了轉。

從看到安玉善第一眼就覺得她不該入神相大人門下的弟子，頗有些挑釁地說道：「小師叔果然聰慧靈敏，聽說神相大人要教妳奇門遁甲之術，本家族內即便是對此頗有天分之人也很難得到神相大人的指點，小師叔妳這方面又有哪些過人之處呢？」

「玄武，不可對小師叔如此說話！」安路羽知道安玄武心性不壞，只是有些心高氣傲。

神相大人四位男徒之中，其中一位便是得神相大人真傳的高人，也是安玄武的師父。

他想安玄武之所以如此針對安玉善，正是因為依照安玉善的能力以及在族中所謂的「地位」，最多能做他的小師妹，可現在她卻要和自己的師父平起平坐，這讓安玄武心裡不好受。

「沒關係。」安玉善絲毫不介意，笑了笑。「我剛才說過，世上事是一通百通，奇門遁甲之術亦是如此，它講究的同樣是天時、地利、人和，當然還要外加神助和格局組合。」

安玄武被安玉善一句話就說懵了，迄今為止，他還沒有機會接觸更為高深的奇門遁甲之術。

他問道：「什麼是格局組合？」

「意即事物在發展過程中存在的變化和過程。天、地、人、神、星、門、奇、儀的組合結構，以十干克應，八門克應，星、門、奇、儀組合為代表，比如五陽干組合多為吉，五陰干組合多為凶。」

別看安玉善此時說得從容鎮定，其實這些奇門遁甲的知識都是她在坤月谷死背硬記的，具體是什麼意思，她還沒有完全弄明白，還不知道能不能唬住眼前這群人？

「哇，小師叔，您真的好厲害呀，怪不得神相大人要收您為徒！」安小遠差點就為安玉善的表現鼓起掌來。雖然他這個「門外漢」也聽不懂，但是見安玄武震驚得說不出話的樣子，他對安玉善的崇拜就更高了。

「沒什麼，不過是些入門的東西罷了。」安玉善「謙虛」地笑道。

接下來，眾人繼續遊逛綠水山莊，不過安路羽、安玄武等人都沒有再以「討教」的名義繼續刁難安玉善。

到了最後，其他人都識趣地離開了，很是黏人的安小遠和態度轉變的安路羽則是一直陪在安玉善的身邊。

「小師叔，我問過師父了，他說神相大人將山莊內的『百草院』作為您入住的地方，不過神相大人交代了，院子讓您自己打掃整理。」安小遠有些不好意思地說道，但很快又熱情高漲起來。「可我力氣大，可以幫小師叔您打掃院落！話說也不知道神相大人是怎麼想的，百草院雖地方大，可顯得有些荒涼呀！」

「怎麼說？」安小遠的話引起了安玉善的好奇心。

一旁的安路羽帶著安玉善往百草院的方向走去，在路上將百草院的情況大概說了一下。

綠水山莊占地十分廣闊，因為安氏本家常有人於京城來往，且大多都居住在此處，所以單獨的院落非常多。

其中尤以百草院的占地面積最大，院中除了主樓、左右廂房和涼閣，還有軒館廳榭，更有一大片的荒草空地。

院子雖然大，但論精緻，和別的院落自是不能比，也因此此處很少有人入住，久而久之，連下人都疏於打掃，院中荒草也多了起來，後來大家乾脆就叫這個地方為百草院。

說話間，幾人走過一條僻靜的竹林小徑就到了百草院的門前，一株繽紛盛開的桃樹正偷偷伸過牆來，粉紅色的桃花瓣隨風落在院外牆邊。

安玉善推開門，入目之處便是成片綠草，草的盡頭便是相連的樓舍屋宇，院中的池塘看起來更像是小湖。

安小遠見安玉善的目光看向院中有水之處，笑著告訴她。「因為百草院臨近莊子外的山水，這池塘裡的水引自莊外，並不會乾涸。」

「小師叔，待會兒我便叫幾個弟子過來一同幫忙除草，再叫幾個丫鬟替您打掃好住的地方。」安路羽平時也很少來這地方，就算是他們這些弟子的住處，看起來都比此處高雅精緻。

「不用麻煩了，師父不是說讓我自己動手來整理，再說我帶來的人也夠了，你們要是有事就先去忙，這裡我來整理就好。」安玉善笑著說道。她身旁還有木槿他們呢！

「小師叔，以後這院子就是您自己的，就算是本家的人來，沒有您的允許，外人也是不許進，所以這院子一定要好好整修一番，奇花異草咱們也是有的，回頭我給您送來一些。」安小遠笑著說道。

「奇花異草就算了，既然說是我的院子，那我是不是想在這院子裡做什麼都行？」安玉善也笑著問。

「呵呵，小師叔，您現在就是把它給拆了，整個山莊也沒人會說個『不』字，神相大人早就說過，您的院子您自己做主，他老人家都不管，別人就更管不著了。」安小遠嘴快地說道。

「那就好，我還挺喜歡這個院子的。」安玉善第一眼就看上了這裡，地方這麼大，又有活水引入，她完全可以在這個院子裡過上自己的田園生活。

「郡主，奴婢先去給您打掃房間。」木槿看出安玉善眼中的欣喜，知道她是想在這裡長住了。

「好，你們先去忙吧，回頭把安正他們也都叫過來一起幫忙。」安玉善吩咐道。

「是，奴婢知道了。」

「小師叔，那我能幫您做些什麼？神相大人雖說讓您自己動手整理，可沒說不讓人幫忙呀，反正我也沒事，師父他十天半個月也想不起我們這群跟他學醫的弟子。」安小遠一副躍躍欲試的樣子。

見安小遠是真的很想幫忙，安玉善笑著說道：「那好吧，你先去找些鋤頭、鐵鍬來，咱們先把這院子裡的荒草給處理乾淨。」

「好，我這就去拿！」安小遠轉身飛快地跑遠了。

「小師叔別見怪，小遠他就是這樣的性子。」安路羽笑著解釋。「有什麼路羽能幫上忙的地方，還請小師叔吩咐。」

看著安路羽文質彬彬、十分有禮的樣子，安玉善想了一下說道：「我需要一套文房四寶，既然這個地方以後就是我住了，這名字我倒是想改一改。」

「路羽這就給小師叔去取文房四寶，我也想一睹小師叔的書法風采，您寫好之後，我會立即幫您拿去做成匾額。」安路羽眼中閃過驚喜。從剛才安玉善的應答中，便可看出她才學不凡。

她能主動要求文房四寶，還要做成懸掛在院門處的匾額，那她的字寫得定也不差。果不其然，等安路羽取來文房四寶，安玉善就讓他放在涼亭的石桌上，上等宣紙鋪好後，安路羽親自磨墨。

提筆揮毫，三個端秀飄逸的大字「田園居」躍然紙上，安玉善還蓋上了讓人特製的印章。

「小師叔的字寫得真好！」安路羽也是有狀元之才的安氏一門的大才子，書畫造詣自然不差，一眼便可看出安玉善書法的精妙。

「什麼字寫得好？」拿來工具的安小遠正巧聽到安路羽的讚嘆，也趕緊扔下手中的東西跑進亭子裡。「小師叔，這是您寫的？」

安玉善點點頭。「沒錯，寫得如何？」

「好，真好！」與內行人安路羽相比，安小遠差得很遠，不過字寫得好壞他還是能分辨出來的。「『田園居』？小師叔，難不成您要在這院子裡種田嗎？」

這次安玉善又點點頭，笑著說道：「我覺得這裡很適合種些瓜果蔬菜，自給自足，悠閒自在，豈不樂哉？」

「我之前倒是跟農夫們學過一些種田之法，小師叔，我來幫您栽種如何？」安路羽也來了興致，「『田園居』比『百草院』更顯生機活力。」

「當然可以，現在就幫我一起除草吧！」安玉善對於眼前這兩個師侄的印象是越來越好了。

於是，幾人開始忙碌起來。木槿她們幾個丫鬟打掃今晚要入住的房間，安玉善帶著安小遠先開始除草，安路羽則是拿著安玉善寫好的字去讓人做成匾額。

剛才安小遠飛跑著去找農具的時候，山莊裡的弟子和下人們都知道了沈寂許久的百草院有了動靜。

有幾個與安小遠和安路羽關係不錯的弟子，左思右想之後也湊到了百草院外頭，頗有些扭捏，不知道該不該進去？

「你們磨蹭什麼，想來幫忙就快點，這草可不好除，小師叔今晚還要住在這裡呢！」安小遠大聲地朝門外喊道。

安玉善也笑著對他們點點頭。與這幫年紀比她大的師侄們相處，也是需要勇氣的。好在安氏子弟都十分團結，安玉善雖說成了他們的小師叔，但她本身也是安氏族人，只要不想那麼多，仍不難跨出這第一步。

不到一會兒，院裡已經變得十分熱鬧。

「小遠，這種野菜不要扔掉，單獨放在一邊。」安玉善在除草的同時也在關注其他人，她剛才就看到荒草中間那片新鮮嬌嫩的野菜。

「小師叔要野菜幹什麼？」安小遠不解地問道。

「這些新鮮的野菜不但清脆開胃，對人的身體也有好處，院子裡有小廚房，我已經吩咐木槿去採買廚房所需之物，中午的時候我給你們做好吃的。」怎麼說自己也是小師叔，疼愛晚輩是應該的，再說她也沒給他們準備什麼禮物。

「小師叔還會做飯？」另一位幫忙的弟子問道。

「會一些，不過是鄉野之間的家常便飯，精細的菜餚我可不擅長，待會兒你們可別嫌棄。」安玉善笑著說道。

「不嫌棄，絕對不嫌棄，小師叔做出來的東西，一定都是最好的！」安小遠傻呵呵一樂，轉眼他就成了安玉善的頭號粉絲了。

很快的，改名為「田園居」的小廚房就變得乾淨整齊，木槿辦事效率很高，不到一個時辰，米麵糧油蔬菜、鍋碗瓢盆等全都齊備了。

安玉善見時間差不多了就起身去做飯，茉莉已經幫她把野菜摘洗乾淨了。

「郡主，咱們中午要做什麼飯？」跟在安玉善身邊的時間長了，茉莉幾人在廚藝上也精進不少。

「就做野菜餃子吧！」安玉善親自和麵，讓茉莉將野菜和買來的豬頭肉都剁碎，蔥薑雞蛋和調料也都備好。

想著幫忙的人不少，而且各個都是能吃的大小夥子，安玉善特地多和了一些的麵。調製餡料她也沒有讓別人插手，而是親自調好。

木槿和茉莉擀皮很快，安玉善則帶著另外兩個丫鬟包餃子。

五個人包餃子的速度極快，快到吃飯時間時，安玉善就不讓安小遠他們忙了，告訴他們洗洗手準備吃餃子。

一大鍋餃子煮好，先舀出了八碗，正好夠安小遠幾個人先吃。

「小師叔，那我們可就不客氣了，老早就聞到餃子的香味了！」餃子人人都吃過，不過這包野菜餡的安小遠還是第一次吃。

「別客氣，敞開了肚子吃，餃子今天管夠。對了，這一碗給你師父先送過去。」安玉善沒有忘了安勿言。

「好，我這就去！」安小遠端起碗就往藥廬跑，不過等他回來，自己那碗一個都還沒吃的餃子已經不見了。

「我的餃子呢？」安小遠看看其他師兄弟，大家都拿著空碗在小廚房等著第二鍋餃子，一個個翹首以盼的樣子。

「小遠，這一鍋很快就好了，馬上就給你盛！」安玉善也沒想到這野菜餃子會這麼受歡迎。

剛才安小遠離開之後，那些師侄們最初吃第一口餃子時還有些忐忑，結果一口咬下去，滿嘴的清香刺激著味蕾，再加上醋的酸味，幾乎是這鍋餃子剛下鍋，第一鍋就快吃完了。

她還以為眾人是捧自己的場，結果大家都說這餃子好吃極了，一個個都等在了廚房外。

他們可都是安氏一族最優秀的青年弟子，此刻卻乖乖地拿著碗等在門外，世家公子的規矩、儀態和氣度都沒了。

「小師叔，還沒有好嗎？」有的人已經等急了。剛才幹活時還不覺得餓，怎知胃口大開之後，自己好像能吃下七、八碗餃子。

第七十一章 夜半急症

「你們這是山珍海味吃多了，偶爾的清粥小菜就覺得是美味佳餚了。」安玉善知道自己的廚藝有幾斤幾兩。因為來自異世，她是會幾種新鮮的吃食不假，但要和真正的大廚相比，還是有距離的。

這些人不置可否。他們大多是本家自小培養出來的人，衣食住行等方面都是按照大家公子的標準，偶爾也會吃些粗食，卻也極少遇過這種情況。

第二鍋餃子一好，安小遠先端起一碗吃了起來，其他人也趕緊湊了過來。

原本安玉善還以為麵團和餡料準備太多了，沒想到最後根本就不夠吃，其中有個能吃的弟子一口氣吃了七碗餃子，把安玉善和木槿幾人都嚇一跳。

「小師叔，還有餃子嗎？」安小遠已經吃了三碗，卻還沒吃飽，而安玉善幾個姑娘家只吃了一小碗餃子，他都有些不好意思了。

「鍋裡只剩下湯了。」安玉善有些哭笑不得。這些師侄們可真是太能吃了。

「小師叔，要不咱們晚上還吃餃子吧？」最能吃的那位已經開始預約晚上的飯食了。

綠水山莊不止一個廚娘，但或許真是好東西吃太多了膩得慌，引不起多大的食慾，反而今日的野菜餃子讓他們覺得美味非常。

「哪能頓頓吃餃子，我想想做什麼好了……」話都說出來了，安玉善自然不好拒絕。一頓飯也是做，兩頓飯也是做，反正吃不垮綠水山莊。

「那您慢慢想，這院子裡的活兒就都交給我們吧！」正所謂「拿人手短，吃人嘴軟」，更何況都想繼續在這裡蹭飯，幹活的力氣和主動性也都提高了不少。

下午，安路羽從外頭帶著做好的匾額回來，被田園居裡熱火朝天的場面給震住了。

雖說進入神相一門的弟子，所有事情都要自己處理，身邊也沒有丫鬟、小廝伺候，但除草、整理院落也用不著這麼積極吧？

「路羽師兄，你讓人抬的是什麼？」有人見安路羽進門，抹了一把頭上的汗，笑著問。

「這是小師叔為此處親自題寫的院落之名。」安路羽答道，很快就弄清楚這幫人「熱情高漲」的原因，竟是為了安玉善中午所做的一頓餃子。

「看來我是沒有口福了！」安路羽笑道。他這個新師叔竟甘願做起了廚娘，貌似還很受大家的喜愛。

「路羽師兄當然有口福了，晚飯還是小師叔親自做！」安小遠笑著說道。

「晚飯你們還要在這裡吃？那小師叔不是成了廚娘了？」安路羽有些不贊同。怎麼說安玉善也是他們的師叔，讓她給他們做飯有些不妥。

「什麼廚娘不廚娘的，你們幫我幹活，我管你們吃飯，這是天經地義的事情，不過是家常便飯而已。」安玉善走出來笑著說道。

「可您是小師叔，就算要做飯，也應該是我們這些師侄來做。」安路羽說道。

「那你會做飯嗎？」古代不是講究「君子遠庖廚」？安玉善故意有此一問。

安路羽尷尬一笑，搖搖頭。他還真的是連廚房都沒有進去過。

「小師叔，妳想好晚上做什麼了嗎？」安小遠很是期待地問道。

沒有讓眾人等太久，晚飯安玉善做的仍是家常便飯——煎餅和撈麵，再配上野菜湯。

晚飯一做好，安小遠幾人就待不住了，尤其是煎餅的香味把他們饞得口水都要流了下來。

「這煎餅我聽過。京城有一家食肆，不但賣燒餅、藥湯還有煎餅，生意火得很。」有位弟子吸了一下空氣中的香味說道。

「那食肆是我們家表少爺開的，吃食的做法還是我們家郡主教的呢！」活潑的芍藥一邊忙著煎煎餅，一邊笑道。

「真的嗎？小師叔就是厲害！」安小遠已經先拿到煎餅，不過他沒有吃，而是先給安勿言送去。

田園居裡的香味很快就在綠水山莊瀰漫開來，雖說不是什麼了不得的新奇美食，但就是這樣普通的食物才勾出眾人的饞蟲。

沒來幫忙的弟子都在田園居外徘徊，此時都不好意思進來詢問；下人們就更不敢進來了，安玉善可是神相大人的弟子，又是郡主，身分地位自然是不同的。

到了這天晚上，神相大人回來之後，就把安玉善召進了自己的書房，詢問這一日她在綠水山莊的情形。

「多謝師父掛懷，弟子很喜歡綠水山莊，小遠、路羽這些師侄也很不錯。弟子還打算以後常在這裡住呢！」說完，安玉善又將今日給百草院改名以及想在院中開墾土地的打算告訴了神相大人。

其實今天綠水山莊發生的一切，神相大人在回來的路上都已經知道了，包括安玄武幾人最初對她的刁難以及她巧妙的解答，當然還有她做了兩頓飯就收服不少弟子的消息。

「田園居以後便是妳一個人的居所，即便妳日後嫁人生子，這個地方也會專門為妳留著。安氏本家子弟中不乏清高孤傲之徒，但他們本性不壞，相處久了，自然會與妳親近。」神相大人笑著說道。

「師父放心，不管怎麼說弟子現在也是他們的師叔，何況同是安氏族人，弟子知道該如何應對。」自己年齡小卻輩分高，難免令人不服氣，安玉善早就做好了心理準備。

神相大人點點頭，帶她走到書櫃前，指著一排古籍書冊說道：「這些是我這次拿來的有關奇門遁甲的書籍，妳可以先查閱看看，有什麼不懂的再來問我。」

神相大人心中早有主意，教導安玉善的方法自然和教導其他徒弟以及弟子不一樣，因人施教，他還是懂的。

「是，師父。」這也是安玉善最喜歡的方法。雖說無人教導自己入門，但在坤月谷讀了一屋子的書，有些東西不用人教，她也已經理解了。

第二日，安玉善除了繼續整理院落，就是從神相大人的書房拿書來讀，當然其中有些書籍她在坤月谷就已經讀過了，所以閱讀的速度不會太慢。

安小遠這些弟子雖不好意思天天來田園居蹭飯，但安玉善的院子還是需要力氣大的人幫忙整理，故而他和安路羽倒成了這裡的常客。

京城內的安氏醫館因為安玉善的突然「遠遊」，病人倒是減少了些，不過依然人滿為患，就連安玉若都從藥酒坊過來幫忙，安齊傑則變成了主治大夫。

安玉璿與許誠的婚事定在三月二十六這天，安玉善事先已經和家人商量過，她會提前一天從綠水山莊回來，神相大人也同意了。

沒想到，就在三月二十四這天深夜，有人敲響了綠水山莊的大門。

「郡主、郡主！」

正在睡夢中的安玉善聽到有人喊她的聲音，問道：「木槿？」

「回稟郡主，剛才山莊下人來報，說是晉國公世子在門外急著求見您。」已經快速穿好衣服的木槿靠近門邊說道。

邵華澤？他怎麼知道自己在綠水山莊？還三更半夜的時候急急找來？

「快請！」安玉善趕緊點燈，穿衣起床。

不一會兒，安玉善就在綠水山莊的待客大廳裡見到了焦急踱步的邵華澤。

一見到安玉善，邵華澤快步迎上來說道：「郡主，夜半來擾，還請見諒。只是現在有一位急症病人亟需妳的診治，能不能麻煩妳跟我去一趟？」

「病人現在在何處？」若非緊要之人的急症，邵華澤是不可能這時候找來的。

「就在綠水山莊一水之隔的飛雪山莊，這位病人是川王妃。」川王對自己有救命之恩，邵華澤也一直對川王夫婦很是敬重。

「那我們趕緊走吧！」安玉善對於川王妃沒什麼印象，不過見邵華澤著急的樣子，病人的情況可能不大好。

神相大人此時不在綠水山莊內，地位最高的應該是安勿言，安玉善派人通知他一聲，然後就跟著邵華澤離開了。

綠水山莊外鄰水之地有一座浮橋，橋邊總是停著兩、三艘小舟，平時山莊內的弟子們泛舟春遊是常事。

從浮橋上了船，順著水流往下，很快就到了對岸的飛雪山莊外。上岸之後，邵華澤親自為安玉善提燈，領著她快步朝山莊而去。

此刻飛雪山莊已是燈火通明，安玉善無暇觀看周圍，一路到了川王妃所在的煙影閣。

「大夫還沒來嗎？」雖然此刻城門已經關閉，邵華澤也去對岸的綠水山莊找女神醫，但川王還是不放心，又派人去找別的大夫了。

「王爺，人已經來了！」邵華澤帶著安玉善走了進來。

「妳就是靈伊郡主？」這是川王第一次見到安玉善。「麻煩妳趕緊給王妃看看，她半夜突然說肚子裡有什麼東西在動，接著又說癢，然後全身都紅腫起來……」

安玉善點點頭，趕緊邁步進去，見到川王妃坐在床上，正和婢女一起使勁地抓撓自己的後背、手臂等處。

「妳是澤哥兒請來的女神醫吧，快給我看看，真是要癢死了！」此刻川王妃哪還顧得上什麼禮儀規矩，只盼安玉善能趕緊幫她止癢。

川王妃看起來三、四十歲，身材略微豐腴，臉上也起了很多類似濕疹的紅疙瘩。

「請王妃先把手伸出來，讓玉善給您把把脈。」安玉善坐在了婢女搬來的凳子上，開始替川王妃診脈。

只是，當她把手放在川王妃的手腕處細聽脈搏之時，臉上閃過極大的差異。

見安玉善面色有異，川王妃一邊撓癢，一邊問道：「是不是我有什麼問題？」

「請王妃莫怪玉善唐突，您今年多大年紀？孩子……」安玉善剛提起「孩子」兩個字，站在一旁王妃的奶嬤嬤就咳嗽了一聲，似乎在制止安玉善的話。

安玉善奇怪地轉頭看了那位老嬤嬤一眼。她話還沒說完，怎麼就察覺到氣氛不大對了？

「我今年三十九歲，並沒有孩子，這和我的病有什麼關係嗎？」川王妃疑惑地問道。

「王妃這得的到底是什麼病？妳怎麼還不給她止癢？」護妻心切的川王有些著急地問道。

「王妃沒有病，而且這癢我也不能給她止。」安玉善平靜地說道。

滿屋子的人都因她的話愣住了，邵華澤一臉不解，川王則是勃然大怒。

「不是說妳是女神醫，死人都能被妳救活，止癢不行嗎?!妳說多少診金本王都付得起！」川王原本對未見面的安玉善還有些好印象，這一刻卻很生氣。

「王爺、王妃，不是玉善無能，而是情況不允許。對於一個高齡孕婦而言，即便是中藥也會對胎兒造成影響，更何況王妃的肚子裡還不是一個，用藥就更須小心了。」安玉善也不生氣，依舊心平氣和地說道。

「妳……妳在胡說些什麼！什麼孕婦、胎兒的！」川王整個人都被安玉善說糊塗了。

「郡主，現在不是開玩笑的時候，妳的意思是說，王妃她有身孕？」邵華澤震驚地看向安玉善。

「怎麼，你們都不知道？」安玉善也覺得奇怪，按照她診脈的情況來看，川王妃肚子裡的孩子應該有三個多月了吧，怎麼可能不知道？

除了安玉善帶來的丫鬟，其他人都搖搖頭，接著眾人眼中爆出狂喜，川王妃更是驚得連奇癢都忘了。

「王妃真的懷孕了？」川王還是不敢相信的樣子。他們夫妻盼孩子都盼了二十多年，早就放棄希望了……這怎麼可能？

安玉善很肯定地點點頭說道：「脈象沒錯，而且王妃已經懷孕三個多月了，按理說你們沒道理不知道呀！」

古代已婚女子如果與丈夫正常同房，一旦癸水未至或者身體有異樣，找來大夫瞧一瞧就能診斷出來，更何況川王府內不會連府醫都沒有，正常請脈的時候也是能發現的。

「什麼？都有三個多月了？」這下子眾人更震驚了。

這時，一旁的嬤嬤才恍然大悟地道：「王妃的小日子一直不準，有時兩、三個月也不來，有時甚至半年都沒有，自從喝了世子爺送來的藥酒，王妃的身子是越來越好了，也變胖了許多，這段日子王妃吃得多，奴婢還以為是跟著王爺出去遊玩心情好才這樣的。」

川王也猛然想起什麼，說道：「怪不得之前王妃出去時一直想吃酸甜之物，我見她每日進食都正常，根本就沒有多想。」

「王妃之前沒有嘔吐或噁心的症狀嗎？」安玉善問道。

「我什麼感覺都沒有，因為小日子不準，我也一直未孕，所以從來沒有想過自己會懷孕。我都已經快四十歲了，怎麼可能還有機會……」川王妃已經被這巨大的喜悅弄得心神蕩漾。

「難道是藥酒的原因？」邵華澤想起川王和川王妃一直喝的藥酒。

「藥酒？什麼藥酒？」安玉善問道。

「就是妳三姊特意為王爺和王妃釀製的藥酒，說是能調養女人的身體，男人喝了對身體也極好，這兩年我一直送這種藥酒到川王府。」安玉善失蹤之後，邵華澤曾去過山下村，那時候傳出安玉若也會配製藥丸以及藥酒。

想起在京城為子苦惱的川王夫婦，抱著試一試的心態，邵華澤就求安玉若幫忙，沒想到安玉若還真有這種藥方。

不過這件事情只有川王知道，他們一直瞞著川王妃，怕萬一藥酒沒什麼作用，徒增她的憂愁而已。

「三姊釀製的藥酒這裡有嗎？」安玉善記得她給安玉若的藥酒配方中的確有治療不孕的。

第七十二章　送子藥酒

「有！」川王妃讓婢女取來她常喝的藥酒。

自從喝了邵華澤送來的藥酒，川王妃就沒有再生過病，因此即便身體有些不舒服，她也沒有找大夫看過，一小杯藥酒就能解了她的病痛。

川王心中變得激動起來。當時邵華澤送來藥酒並說明其效用時，他不忍心白費邵華澤的一番心意，所以就收下喝了起來，只當是對身體好的一種補品，壓根兒沒想到真的能讓他有子嗣。

藥酒取來之後，安玉善先用鼻子聞一聞，又讓人拿來杯子飲了一小杯，然後點點頭。

「王爺、王妃，你們一直在喝這個藥酒？」安玉善想確定一下。

「沒錯，一直在喝。」兩個人異口同聲地說道。

「我三姊釀的這種藥酒對於女子不孕、男子不育的確是很有用，不過能否懷孕以及懷孕的時間長短就因人而異，有的喝了也未必會有效果。王妃這個年紀還能有孕，想來也是福澤深厚。」連安玉善都覺得這是個奇蹟，畢竟單靠藥酒使久不生育的夫妻有此成效還是很少見的。

「不，這要多虧澤哥兒送來的藥酒，還要多虧妳三姊的妙手，否則我哪裡有機會做母親？可我現在身上奇癢無比，會不會是肚子裡的孩子……」川王妃有些擔心地問道。

「王妃別擔心，根據診脈的結果來看，兩個孩子的狀況都還好，至於妳身上發癢，也是孕婦有可能發生的症狀之一，這時候用藥物解決不了什麼問題，它可能很快就消失，也可能要等妳生完孩子之後才會消失，這個是您自身體質決定的，任何大夫都無能為力。」安玉善解釋道。

「兩個孩子?!」這下子眾人又愣住。川王妃懷孕的消息已讓他們太震撼，以至於在場的人都把孩子的「個數」直接忽略了。

「根據脈象顯示是這樣的，現在已經三個多月了，診脈還是能診出來的。接下來王妃應儘量安靜養胎，平時可以在空氣不錯的地方多走走，不過飲食上要注意，山楂、螃蟹、薏米之物都不要食用，很容易引起流產；還有，就算癢也不要抓撓，一旦破皮很容易發生感染。」安玉善叮囑道。

「放心，我絕對不會再抓了！」為了肚子裡的兩個孩子，川王妃可以做任何事情。

「真的沒有什麼辦法能不傷害王妃肚子裡的孩子又能止癢嗎？」川王看著川王妃難受的樣子，還是忍不住問道。

「辦法也不是沒有，如果兩、三天之後，王妃還是癢得受不了，那時我可以配製一種擦洗的藥水，不過這種藥水對有的孕婦管用，有的孕婦卻不管用，雖然是中藥，但多少對孩子不大好，畢竟王妃年紀也不小了。」安玉善自然有很多辦法止住這種奇癢，可無論是施針還是吃藥，對孕婦以及胎兒都可能造成傷害。

「不用了，我能忍得住。」二十多年無子的痛楚她都能忍受過來，何況只是身體的不適？

「王妃也別太擔心，說不定這種奇癢很快就消失了。」安玉善安慰道。

沒想到還真被安玉善說中，第二天清晨，川王妃突然就覺得不癢了。

從此之後，安玉善在她眼中不僅是醫術超絕的女神醫，還是個預言成真的神人。

安玉璿與許誠御賜成婚的這天，京城的達官貴人們都帶著禮物上了門，如今大晉朝最受帝寵的可就是逍遙伯府一家了。

不過喜宴上，賓客們談論最多的則是川王妃在不惑之年老蚌懷珠，還花開兩枝，喜得川王重賞下人；今日安玉璿大婚，川王府亦送了厚禮，其中還單獨給了安玉若一份。

賓客們這才知道，川王妃這次能有身孕都多虧安家的藥酒，一時間喜宴上賓朋問得最多的一句話便是「這喝的是安家藥酒嗎？」

安玉若也沒想到她一時好心釀製的藥酒真有了效果，以至於安玉璿的婚禮上，好多夫人們拉著她不放，好像她是送子娘娘一樣。

「齊傑哥，家裡還有送子藥酒嗎？嘿嘿，我大哥想讓我弄兩罈回去！」喜桌上，姜鵬拉著安齊傑小聲問道。

同他們一起坐的還有季景初、邵華澤、黎博軒、陳其人、孟元朗、趙恆以及二次新郎官許誠。

「什麼送子藥酒？安家藥酒裡沒叫這個名字的！」安齊傑假裝糊塗地回道。

「你別矇我了！現在誰不知道，川王妃就是喝了安家的藥酒才懷上兩個孩子的，聽說還是三妹特意為他們釀的。」姜鵬臉皮厚，對安家人的稱呼都跟著變了，反正他和安玉冉也快要成親。

「我聽說你大嫂已經生了兩個孩子，如果他們夫婦的身體沒問題，喝那種藥酒幹什麼？」雖說安家的藥酒是有病治病、無病強身，但身體健康也沒必要非喝什麼藥酒。

「他們生的都是女孩，現在姜家就我們兩兄弟，大哥他一直想要兒子，可大嫂年紀也不小了，我大哥又不喜歡納什麼姨娘小妾的，他們還想再生個兒子。」姜鵬帶著些討好的笑容。怎麼說大家以後都是一家人，肥水不落外人田，有這樣的神奇藥酒自然要跟著沾沾光了。

「玉善妹妹說過，生男生女不是外物能輕易左右的，川王妃也算得上是一個奇蹟，並不是每個女人都那麼幸運；再有，高齡女子生產也極為危險，不要輕易拿自己的性命做賭注。」安齊傑勸解道。

「這樣啊……」姜鵬一聽有些洩氣了，來之前他可是答應自家大哥一定會拿到藥酒的。

「齊傑，那什麼年齡的女子可稱之為高齡產婦呢？」陳其人也聽得極為用心。事實上，他與季瑤的婚事也有了眉目。

之前安玉善已經給季瑤把脈診治過，她的宮寒之症較為嚴重，不過經過安玉善的針灸和在千草園配製出來的靈丹妙藥，現在季瑤的身體已經好了。

對於將來有無子嗣，陳其人並不看重，可他探聽過，季瑤曾經一直心心念念想要一個孩子，這也是她的遺憾。

對於女子病症方面，安玉善比自己更在行，如果條件允許，陳其人也希望季瑤能有一個和他的孩子。

「我聽玉善妹妹說過，女子過了三十五歲之後就能稱為高齡產婦。」安齊傑想了一下說道。

「那還好。」季瑤還不到三十歲，陳其人放下心來。

「那我大嫂年紀也不到呢！」姜鵬又燃起了希望，他也不想自家大哥和大嫂後繼無人。

「藥酒的事情你們別問我，現在都是玉若在打理，那什麼送子藥酒的我也沒見過。」當初安玉若是單獨為川王夫婦準備的，並沒有拿出來賣，所以安齊傑也不是很清楚。

「那我師父知道嗎？」年紀最小的趙恆也兩眼放光。

這時，原本一直聽眾人說話飲酒的季景初突然看著他問道：「你才十三歲，不會也想喝什麼送子藥酒吧？」

趙恆尷尬一笑，撓撓頭說道：「秦王府就我這一根獨苗，上陣殺敵我是不行了，到時候多生幾個娃娃給爺爺玩，他就不會整天唉聲嘆氣了。」

雖說學醫這條路是自己選的，但秦王府也算是武將之門，趙恆見秦老王爺心有遺憾的樣子，他這個做孫子的也不忍心。

「小王爺，你離當爹還遠著呢，我這馬上就要成婚了，到時候可要多喝一些，多為我們姜家開枝散葉。」姜鵬笑嘻嘻地說道。

「我已經不小了，聽說有人十三歲就已經成婚生子了！」趙恆這段時間也接觸了不少前來醫病的百姓，因此知道不少民間的新奇事。

「怎麼，老王爺已經在給你找小王妃了嗎？」邵華澤笑著看向了他。

「這個倒還沒有，不過我知道晉國公府已經在商量你和錦韻侯府嫡長女的婚事了。」趙恆看向了邵華澤笑道。

同桌的其他人也都朝邵華澤看去，見他只是淡淡一笑，沒有反駁，就知道是真有其事了。

恐怕只有邵華澤自己心裡清楚，他面上的笑容更含有一種無奈的苦澀。

安玉善和季景初已經是御賜的婚事，就算自己努力爭取，安玉善心中也只有季景初，更何況他與季景初是表兄弟，因為皇后與葛家一案，兩個人也漸漸成為了好友。

現在他能做的，就是祝福二人能有一個美滿的生活，至於他自己，只要他母親高興，選擇誰做自己的妻子都是一樣的，對此他沒有任何期待。

「不過最讓人羨慕的還是黎公子！」這時孟元朗也說話了，不過他的眼神淡淡撇過安齊傑。

孟家之前就已經派人去唐家表達了結親之意，希望唐素素能嫁入列軍侯府做世子夫人，唐家二老沒意見，唐家兩兄弟也是同意的，只有唐素素本人表示強烈反對，死活不同意這門親事。

後來孟元朗從好友唐隆口中得知，自從在安氏醫館做了學徒，唐素素就和安齊傑走得很近，不過短短時間，她竟然對安齊傑萌生愛意，還說非君不嫁。
列軍侯府原本就不大同意他和唐家的婚事，畢竟唐家門戶相對低了些，孟元朗的父母也都沒看中唐素素，認為她不適合做將來的侯府夫人。
此刻面對同桌而坐的情敵，孟元朗心中有些不是滋味。
「是呀，以後他可是逍遙伯府的三姑爺！」趙恆很是羨慕地說道。
身邊有個會釀送子藥酒的妻子，黎博軒何愁以後沒子嗣。
黎博軒卻是輕笑一聲，說道：「身體康健何須藥酒，再說有些東西是羨慕不來的，季少將軍將來的妻子可是一名女神醫。」
「以後都是一家人，自然無須羨慕。」季景初淡淡笑道。
他這句話引得桌上眾人都笑了起來。說得也是，黎博軒、姜鵬、季景初還有許誠都是安家的姑爺，這桌上其他人也都和安家關係匪淺，不是一家人又是什麼？
安家眾人原以為送子藥酒的事過了兩天就會被新的話題取代，誰知道安氏藥酒坊一開門，門外黑壓壓一片人，全都是來買送子藥酒的。
掌櫃的和夥計都說這種藥酒暫時沒有，豈料有些人乾脆耍起了無賴，沒買到這種藥酒就是不走，而且多少錢都有人願意出。
甚至就連當朝帝君聽到後也把安玉善召進宮，詢問送子藥酒一事。
「靈伊郡主，皇后的身體現在還不宜要孩子嗎？」之前陳其人給蘇瑾兒把過脈，說她身體已經沒什麼大礙。

「啟稟皇上，皇后娘娘身體已經大好，現在要孩子也沒什麼問題了。」安玉善回道。

「那就好！」永平帝大喜。「朕已經知道川王夫婦的事情，那送子藥酒到底是真是假？」

「皇上，我三姊為川王爺和川王妃釀製的藥酒的確能調理男女的身體，只是藥效也是因人而異，並不是所有人喝了都有效果的。」安玉善解釋道。

「如果朕和皇后喝了呢？」永平帝不僅羨慕川王四十多歲還能有孩子，更羨慕他一下子就有了兩個。

「皇上，皇后娘娘這些年一直都在喝藥酒，雖然與送入川王府的不同，但娘娘的身體也已經調理好了，如果您和娘娘想要孩子，無論是藥酒還是其他酒類都要停止飲用。」蘇瑾兒還年輕，身體也沒什麼問題，再喝藥酒反而不好。

永平帝想想也是，自己的確有些心急了，最近已經有大臣以皇后身體多病為由讓他充實後宮，就連太上皇也希望他能為皇家著想，做到雨露均沾。

就算將來皇子們鬥得再厲害，皇室子弟也應該人丁興旺，不然對於朝局而言也是一種不穩定的因素。

安玉善從大殿中走出來後又被陳其人請進了太醫院，師兄妹兩個人坐下來說起了話。

「小師妹，我想求妳一件事情。」陳其人看著安玉善鄭重地說道。

「什麼事？」

「不要把送子藥酒賣給林國公府。」

陳其人剛剛得到消息，因為永平帝登基為帝，長公主病好之後又得太上皇恩寵，就連季瑤和季薔也被封為郡主，林國公府打算把季瑤再請回去，這次做的是國公夫人。

「師兄，與其不賣酒給林國公府，不如你和瑤姊姊趕緊成婚，有些事情能拖，有些事情卻拖不得。」季景初已經將林國公府之事告訴了安玉善，據她看來，季瑤絕不可能再進林國公府這扇大門。

「我知道，明日我就去提親。」陳其人身邊能商量事情的人也就只有安玉善了，只不過安玉善總是往綠水山莊跑，他也很難見到她。

從陳其人那裡出來之後，安玉善就直接回到綠水山莊，只是剛到莊內，就被安勿言拉進了藥廬，安小遠、安路羽還有一些弟子也跟了過去。

看著圍著自己的一大群人，安玉善不解地問道：「師兄，有什麼急事嗎？」

「妳家真有送子藥酒？」安勿言急切地問道。

「四師兄你……不會也在這個年紀想要孩子吧？」最近有不少中年人到安家找送子藥酒，這幾天逍遙伯府的門檻都要被擠破了。

「不不不！」安勿言趕緊搖頭。「我是想要找這種藥酒來研究一下。」

「這種藥酒並不複雜，這次真是湊巧了，不過是用於調理女人身體的藥酒，根本不是什麼送子藥酒。」造成夫妻沒有孩子的原因有很多種，不是一種藥酒就能解決的。

自從川王妃有孕一事傳開之後，很多人都盲目地相信所謂的送子藥酒，如果世上真有這樣神奇的藥酒，那豈不是有一大批大夫都要失業了？

「小師叔，可我聽說妳家藥酒坊釀製的藥酒都很神奇，有些人身上的陳年病痛就是喝藥酒好的，就是神相大人也喝著安氏藥酒呢！」安小遠對這安氏藥酒也是早有耳聞，只不過一直沒機會請教安玉善罷了。

第七十三章 學徒阿虎

「小遠，你是學醫之人，應該明白『異病同治、同病異治』的道理。這世上沒有一味藥能包治百病，身體上的病痛有時也絕非一種方法便能醫好，更有的治標不治本，只有真正瞭解病因，才能為病人徹底解決痛苦，尤其是作為醫者，更不能盲目地相信神丹妙藥之說。」在安玉善看來，這世上的確有些疑難雜症需要神奇的藥物輔助，更有的一根銀針就能治療很多疾病，只是總有「意外」出現。

「小師叔妳說得對，可是妳家的藥酒和藥丸真的很有效啊！」安小遠有些疑惑。對他而言，安玉善的醫術比自己的師父好像還要高些，可她的看法卻總是那麼謹慎。

「藥酒、藥丸再神奇也有它們治不好的病，尤其是藥酒這種輔助性的東西，要很長時間才能見效，遇到危險急症，藥效也甚微。」安玉善說道。

聽完安玉善的解釋，安路羽等人也都恍悟地點點頭，他們之中大部分人對於醫術所知甚淺。

安玉善回到田園居，心中的念頭越發清晰。雖然現在醫學院的主樓才剛剛開始建造，但古代人對於醫學知識的一知半解，讓她覺得開辦醫學院、普及基本的醫學常識已經迫在眉睫。

她或許能做的不多，但不去做就什麼都改變不了，她希望能多培養出幾個醫術不錯的大夫，也希望能有更多的人免於病痛的折磨。

初夏之際，安玉善在安氏醫館外頭重新掛上了招收醫館學徒的告示，而這次說明必須要經過醫館的考試才有資格成為學徒，並有機會進入安玉善即將開辦的學院裡。

對於重新招收學徒一事，最興奮的莫過於唐素素和趙恆幾人。一旦有新的學徒進來，他們就能直接晉升為師兄和師姊了。

「呵呵，這真是太好了，以後有新學徒進來，我們就有更多的時間學習醫術了。」趙恆已經摩拳擦掌打算做「師兄」了。

雖然安玉善和安齊傑都會抽出時間教他們五人醫術，但因為醫館病人多，更多時候他們白天做的還是打雜之事，有了新學徒，他們就能抽出時間多學些東西了。

另一頭，京城一戶破舊的農家小院裡，一個八、九歲的少年飛奔到家中，對著剛從山中採藥回來的少年喊道：「哥、哥，安氏醫館要招新學徒了！」

「真的嗎？」曾經去安氏醫館找過安玉善、名叫「阿虎」的少年不敢置信地問道。他等了這麼久，等的就是這一天。

「真的，告示剛剛貼出來而已，你趕緊去吧！」阿虎的弟弟阿山和京城的幾個小乞丐關係不錯，一直拜託他們打聽著安氏醫館的消息。

「好，我這就去！」阿虎心情瞬間飛揚起來，他終於有機會能成為一名真正的大夫了！

時間還未到中午，安氏醫館的門外就擠了一大堆人，很多都是來詢問學徒之事。

安玉善沒想到短短的時間內會來這麼多人，於是重新找了一處宅院，讓所有想做學徒的人都去這座宅院報名。

排在第一位的是一名與趙恆年紀差不多的農家少年，依舊是一身破舊的衣服，不過眼神熾熱堅定，安玉善還記得他叫阿虎。

這一次招收學徒的規矩較為嚴格，除了性別、身分不限，在年齡、是否識字等方面都有了新的要求。

報名的時間是半個月，但因為前來的人數太多，安玉善縮短為十天，初步符合條件的就有近三百人，其中不乏權貴子弟。

緊接著她又進行了第二輪、第三輪的測試，最終有一百人留了下來。

「小妹，這學徒是不是有點多？」安玉若得知最終人數時就來找安玉善。「妳不是說學醫是漫長的過程，也不知道他們能有幾個學成的？」

「雖說我招收學徒的目的是希望日後他們都能成為救死扶傷的大夫，不過現在缺乏的不只是大夫，還有醫護人員，我希望有更多的人都認識藥草並知道它們的功用，而不是把藥草當雜草。」想起當初剛到山下村時，滿山的草藥被人棄如敝屣，安玉善就有一種悲涼感。

而她決定在京城開辦醫學院的那天起就已經想好，一旦開始招收學生，將不收取任何費用，學院的花費由朝廷一力承擔。

這樣即便將來學子們學有所成，他們感念的也是永平帝和大晉朝，她便退居其次。

一想到將來有大批醫術高明的大夫心繫帝君和大晉朝，永平帝自然是大喜過望，安玉善這是把到手的名望拱手讓給了他，光是這份胸襟和氣度就不是一般人能比的。

安玉善之所以如此盤算還有一個原因。如今安家在新君即位後榮寵太過，歷史一直告訴人們一個教訓——「伴君如伴虎」，她必須為安家後世子孫著想，當然其中也不乏神相大人的提點。

因此，醫學院的事情安玉善可以全權做主，永平帝撥了銀兩，也得了民心。

不過安玉善一個人帶不了一百個學徒，安氏醫館這邊也離不開她，最後她只好求助醫術同樣高超的四師兄安勿言。

「四師兄，反正師父答應我了，讓你這次幫我，是帶學徒還是去醫館坐診你自己選，不過我可說好了，你要是幫忙帶學徒，可是要天天上課的，不能像帶小遠他們那樣，一、兩個月也不見人！」安玉善笑道。她這個師妹的面子他可能不在乎，但師父的話他是一定會聽的。

「那我去醫館坐診，不過我也有個條件，以後妳就幫我帶小遠他們吧！」要不是神相大人有交代，當初安勿言是不想招收徒弟的，比起當先生，他更想做大夫。

安玉善也同意了。她這個四師兄還真不適合做師父。

由於醫學院還沒有建好，安玉善就把學徒們全都帶進了北靈山的千草園裡，並臨時加蓋了許多房屋。

此時正是夏季，居住條件並不好，不過安玉善也不希望學徒們變得養尊處優。

任新和任然最終決定留在安氏醫館，他們的醫術已經可以給病人治病了；而趙恆、唐素素、黎悅則跟來了千草園，安小遠也帶著五個曾經跟著安勿言學醫的師兄弟來了。

這次招收的女學徒算上唐素素和黎悅也只有十人，其中的八名少女還都是農家姑娘。

不管是誰，安玉善自然是一視同仁。而神相大人因為有事離開京城，在出發之前又送了四位略懂醫術的僕人給她，可以幫她管教這批新學徒。

安玉善早就將用於教授學徒的醫學教科書編撰好了，同時季景初也幫她收集了不少醫書。

千草園內的書房變成了學徒們隨時可以進出的地方，所有的醫書在安玉善那裡自然都有備份。

經過一個月的相處，學徒之中有一人最得安玉善的青眼，就是那位叫阿虎的少年。

他對學醫的熱愛、天分以及勤奮刻苦的學習態度，都讓安玉善驚嘆。

一開始，安玉善還以為他之前早有學醫的底子，經過調查後發現，阿虎是跟隨父母逃難到了京城，他是家中長子，一個小弟得病去世了，現在下面還有三個弟妹。

他的父母常年被病痛折磨，家中日子更是不好過，他之前給有錢人家放牛，偷偷在學堂認字，學堂先生心善，也會借書給他看。

做先生的都喜歡出色又懂事的學生，安玉善也不例外。她與阿虎年紀差不多，在心中當他是值得栽培的弟子，因此教起來就更為用心了。

不過，這也引起了其他學徒的羨慕和嫉妒，尤其是安小遠和趙恆，他們各自都以為自己才是安玉善最在意的弟子。

「小師叔，我學醫天分不高嗎，還是我學醫不刻苦？」

這天，安小遠和趙恆兩個人氣呼呼地找安玉善「控訴」。

「沒有呀，你挺好的！」怎麼說安小遠也是安氏本家從小培養出來的出色子弟，又跟著安勿言學醫，算起來，他的醫術是這群學徒之中最高的。

「那您為什麼只教阿虎師弟，不教我們？」趙恆很是「委屈」地說道。

他可是堂堂的小王爺，論身分和地位，哪一點不比出身農家的阿虎強？就算他學醫的天分比不上他，可自己現在也很能吃苦呀！

安玉善的偏心已經嚴重傷害了他幼小的心靈。作為弟子，誰不想受到師父的喜愛和點撥？

「我沒有不教你們，如果你們有什麼問題也可以隨時來問我，阿虎他勤學好問，因為認字不多，所以我才多費了一些心而已。」安玉善不忍心阿虎這樣一個好苗子因為書讀得不多而埋沒了。

「我看小師叔您就是偏心，其他的師兄弟都是互相幫忙，只有阿虎您親自教，您別看他老實，我看他就是故意討好您！」安小遠故意說道。

「小遠！」安玉善臉色嚴肅起來。「我知道你們因為自己的身分地位都有著還拋不下的傲氣，可你們好好想想，難道真是我偏心嗎？我不否認，我對阿虎這個上進的學徒很欣賞，但你們捫心自問，這一個月來，『男女有別』四個字可曾從你們的心中抹去？」

安玉善知道門外還有很多學徒聽到了三人的對話。她一開始就知道自己這個女先生不好當，尤其對於大多數的男學徒而言，自己的性別是他們還無法跨過去的坎。

這一個月來，新學徒中除了阿虎真的沒有介意，其他人心中多多少少都存了避諱，別說是來請教她問題，就是對視一眼，他們都撇開。

安小遠和趙恆不說話了，也都低下了頭。說起來安小遠這次跟來千草園是圖個新鮮，而趙恆則是安玉善要求他跟來的，之前他都一直跟著安齊傑學習醫術。

「小師叔，我……」安小遠顯得有些羞愧。

安玉善揮手打斷了他的話。「古人言：『業精於勤，荒於嬉；行成於思，毀於隨。』你們是學醫之人，將來手中握著的可是人命，如果不用心學習，一旦出點差錯，你們可想過是否承受得起？不要把人命當兒戲，也不要把學醫看成簡單的事情，既然學了就要用心，摒棄一切的雜念，懂嗎？」

「小師叔教訓得是，小遠明白了！」雖說安小遠有學醫的決心，但因為本身性子跳脫，所以做事的熱度總是來得快、去得也快。

「玉善姊姊，我也知道錯了，以後我一定會好好學習，讓妳刮目相看！」趙恆也被挑起了鬥志。學醫這條路是他自己選的，已經讓爺爺失望了一次，不能再讓他失望第二次。

安玉善的話阿虎也聽到了，他暗暗發誓，以後要更刻苦才行。

學徒們每個月都有兩天的假期，這天，一個月沒回家的阿虎腳步急匆匆地趕回了家。推開家門後，他看到原本破敗的院落已經被打掃得很乾淨，自家種的甜瓜也整齊地擺滿了大半院落，原本常年咳嗽的父親正在做著木工活，身體虛弱的母親坐在院中樹下縫補衣衫，但他沒有見到三個弟弟妹妹。

「阿虎，你怎麼回來了？」一看到大兒子歸家，阿虎的娘驚喜地站了起來。

「娘，您和爹的身體還好嗎？」阿虎明顯能看得出來父母的氣色都好多了。

「孩子，這可要感謝女神醫，她不但救了爹娘的命，還救了咱們一家人啊！」說著，阿虎的娘眼中就流下了淚水。

阿虎這才知道，半個月前安玉善派人到他家，不但給他爹娘送了治病的藥丸和補身的藥酒，還讓他十一歲的二弟去了文家的食肆幫忙，每天晚上，弟弟還能捎帶一些食物回來給爹娘補身體。

安玉善對自家的恩情，阿虎一家牢牢記在了心裡，以至於將來阿虎成為大晉朝屈指可數的神醫之後，最為尊敬的一直還是安家人。

兩日之後，阿虎拉了一板車的甜瓜到了千草園。雖說安小遠和趙恆暗中都把阿虎當成了競爭對手，但自從安玉善一番教導之後，他們師兄弟的感情反而好了起來。

「阿虎師弟，你家的甜瓜真好吃，能不能多給我幾個，我讓人給我爺爺捎回去？」趙恆吃得滿嘴香甜，笑著問道。

「當然可以，我家就是種甜瓜的，要多少都有！」阿虎憨厚一笑。

「這甜瓜真是不賴！」安小遠也稱讚道。

安玉善也收到了不少甜瓜，她讓人送回了逍遙伯府，因為味道確實不錯，她還給蘇瑾兒送了幾個。

沒想到因為永平帝一句「阿虎家的甜瓜真好吃」，讓阿虎家往年根本賣不出去的兩畝甜瓜，不到兩個時辰就全被高價買走了，自此之後，「阿虎家的甜瓜」就成了京城夏日裡最熱賣的東西。

安玉善打算將有關兒科的中西醫學知識都編進一本書中，這天晚上，她在千草園思索目錄時，一個身影突然閃了進來，是好久沒見的季景初。

自從安玉璿成婚後沒多久，季景初就被永平帝委以重任，整日在京郊大營裡練兵，兩個人根本沒時間見面。

「你怎麼來了？軍營裡不忙嗎？」安玉善看得出季景初臉上有些疲憊之色。

說起來，兩個人說定親事之後，並不像別的男女那樣或羞澀，或火熱，反而更像熟識的朋友或是生活多年的夫妻，自然中流淌著淡淡的溫馨。

「妳似乎不想見到我？」季景初語氣中有著難見的「委屈」。進屋之後，他的雙眼就時不時地瞟向安玉善桌子上那一盤切好的甜瓜。

「當然不是！你怎麼說話有些怪怪的？」發現季景初看向桌上的甜瓜，安玉善打趣道：「你不會是想吃甜瓜了吧？」

「阿虎家的甜瓜？」季景初走到桌子旁，拿起一塊咬了一口。「的確是挺甜的。」

「這個你都知道？聽阿虎說，因為皇上的一句話，他們村子裡的甜瓜全都跟著賣出去了，我讓他明年多種幾畝，保證賣得更快！」安玉善笑著說道。

「妳倒是很關心這個叫阿虎的少年？」季景初吃了一口的甜瓜順手扔在了桌上，似乎嘴裡的味道也變了。

「他是一個很上進的學徒，也有學醫的天分，如果好好教導，將來必有所成。」安玉善平靜地說道，順便仔細觀察季景初的臉色。今晚這個男人說話怎麼總是酸溜溜的？

「是嗎？陳院首應該很喜歡這樣的弟子。」季景初已經在心中計較開來。

「只要是優秀的弟子，先生都喜歡，你……該不會是在吃醋吧？他可是我的學徒。」安玉善終於明白季景初的「彆扭」是因何而來。

第七十四章　巧治怪病

「他也是個男人。」季景初沒有否認。

「他才十四歲，還稱不上是男人吧？」古代男人二十弱冠，阿虎現在只能算得上是少年。

「十四歲的人什麼都懂了。」季景初定定地看向安玉善。如今大勢已定，他們兩人之間的進度是不是要加快些？還有，他們平時在一起的時間實在太短了，要好好想辦法才行。

「你該不會是說你自己吧？」安玉善不禁笑了出來。當初他和她可還都是小孩子，那時候情思似乎就已經萌動了。

「現在懂得更多。」季景初說得一臉嚴肅，但眼中故意透露的曖昧與火熱讓安玉善紅了臉。

「你怎麼越來越不正經！」哪個少女不懷春，更別說是心儀之人在眼前，安玉善都覺得被他看得全身酥麻麻的。

「不正經？」季景初突然笑起來，接著走到安玉善的面前，低頭看向坐在椅子上的她，雙臂放在椅背上，把她圈在自己的眼前。「我來告訴妳什麼才是不正經。」

聽著季景初此時的無賴話，安玉善臉更熱了，嗔斥道：「你別胡來，這裡可是千草園！」

「怕什麼，吹了燈就什麼都看不見了。」千草園裡裡外外都住了學徒，安玉善這裡也常有人來，季景初先前就已經知道了，現在窗外就有人正在瞧熱鬧呢。

「你——」還沒等安玉善說出口，桌上的燈就被季景初的掌風給撲滅了，屋子裡瞬間一片漆黑，外頭也什麼都看不到。

「咦？燈怎麼熄了？小師叔不會吃虧吧？」

「玉善姊姊可是人家未過門的妻子，有本事你現在衝進去！」

「咱們這樣偷看不好，還是……還是快走吧！」

仲秋時節，清可絕塵的桂花濃香遠逸，山中的藥草也正是成熟之際，原本住在千草園的百名學徒在中秋節前已經住進了醫學院剛建好的宿舍中。

陳其人原本想從太醫院挑選出兩名太醫送到醫學院教授弟子，奈何經過上次元武帝清除皇后與英王餘黨一事，太醫院裡可用的人已經太少了。

安玉善精力有限，不可能一下子教這麼多弟子，於是請了任太醫出山，兩個人輪流給學子們講課。

同時，安玉善還根據現代學院的教學模式，專門制定了更適合古代學子的方式，而且每六天就讓學子們自由活動一天。

這天正好是學子們的休息日，安玉善沒有回逍遙伯府，而是打算回綠水山莊，碰巧安小遠也邀請他結交的兩位好友趙恆和阿虎去山莊玩。

從學院到綠水山莊乘船比較方便，於是安玉善租了一艘大船，帶著隨行的木槿和安小遠三人一起上了船。

清風拂面，水波蕩漾，秋日的暖陽灑落一路金光，幾人一邊欣賞著兩岸風景，一邊談笑著隨波而行。

安玉善站立船頭，臉上也是愉悅至極。

想起前些時候，尹雲娘帶著她和簡兒去參加錦韻侯府的觀蓮宴，沒想到錦韻侯府的老夫人見到簡兒之後，表現得很不鎮定，有些不對勁。

她心生疑慮，回來之後暗中做了一番調查，竟意外查出簡兒才是錦韻侯府真正的嫡女。

自從簡兒與親生父母相認之後，最近也沒什麼讓她掛心的事情。

「快看，美女！」無論哪個時代，男人們見到頗有姿色的漂亮女子總是忍不出會驚呼出聲，安小遠也不例外。

順著他的手指方向眺望，安玉善幾人看到一位身穿白衣的妙齡少女正站在一塊光滑的巨石上，眼神有些呆滯地看著湖面。

安玉善盯著那位看起來十分年輕的少女，安小遠、阿虎、趙恆三名少年也看得入了魔。

撐船的老船家見一個大姑娘和三個年輕的小夥子直勾勾地都盯著人家小姑娘瞧，想著光天化日之下也太大膽了些，便有些生氣，故意把船搖得很快。

安玉善突然說道：「船家，趕緊將船搖到巨石岸邊，快一點！」

老船家也是收了人家銀子做生意的，雖然無奈又生氣，但還是遵照安玉善所說的將船搖到了岸邊。

安玉善轉頭看向安小遠三人說道：「待會兒船一靠岸，小遠，你就悄悄地走到那位年輕姑娘的身後，使勁攔腰抱住她，記得一定要死死地摟緊，狠命地抱著，不准鬆手！」

這話一出口，安小遠、趙恆和阿虎三人登時脹紅了臉。

尤其是安小遠，不但面紅耳赤，說話還有些結巴。「小師叔，妳……這……這怎麼可以啊，我可不敢，要是讓山莊裡的人知道我做了如此不齒之事，一定會把我逐出族的，我、我不……」

安玉善雙眼還是緊盯著那位白衣少女，又看向了最聽她話的阿虎。「阿虎，上岸後你照著我說的去做，記住，一定要死死地抱住那位姑娘！」

別說是結巴，阿虎整個人都有些傻了，只是一個勁兒地猛搖頭，這個耿直忠厚的農家少年也被安玉善的提議嚇到了。

眼看船就要靠岸，安玉善又看向了趙恆，語氣嚴厲。「你去！我讓你猛抱，你就給我使勁地抱著，你要是也不敢，現在就下船，以後別跟著我學醫了！」

三人見安玉善真動了怒，心中都有些怯意，安小遠和阿虎一臉期待地看向趙恆。好歹他是有人罩著的小王爺，就算做了出格的事情，到時候也不會有什麼大事。

「好，我去、我去！」趙恆之前多少和京城的紈袴子弟有些交流，加上自己的身分，他也十分信任安玉善，最重要的是安玉善最後說的那句話，誰讓他倒楣，死就死吧！

「趙恆，記住，你抱住那姑娘之後千萬不要鬆開，而且抱得越緊越好，待會兒不管出什麼事都與你無關，一切由我承擔！」安玉善嚴肅地說道。

來。

「是，弟子遵命！」趙恆瞪了一眼順利「逃過一劫」的兩個好友，只得不情願地答應下來。

安小遠和阿虎對他抱歉地笑笑，想起上岸之後可能發生的場景，又送給他一個「自求多福」的表情。

老船家聽到了幾人的對話，心中越發不滿，尤其看向安玉善的眼神更帶著怒意，想著她一個姑娘家家的，心腸怎麼如此歹毒？竟然慫恿同行男子去調戲人家清白姑娘，真是不知廉恥！

船一靠岸，趙恆先是深吸一口氣壯壯膽，接著躡手躡腳地走到那姑娘背後，一個猛虎撲食，將那姑娘死死地抱在懷裡。

神思正縹緲天外的少女大吃一驚，急忙扭頭看，誰知一個高她一頭、相貌英俊的少年正緊緊抱著她，他身上炙熱的溫度讓她的俏臉通紅。

少女羞憤交加，心中還有些害怕，她一點武藝都不懂，早知道就帶著婢女與侍衛出來了。即便如此，羞怒至極的少女還是激烈地反抗與咒罵。「你這個登徒子、惡賊、卑鄙無恥的敗類！快放開我——放開我，你這個壞人！」

事已至此，即便自己的臉也是脹得通紅，趙恆還是謹記安玉善的話，就是不撒手，死命地摟抱住那位姑娘。

畢竟是秦老王爺親手帶大的孫子，趙恆力氣大得很，那少女無論怎麼掙脫都掙脫不開，只得一邊罵一邊求救。

「禽獸！無恥！放開我！快來人呀，救命啊，救命啊——」少女的喊聲中已經夾雜著戰慄的哭音。

很快的，兩名聽到喊聲的青年男子飛奔而來，身後還跟著幾名侍衛。

見到一個少年摟著白衣少女不放，先到的男子大罵道：「狗膽賊子，快放了我妹妹！」

「二哥，救我，快救我！」少女大聲喊道。

少女的二哥明顯武功不錯，一個飛身上前，以手為刀就朝著趙恆劈來。

這時安玉善已經跳下船，大聲喊道：「快住手！公子息怒，先聽我一言！」

少女的二哥挑眉打量著安玉善。「妳是什麼人？」

「在下是靈伊郡主安玉善，我們乘船從此處路過，看見這位姑娘得了索命急症，所以特下船相救。這位是秦王府的小王爺，是我特意吩咐他這麼做的，我們沒什麼惡意，請不要見怪。」

趙恆已經放開了那姑娘，轉身護在了安玉善面前，安玉善則把他往後拉了拉。

「靈伊郡主？妳就是姑母說的那個女神醫？」緊接著趕來的另一名男子也走上前來。

「神醫二字不敢當，不過是會些醫術罷了。」安玉善笑著說道。

「在下歐陽浩，這位是我二弟歐陽明，這是舍妹歐陽玉璇。郡主說我小妹有急症，可她身體一向極好，到底有什麼索命急症呢？」歐陽浩並沒有立刻動怒，而是態度有禮地問道。

安玉善又看了歐陽玉璇一眼，解釋道：「令妹近日要出水痘，只不過她出的是悶痘，水痘發不出來，大羅神仙也救不回來。」

這時歐陽玉璇已經被剛才趙恆的舉動還有安玉善的一番話，嚇得突然大哭起來。

雖然歐陽浩也有些半信半疑，但安玉善的女神醫之名早就傳遍天下，自家姑母川王妃年近四十還能懷孕，也是因為喝了安家的神奇藥酒，由不得他不謹慎對待。

「郡主，我家小妹是父母的掌上明珠，您醫術高超，還請出手相救！」歐陽浩鄭重地拜託道。

安玉善看出歐陽浩三兄妹對她的話還是有些不信，也沒介意，笑著說道：「你們不用害怕，剛才我已經對症下藥，定能藥到病除。」

此時別說是歐陽家三兄妹，就是一直跟在她身邊學醫的安小遠三人也是一頭霧水。

安玉善笑著說道：「我剛才讓趙恆失禮地狠狠摟抱住歐陽姑娘，就是想讓歐陽姑娘生氣、發火，借此讓她把體內的悶氣和悶火都發洩出來，之後你們去安氏醫館再買幾粒清熱解毒的藥丸，等到歐陽姑娘出水痘時服用就會沒事了。」

「多謝郡主！」歐陽浩恭敬地施了禮。

「歐陽公子不必客氣，若是歐陽姑娘還有什麼不適，可到安氏醫館尋我。」說完，安玉善就帶著趙恆三人登船離開了。

上了船，老船家撐船遠離岸邊。安玉善的神醫之名他自也是知曉的，心中對幾人的想法已經改變。

幾日後，歐陽浩親自送來謝禮，說他小妹果真出了水痘，而且服了安家清熱解毒的藥丸，很快就痊癒了。

川王妃的姪女歐陽玉璇被安玉善巧治怪病的事情不脛而走，這對安玉善來說不過是神醫之名上又多了一筆美談罷了。

不過對於趙恆來說，事情似乎並沒有那麼順心了。

也不知道這件事怎麼就傳到了秦老王爺的耳朵裡，而且傳聞說得有鼻子有眼，說是安玉善身邊的一個弟子緊緊地抱住了人家姑娘，雖說是治病，可畢竟男女有別。

老王爺又一打聽，抱住人家姑娘的正是自己的寶貝孫子，而那姑娘是川王妃嫡親的姪女，駐守大晉朝北疆多年的歐陽世家的嫡女。

秦老王爺二話不說把川王叫到府內，說趙恆既然與歐陽玉璇有了肌膚之親，那就要負責任，秦王府不是不認帳的無恥之徒，兩家結親正好。

川王在秦老王爺面前是晚輩，他最是知道老王爺的脾氣，其實事發之後，川王妃也提起過這件事情。

歐陽家駐守北疆多年，在當地頗有權勢，但若是與京城權貴之門結親，難免會引起新帝猜忌，即便歐陽家忠心耿耿，為了子孫著想，無論是川王妃還是歐陽家現在的家主，都不希望家中子弟的親事太過顯眼。

歐陽玉璇是現在歐陽嫡系一脈中唯一的女孩，生性善良柔弱，豪門後宅的生活並不適合她，想來想去，比起別的人家，秦王府裡的小王爺趙恆無論是年紀還是家世都是最匹配的。

如今秦老王爺不再掌管兵馬，趙恆也無意戰場，反而能讓新帝放心。

川王從秦王府回來之後，將秦老王爺有意結親之事告訴了川王妃，川王妃又趕緊給自己的兄長寫信告知，也希望能促成這樁良緣。

「你們說我該怎麼辦？當初可是玉善姊姊讓我去抱的，我那是在救人，怎麼就要娶她了？」醫學院下課後，趙恆拉著兩位好友安小遠和阿虎在涼亭裡「訴苦」。

「話不能這樣說，當時可是好多人都看到你抱歐陽姑娘了，想要賴也不成；再說人家姑娘長那麼漂亮，又是歐陽家的千金小姐，你們不正好配一對！」安小遠有些幸災樂禍，他可不想這麼早就被人綁定姻緣。

「是呀，你抱了人家就要負責！」阿虎很實誠地點頭說道。

「我負什麼責？我都說了那是玉善姊姊讓我抱的。小遠，你要是覺得人家姑娘好，你娶就是了。」學醫之路才剛剛開始，趙恆不想現在就定下婚事，以後他想找的是像安玉善那樣醫術出色的「同道中人」做妻子，而不是什麼嬌滴滴的大將軍府小姐。

「我倒是想，可惜我和阿虎都沒這個福氣，誰教當初在岸邊抱人家姑娘的是你秦小王爺不是我們呢！唉，真是什麼人什麼命，我的秦小王爺，你就知足吧，這說不定就是天賜的良緣，好好珍惜，兄弟們一定會去喝喜酒的！」安小遠調皮一笑。

「什麼天賜良緣，我看就是玉善姊姊害我，給人治病什麼辦法不能用，非要……非要去抱人家姑娘！」趙恆有些哀怨地說道。

「你說是小師叔害你？趙恆，這事可不能怪小師叔，做大夫的給人治病自然是什麼辦法有用就用什麼，你別得了便宜還賣乖了！」安小遠衝他擠擠眼睛，阿虎也有些不自在地咳嗽一聲。

「我看就是要怪玉善姊姊，她是女神醫，能治病的辦法肯定不止一種，要讓她姑娘生氣，也不用非得去抱她吧？」趙恆繼續埋怨道，根本沒有看到安小遠和阿虎正朝他使眼色，直到身後響起一道清脆的嗓音。

「這件事情真的怨我？」

「真的怨妳，妳……」趙恆下意識地回了一句，然後像是想到什麼，慢慢轉頭，赫然看到安玉善就站在他的身後，也不知道站了多久？

再看安小遠和阿虎，早已經躲在一旁，畢恭畢敬地看著安玉善。

「玉善姊姊……先生，您什麼時候來的？」趙恆有些尷尬地一笑，不好意思地問道。

「在你怪我讓你抱人家姑娘的時候。」安玉善故意臉色淡淡地說道。

「我那是……這事要怪就怪我爺爺，沒事去提什麼親，我都跟他說了那是在救人，總不能以後我每救一個姑娘就娶一個吧，那我還當什麼大夫呀！」趙恆低聲說道。

「趙恆，你年紀也不小了，該是用用腦子的時候，你不會真的以為是你抱了人家才成就了這樁婚事吧？」她就算沒有見過秦老王爺，從季景初那裡打聽到的消息也足以證實，歐陽家早就有了與秦王府結親的打算。

也就是說，即便趙恆沒有抱人家姑娘，這歐陽玉璇也可能會是他的妻子，有些事就是那麼巧。

「您這話是什麼意思？」趙恆腦筋還沒轉過來。

第七十五章　瓦番皇子

「是什麼意思，你自己好好想想吧！」安玉善狀似無奈地搖搖頭離開了。

趙恆到底還是年輕，一時半刻領會不了安玉善話裡的意思，而等安玉善離開之後，安小遠就拉過他上起了「思想教育課」。

就在這個月的下旬，京城又發生了一件大事，世居草原之地、與大晉朝一直交好的瓦番國派了使者過來，永平帝特意安排了驛館給他們。

一時間，京城街道上出現了不少瓦番人。

這天，安玉善忙完之後就回到了逍遙伯府，卻發現府裡的氣氛有些怪異，尤其是自己的爹娘，竟然唉聲嘆氣的。

「爹、娘，發生什麼事情了？」此時天色已晚，安清和和鄭氏吃過晚飯後就去歇息了，安玉善也沒有去打擾他們，而是來到了安松柏與尹雲娘住的院落裡。

「也沒什麼大事，就是……」尹雲娘一時不知如何開口。

自從收了百名學徒，安玉善就忙得很，尹雲娘本不想再拿家裡的事情打擾她，可一時又找不出個能拿主意的人。

「娘，到底是怎麼了？」安玉善不解地問道。

安松柏嘆了一口氣，說道：「今天妳娘帶著妳三姊去街上買下個月成婚的首飾，結果遇到一個瓦番人在欺負幾個小乞丐，妳三姊一時氣不過，就用她的那些藥粉懲治了那個瓦番人，誰知那個瓦番人竟是瓦番國的二皇子，而且那幾個小乞丐偷了他的錢袋，是妳三姊誤會人家了。」

「我聽說瓦番人生性彪悍，不是很好惹，知道事情真相後，三姊給人家道歉了嗎？」安玉善沒想到今天還發生了這樣的事情。

「事情一弄清楚，我就讓妳三姊趕緊給人家吃了解藥，也道了歉，可也不知妳三姊是哪根筋搭錯了，兩、三句話又和對方的人嗆了起來，還好那二皇子是個講理的人，也沒有為難我們，我們就回來了。」尹雲娘接著說道。

「既然對方沒有追究，那爹和娘還在苦惱什麼？」安玉善疑惑地問道。

「事情要是這樣結束就好了。誰知道我們剛回伯府沒多久，那二皇子就帶著人抬著禮，還牽著幾隻羊和馬就來了，說是要娶妳三姊。妳說說，這算怎麼回事呀！」尹雲娘愁眉苦臉地道。

「什麼?!」安玉善也愣住了。「那你們沒告訴他三姊下個月就要嫁人了嗎？」

「怎麼可能沒說，那二皇子明知妳三姊是御賜的婚事，可還是來下聘禮，說在他們瓦番國，女子就算成了婚，只要比她的丈夫強，男子同樣可以再娶她，更何況妳三姊還沒嫁呢！他還說這就進宮請求皇上把妳三姊賜給他做妻子。」瓦番人長得人高馬大的，尹雲娘看著都害怕，更別說讓自己的女兒嫁過去了。

「三姊呢？」依照安玉若的性子，遇到這種事情，倒楣的還不知道是誰。

「妳三姊倒是乾脆，直接拿了大棒子趕人，說就算是做尼姑也不嫁給瓦番人。」尹雲娘無奈地苦笑道。

「爹、娘，你們別發愁了，皇上金口玉言，三姊下個月就要嫁入崇國公府，不會這時候出爾反爾讓瓦番人插一腳的。」安玉善安慰道。

「要真是這樣就好了，人家畢竟是一國的皇子，我看那二皇子不像會輕易放棄的人……」出一趟門都能惹上不該惹的人，尹雲娘越來越覺得還是山下村好。

「娘，別擔心，瓦番使者不會在京城待太久的，那二皇子見人家一面就求娶，看來也不是個長情的人，說不定衝動過後就會忘記的。」不想讓父母繼續擔憂，安玉善只能一再安慰。

可安家眾人怎麼都沒想到，第二天瓦番國的二皇子又來了，安玉若又拿著大棒子把他趕出去。

「這二皇子怎麼聽起來和當初的二姊夫很像，不達目的誓不甘休。」事情發生的時候，安玉善正在安氏醫館裡。

「繼續任由他鬧下去，玉若的婚事和名聲怕會受到影響。」安齊傑難得有空在醫館裡陪著安玉善聊天。

「這個時候也不知道未來三姊夫在幹什麼，新娘子都要被人搶走了，他倒是不著急……」想起印象中黎博軒的樣子，安玉善勾唇一笑。

外表看起來文質彬彬的黎博軒內裡可不簡單，而且他與安玉若兩個人也算是歡喜冤家，互有情意，有人要來搶他的心上人，安玉善就不相信他還能無動於衷。

「小師叔，不好了，小……」就在這時，安小遠突然氣喘吁吁地跑進醫館，拉起安玉善就要往外走。

「小遠你慌什麼，到底怎麼回事？」安玉善掙開安小遠的拉扯。

「小師叔，趙恆出事了，您再不出手救人，秦王府的府兵和瓦番國就要打起來了！」安小遠大聲說道。

「把話說清楚！」安玉善還從未見安小遠如此驚慌過。

安小遠定了定神，趕緊將事情的前因後果告訴安玉善。

當日，安小遠替趙恆分析過他與歐陽玉璇成婚的利弊之後，趙恆雖然聽明白了，卻還是不想娶人家姑娘。

而且趙恆還從秦老王爺的貼身隨從那裡打聽到，歐陽家似乎很想與秦王府結成這門親事，就連那歐陽小姐也點了頭，說既然兩個人已經有了肌膚之親，從今以後她便是趙恆的人。

趙恆一聽，如一盆冷水當頭澆下，無論是爺爺還是歐陽家都看好這門婚事，只有他這個當事人不願意。

於是，當得知歐陽三兄妹還住在飛雪山莊，昨天趙恆就乘船而去，想找人家姑娘說清楚他不同意這門婚事。

誰想到事情就這麼巧，半路上他又看到歐陽玉璇一身白衣站在巨石之上，而這次輕薄她的男子變成了瓦番國好色風流的大皇子。

趙恆哪裡還記得來時的目的，立刻迅速靠岸去救人，而歐陽兩兄弟也聽到了響動，得知真相後，幾人合夥把瓦番國的大皇子還有他的兩名侍衛踢進了水裡。

誰能想到看起來高大的瓦番國大皇子身體這麼差，落水當晚就染了風寒，瓦番國隨行的太醫給他診了病、吃了藥，他的病卻更嚴重了。

瓦番國使者認為是趙恆幾人把他們的大皇子給打病了，還說大晉朝的人居心叵測，一怒之下就派幾個高手把趙恆給綁了，歐陽兩兄弟則是被川王先一步藏了起來。

秦老王爺一聽自己的孫子被瓦番國的人抓住了，哪裡還坐得住？帶著一幫秦王府的府兵就把瓦番國的驛館團團包圍，現在雙方劍拔弩張，眼看一場爭鬥迫在眉睫。

「小師叔，這件事連皇上都驚動了，陳院首也已經去了驛館給那位大皇子治病，可問題有些棘手，他託人傳話，希望妳能親自去看一看。」安小遠著急地說道。

「我們現在就走！」安玉善覺得頭一陣疼。這瓦番國的人怎麼各個都不讓人省心。

等到安玉善心急火燎地趕到之後，秦老王爺的寶刀已經出鞘了，眼看他殺氣騰騰，就要把站在前頭的瓦番國使者給劈成兩半。

「老王爺請息怒！」安玉善大喊一聲跳下了馬車，木槿拿著藥箱跟在後頭，安小遠和跑來的阿虎都要跟著她一起進去。

「丫頭，妳來了！」看到安玉善出現，秦老王爺內心深處也是鬆了一口氣。

聽陳其人說他也難以應付那位大皇子的病，秦老王爺就做了最壞的打算，一旦瓦番國的大皇子出事，要想保住他小孫子的命，兩國之間怕是免不了一場戰爭。

幾十年來，大晉朝與瓦番國邊境之地雖偶有不和，但兩國還是交好的，如果永平帝一心要維持邊境安穩，那麼趙恆的命怕是難保，畢竟瓦番人可是有仇必報的性子。

「老王爺切勿衝動，我先進去看看！」氣氛比安小遠說的還要緊張，兩邊都亮出了兵器。

安玉善本不想讓安小遠和阿虎跟進驛館，兩人卻說不能讓趙恆一個人承擔，好兄弟要「有福同享，有難同當」，她也就不再攔著。

跟隨一位瓦番人進入大皇子所在的房間後，她就看到陳其人正站在一張紅木床邊，床上躺著一個三十多歲的男子，此時正蜷縮在床頭，渾身不停抖動，臉上直冒虛汗，一直在低聲說著聽不清的胡話。

「師妹妳來了！」看到安玉善，陳其人臉色稍微好了一些。

「師兄，聽小遠說病人是染了風寒，怎麼會病成這樣？」安玉善問道。

「我問過替大皇子治病的瓦番國大夫，他說一開始大皇子的病情沒那麼嚴重，只是有點怕風、出汗，就給他喝了一副瓦番國治風寒的藥，結果就成現在這樣了。」陳其人說道。

「從昨夜到現在都有什麼症狀？」安玉善又問。

「我大哥一直不停地出汗、發燒、說胡話，還總是驚悸不安，一晚上都沒睡覺，而且他身子一直抖動，根本控制不住。大夫，請救救我大哥！」這時站在一旁的瓦番國二皇子說道。

當看到是一個女大夫進來後，他立即就明白她便是傳聞中醫術高超的女神醫，也是安玉若的妹妹安玉善。

「二皇子不必擔心，我先診脈看看。」

安玉善診完脈後，搖頭說道：「敢問二皇子，你們瓦番國袪寒用的可是麻黃湯？」

「正是。」

「這就對了，大皇子怕是常年沈迷女色，身體早已被掏空，雖外表看著強壯，內裡氣血早就虛弱不堪，本就正氣不足，又誤用麻黃湯發汗，結果藥力強烈的麻黃湯導致他身體出現了紊亂。」

聽完安玉善的解釋，陳其人恍然大悟，想通了其中環節；一直站在旁邊的瓦番國大夫也有些懂了，隨即臉色有些煞白，那麻黃湯可是他說要用的。

果然，二皇子眼神陰冷地看向了那位大夫，他當即跪在地上請罪，但很快就被人拉了出去。

「這大夫醫術不精，讓安姑娘笑話了，既然姑娘知道病因從何而起，定是有解決之法吧？」二皇子態度又變得友好起來。

安玉善點點頭。「這種情況用芍藥、茯苓、附子、生薑、白朮熬成的真武湯便可以化解，喝下三劑便好，另外我再給大皇子開竹葉湯和清心丸來解除餘毒，很快就能康復。」

「多謝姑娘，那再煩勞姑娘寫下藥方了。」二皇子有禮地道。

待藥方開好之後，安玉善和陳其人都沒有立刻離開，此時川王也已帶人到了驛館外頭。

二皇子已經了解了來龍去脈，並對秦老王爺和川王說了，只要他大哥沒事，就會把趙恆放了，這件事情也不再追究，畢竟一開始是自家大哥先調戲人家姑娘的。

看到這位二皇子如此明事理，安玉善對他的印象倒是改觀不少，不過這樣的一個人怎麼就和自家三姊槓上了呢？

「二皇子，雖然這幾服藥喝下去之後，大皇子的風寒之症便能徹底痊癒，但他的身體這些年虛耗太過，如果女色上再不節制，怕是很難活過四十歲。」最後這句話安玉善本來不想說的，但想到為人醫者的本分，她還是照實說了出來。

「安姑娘，可有藥物能幫助我大哥？他……」有些事情當著人家姑娘的面也不好啟齒，自家大哥沒別的毛病，就是喜歡女人。

「沒什麼靈丹妙藥能幫助他，現在只有他自己能幫自己，戒掉女色，再加上藥物調理，壽享天年還是可以的。」安玉善搖了一下頭說道。

「我會儘量勸說我大哥的。」二皇子說道。

半日後，瓦番國大皇子的病就好了大半，等按照安玉善所說喝完所有的藥，他已經徹底康復了。

不過身體好了之後，這位大皇子卻不聽二皇子的勸告，不但沒有放了趙恆，反而放話要拿歐陽玉璇來換趙恆的命。

「小妹，妳就不該救那個無恥之徒，還不如讓他死掉！」安玉若現在非常厭惡瓦番人。

「三姊，他要是真死了，事情恐怕就更麻煩，我看那個二皇子是個識時務的，不像是不守信的小人。」安玉善倒是對瓦番國二皇子還有些期待。

「不是小人？小妹，妳昏頭了吧！那個男人簡直是腦袋有病，我要是被他害得嫁不出去，就一把毒粉毒死他！」安玉若露出狠勁兒。

「我從來不知道三姊原來這麼急著想嫁給四表哥，不過四表哥那身板估計還不夠人家二皇子一拳的力道。」安玉善故意開玩笑道。

「小妹，妳不是常說『畫虎畫皮難畫骨，知人知面不知心』嗎？哼，咱們這位四表哥看起來風一吹就倒的樣子，其實武功高著呢！」安玉若替黎博軒辯解道。

「哦？我還真沒看出來，呵呵！」安玉善又笑了。

「他那個男人最會用一副無辜的樣子欺瞞別人，不過他也有看走眼的時候，說什麼妳內功深不可測，是真正隱藏的高手，可妳都沒練過武，能有什麼內功？」對安玉若來說，江湖上那些飛來飛去的武功沒個十年、八年都練不成，安玉善只會醫術，哪會什麼武功？

「說得是，我看四表哥是故意逗妳玩的，總不至於我有沒有內功自己都不知道吧？」此時的安玉善只當這是一個笑話，可她哪裡會想到瘋爺爺已經將畢生內功修為全都傳給了她。

由於瓦番國大皇子言而無信，再一次激怒了秦老王爺，老爺子直接進宮請命要掛帥出征，剷平瓦番國。

永平帝心裡明鏡一般，知道老王爺是關心則亂，而這件事從頭到尾都是瓦番國大皇子的不對。

兩國交戰自然不可能，可嚇唬一下這些瓦番使者倒是可以，於是秦老王爺穿上往昔的戰甲，威武至極的秦王府府兵手持兵刃，眼看就要攻進驛館之內。

好在二皇子是個內有乾坤的，使計困住自己的大哥，然後放了趙恆，並保證不讓他大哥再糾纏此事。

事後也不知道二皇子是如何勸說大皇子的，反正他沒有再出來惹事了。

一場禍事就這樣過去，歐陽兄妹三人也沒有在京城久待，趙恆放出來的第二天，他們就回去了，兩家結親之事也暫時擱置了下來。

在大晉朝發生了這樣的事，瓦番使者也不敢再多待，但就在瓦番使者一行人離開大晉朝京城的前一天，二皇子又一次來到了逍遙伯府。

這次他沒有帶聘禮，隻身一人，在府內迎接他的不是別人，正是安玉善。

第七十六章　皇后有孕

「安姑娘，令姊不在家嗎？」雖然知道安家並不歡迎自己，二皇子還是來了。

「二皇子怕是不知道吧，我們這裡有習俗，新娘子出嫁之前不宜見外男。」安玉善笑著請二皇子在廳中坐下。

「是嗎？」二皇子眼中有失望閃過。他早就打聽清楚了，再過幾天，安玉若就要嫁入崇國公府當四少奶奶了。

安玉善點點頭。從這位二皇子的眼中可以看出他是真的有些喜歡安玉若，只是兩個人並不適合。

「既然如此，那我就不打擾了。」二皇子對安玉若一見鍾情，只是他自己心裡也清楚，安玉若不喜歡他，對瓦番國的人似乎也有誤會，兩個人終究會錯過。

「聽說二皇子明日就回去了，玉善在這兒祝您一路順風。」安玉善真誠地道。

「多謝！」二皇子起身打算離開，卻又停住，看向安玉善說道：「前兩日我的人無意中在百花樓聽到談話，有人密謀要以皇后身體為由逼大晉朝的皇帝納妃，其中一人似是你們皇后娘家的人，聽說姑娘與大晉朝皇后情同姊妹，我也不知道這消息有沒有用，權當臨行前的閒聊之語了。」

「多謝二皇子相告，說起來我也有一件禮物相贈。」說著，安玉善掏出一個藥瓶遞給二皇子。「這是我特製的調理氣血的藥丸，令兄若戒色，食之可保命，若沒有，這也不過是平常的藥丸罷了。」

二皇子沒想到自己大哥做出那樣的事情，安玉善還願意贈藥，這樣的醫德令他十分佩服。

真心謝過安玉善後，二皇子帶著沒有見到心上人的遺憾離開了逍遙伯府。

等到二皇子轉身離開，安玉若就從偏廳屏風後頭走了出來，剛才安玉善與二皇子的對話她全都聽到了。

「其實二皇子這個人現在看起來也沒那麼討厭了。」安玉若瞅了一眼早就沒人的院落說道。

「三姊，要是被四表哥聽到，小心他的醋罈子都打翻了！」安玉善笑道。

安玉若輕哼了一聲，不再談論二皇子，轉而說起剛才最後聽到的那件事。

「小妹，妳要不要進宮告訴皇后，蘇家與人合謀要逼皇上納妃的事？」蘇瑾兒與蘇家關係早破裂，這在大晉朝並不是什麼稀罕事，只是自從蘇瑾兒當了皇后，蘇家人總是厚臉皮巴結。

畢竟是一國之母，為了皇家的顏面，蘇家人進宮請安的時候，蘇瑾兒也沒有真的把人給轟出去，只不過是態度冷淡些罷了。

安玉善輕搖了一下頭，就算她不告訴蘇瑾兒和永平帝這件事，他們也早就能預料到。自從永平帝繼位，別說是蘇家，就是百官都上摺子希望永平帝能充實後宮。

雖說如今蘇瑾兒的身體調養得很好，但帝后成婚多年，一直未有子嗣，這也是眾人最關注的一件事情。

九月初六，安玉若與黎博軒大婚，婚禮辦得十分熱鬧，就連帝后都送上賀禮。

九月十二是蘇瑾兒的壽辰，永平帝特地在宮中平昌園宴請皇親國戚、文武百官及家眷。

這天一大早，安玉善就被丫鬟們催促起來梳妝打扮，隨著身著誥命服的尹雲娘進了宮。一到宮內，就有等候在一旁的太監、宮女領著兩人先去給皇后請安。

到皇后所居的大殿之內，扶著尹雲娘手臂的安玉善似是聽到殿內傳來爭吵之聲。

「啟稟皇后娘娘，逍遙伯夫人與靈伊郡主到了！」隨著小太監的稟告，大殿內靜了一靜。

接著安玉善和尹雲娘就聽到蘇瑾兒喜悅急切的聲音。「快請義母和玉善妹妹進來！」

兩個人進去之後，發現蘇瑾兒已經從正中的鳳榻上站了起來，殿中右側椅子上坐著一位白髮蒼蒼、目光嚴厲的老婦人，她下首坐著一位四十歲左右的華衣婦人，兩人身後站著四位微微低著頭的妙齡少女。

尹雲娘和安玉善給蘇瑾兒施禮請安，蘇瑾兒趕緊下來扶著尹雲娘在鳳榻上坐下，安玉善就陪坐在一旁。

原本每次進宮見蘇瑾兒，尹雲娘都是被這樣款待的，這鳳榻她也坐過不止一次，今天卻覺得如坐針氈，不怪別的，只因那下首的老夫人眼光銳利地撇了好幾眼。

雖然尹雲娘不認識這位老夫人，但下首的那位華衣夫人卻是知道來歷的，她便是如今蘇府的當家主母，名義上來說是蘇瑾兒現在的繼母韋氏。

安玉善猜想，這看起來十分嚴厲的老夫人應是蘇瑾兒的祖母湯氏，果不其然，沒等蘇瑾兒介紹，韋氏就先笑呵呵地想與尹雲娘搭話。

誰知蘇瑾兒冷眼一掃，直接就對湯氏和韋氏下起了逐客令。

「祖母與蘇夫人若是沒有其他事情就先去平昌園候著吧！本宮與義母、玉善妹妹還有話要說。」無論現在蘇家人拿什麼來焐自己的心，蘇瑾兒都覺得涼意入骨。

「皇后娘娘，老身可是妳嫡親的祖母，小時候百般疼愛妳，如今妳高坐鳳椅，難道就不知道『孝』字該怎麼寫了嗎？」湯氏怒火中燒。自從見到蘇瑾兒，這個當上皇后的孫女就對她冷嘲熱諷的，眼中根本沒有她這個長輩。

尹雲娘與安玉善不過是亡國之地的一對山野母女，竟然讓她親自迎接，還同坐鳳榻？一個是血脈至親的家人，一個是半路認來的義母，如此差別對待，湯氏怎麼不氣紅了雙眼？

「娘，您別生氣，皇后娘娘打小就是個孝順的好孩子，只不過這些年咱們彼此之間有些誤會，誤會解開了，就什麼都好了。一家人始終是一家人，血緣可是比什麼都重要。」韋氏露出一副善解人意的模樣。

「蘇夫人這話說得可不對，這世間夫殺妻、母害子、兄弟姊妹反目成仇的事情多的是，有些人心腸歹毒，為了達成目的，哪管妳是什麼親孫女、親女兒的，照樣是手下無情。」安玉善莞爾一笑說道。

如今逍遙伯府算是蘇瑾兒的娘家，想當初蘇瑾兒差點被自家人害得命喪黃泉，如今蘇家老夫人要以「孝」字來壓她，這也要看看自己值不值得被人孝順。

「靈伊郡主久在民間鄉野，想必聽的、看的都是些粗鄙之人行的禽獸不如之事，但凡講規矩、重禮儀的大戶人家，哪一個不是兄友弟恭、妻賢子孝？當今聖上更是孝之楷模。」韋氏笑盈盈地說道，言語中不免帶有對安玉善的嘲弄與輕視。

安玉善權當沒有聽出韋氏話中的嘲諷之意，反而笑著說道：「蘇夫人這話未免以偏概全吧！無論是柴門還是朱門，君子有之，小人亦有之，不然何來紈袴子弟一說？只不過是富貴人家有權有勢，暗中的那些卑鄙無恥的手段暫時無人知曉罷了。只是天網恢恢，舉頭三尺亦有神明，只要是做了惡的，陰曹地府可不管妳是農家婦還是貴人妻，都會一視同仁的。」

湯氏和韋氏都覺得安玉善這話是意有所指，但又不能明講。沒想到這靈伊郡主不但醫術高，嘴皮子功夫也夠厲害。

最後，湯氏冷哼一聲，帶著韋氏還有四名少女離開了。

她們一離開，安玉善就感受到蘇瑾兒緊繃的情緒放鬆了下來，心情也好了不少。

「玉善妹妹，真是謝謝妳了，只是妳沒必要為我出頭得罪她們，蘇家出來的女人可是很記仇的，畢竟我現在是皇后，她們不敢對我怎麼樣。」蘇瑾兒很感激安玉善的出言相助，但她不希望安玉善又因此樹敵。

安玉善卻是微微一笑，說道：「皇后娘娘，您也是蘇家女，豈不是把您自己也算進去了？蘇家人不念親情，這京城的人都知道，我本就看不慣她們，也不怕有人找我麻煩。」

「呵呵，我是蘇家女不錯，我也的確很記仇！」蘇瑾兒眼中閃過幽光，對蘇家的仇恨可沒消呢！

「好了、好了，別說那些不開心的，玉善，妳快給皇后娘娘把把脈。」尹雲娘對蘇家人也沒什麼好感。

「義母，我最近身體很好，把什麼脈呀！」蘇瑾兒有些奇怪地看向尹雲娘。

「娘娘別以為義母是鄉下來的農家婦人就真的什麼都看不出來，剛才那四個俊俏的姑娘是不是蘇家要送給皇上的？我可聽說最近有好些人家都想把自家女兒送進宮讓皇上選秀納妃。皇后，您是正宮娘娘，一定要有孩子傍身。」在尹雲娘的認知裡，女人有了孩子就有了保障，尤其蘇瑾兒還是一國之母，誕下皇子才是正事。

「義母！」尹雲娘對自己的關心不摻假，蘇瑾兒能夠感覺得到，只是孩子乃是天意，強求也是強求不來的。

「娘娘不用害羞，玉善不是說娘娘的身體早已經調理好，還告訴了您許多助孕之事，就讓她給娘娘診診脈吧！」尹雲娘臉上帶笑。

「娘，您怎麼知道這些的？」安玉善可不記得關於「助孕」之事有告訴過尹雲娘。

「我怎麼能不知道？妳二姊、三姊成婚之前，妳不是都告訴了她們助孕要注意的事項？是她們說的。」尹雲娘笑著說道。

「二姊、三姊也真是的，怎麼把這種事情也告訴您了。」安玉善無奈一笑。

「我是妳們的親娘，妳兩個姊姊成婚之前，我本打算親自告訴她們一些女人家的私密事，誰承想妳這個丫頭知道的比娘還多。妳說說，妳這都是從哪裡學來的？」小女兒還未出閣就懂得男女之事，而且懂得還比一般人都多，尹雲娘多少有些無奈。

「義母，玉善妹妹是大夫，自然懂得多，在峰州的時候，她不是治好了許多女子的病症，如果不懂，她又怎麼治好人家？」蘇瑾兒笑著說道。

「還是皇后娘娘您最清楚，不過我還是給您診診脈吧，免得回去被我的老娘唸叨！」安玉善眨了一下眼睛，笑著說道。

「胡說，娘哪裡老了！」最近吃了安玉善特地配製的養榮丸，尹雲娘都覺得自己年輕不少。

「娘不老，等到小弟成親生子的時候，您還要幫忙帶孫子呢！」安玉善打趣完就開始幫蘇瑾兒診脈。

她臉上換上鄭重的表情，這讓蘇瑾兒和尹雲娘也有些緊張起來。

診完了左手又診右手，安玉善甚至用上了怪老頭教她的獨門診脈之法。

之前她的確給蘇瑾兒吃了一些助孕方面的藥物，依照蘇瑾兒的身體來看，最起碼也應該三、四個月後才會有消息，可如今的脈象也太奇怪了。

「玉善，皇后娘娘是不是……是不是有了？」尹雲娘第一直覺就是蘇瑾兒有了身孕。

「義母，不會的，玉善妹妹說過，就算有喜訊也要三、四個月之後。」蘇瑾兒笑著說道。

「我是說過這樣的話不假，但凡事總有例外。」切脈結束，安玉善抬頭看向蘇瑾兒。

「例外？什麼例外？」蘇瑾兒和尹雲娘都詫異地看向她。

安玉善知道此刻殿裡伺候的宮女都是蘇瑾兒信任的人，也就沒有繼續賣關子。「根據脈象來看，皇后娘娘您是喜脈沒錯，而且脈象與川王妃的很像，只不過現在月份還小，有些弱罷了，一般大夫很難診斷出來。」

尹雲娘和蘇瑾兒都被這一番話說得傻了，尹雲娘更是激動地站起來道：「玉善，妳說的可是真的？」

「玉善妹妹，妳說我與川王妃的脈象很像，川王妃可是懷了雙胎，那豈不是說我也……」蘇瑾兒激動地雙手摸上自己的肚子。她期盼許久的孩子真的來了嗎？

「娘、皇后娘娘，妳們都先別激動，目前根據脈象來說是這樣沒錯，不過醫學上在早期也有單胎變雙胎、雙胎變單胎的現象發生，一切還要等月份大些再仔細診脈才好說。」安玉善必須把一切可能都考慮進去，畢竟古代沒有儀器給孕婦做檢查。「不過皇后娘娘您也不用擔心，我會開保胎藥給您，只要飲食合理，保持心情愉快，多休息，應該問題不大。」

初聽安玉善說的前半句，蘇瑾兒和尹雲娘有些被嚇到，又聽她的後半句，這才放下心。

「玉善妹妹，有妳在，我就不擔心了，我和兩個孩子就都拜託妳了！」一想到肚子裡可能有兩個孩子，蘇瑾兒心中的激動就難以抑制，但她此刻也必須忍著。

皇后有孕本是天大的喜事，但蘇瑾兒請求尹雲娘和安玉善先不要說出去，她自有打算。

兩人自然答應下來，而且心裡都清楚，雖說蘇瑾兒現在有了身孕，可這面前的路也不好走，大臣們總會想出其他理由來讓皇帝充實後宮。

九月末，一封八百里加急的摺子送到了永平帝的龍案上。

北朝亡國後，已經變為大晉朝國土的渠州和與之相鄰的儋州、離州突發瘟疫，且以極快的速度朝周邊的州縣村鎮蔓延，如今三州之地已經封城，百姓死亡人數也與日俱增。

摺子乃是渠州知府讓人快馬送來，請求永平帝迅速派遣大夫以及救災大員前往，否則瘟疫繼續蔓延，後果不堪設想。

就在永平帝急召百官以及太醫院的大夫和安玉善商討瘟疫解決之法時，渠州等地的災情也在大晉朝各州傳揚開來，一時間民心惶惶。

不等永平帝下令，陳其人與安玉善就主動請纓前往渠州三地，這時候身為一名大夫，就是要解救受苦受難的百姓，刻不容緩。

「好，陳愛卿、靈伊郡主，你們立即前往渠州三地，有什麼要求只管提，朕一定給你們辦到！」摺子裡所呈報的瘟疫災情十分嚴重，永平帝這時必須要果斷行事。

陳其人和安玉善也不敢耽擱，立即出宮準備前往渠州三地，就連回逍遙伯府的路上，安玉善也能察覺出空氣中那股不安與緊張。

待回到府中，她聽下人稟告，說是安氏醫館和安氏藥酒坊的門已經被人擠壞了。

第七十七章　渠州瘟疫

「到底是怎麼回事？」去渠州的事情，安玉善必須要和家人說一聲，但是伯府內卻沒有人。

「回稟郡主，不知哪裡傳來的謠言，說是渠州那邊爆發瘟疫，而且傳染得比風都快，好多人都死了，大家知道安家有防疫避瘟的藥酒和藥丸，都一窩蜂的去搶了！」小丫鬟紫草說道。

「紫草，我現在沒時間再去找爹娘他們了，等他們回來後妳轉告一聲，我有事外出，需要很長一段時間才能回來，防疫避瘟的藥酒和藥丸之後會有皇家的人接手，藥方我已經給皇上了。木槿，咱們走吧！」安玉善只待了片刻，騎上馬就和安正、木槿朝城門口而去。

剛到了城外，安玉善就看到陳其人和季景初一人一騎在等著她。

「你也要去渠州？」安玉善停下馬看著季景初問道。

渠州是季景初長大的地方，那裡也有他的親人。

「不錯，我已經接到皇令，絕不能讓渠州等地亂起來。」他這次的任務就是要去穩定局勢。

「那我們走吧！」一行人轉身揮起馬鞭就往遠處疾馳。

只不過剛日夜兼程走了一路，第二日清晨，安玉善就發現安小遠、趙恆、阿虎、唐素素、安齊傑都跟來了。

「你們跟來幹什麼，都回去！」安玉善看到他們，立刻冷下臉。

「小師叔，我們都知道渠州那邊很危險，但那裡的百姓現在更需要大夫，我們幾個的醫術雖然比不上您，卻也不算太差，總能幫上您的！」安小遠一臉笑嘻嘻地道。

「知道自己學醫不精還跟來做什麼？渠州現在是什麼情況我也不知道，你們跟著不是添亂嗎？」安玉善雖然口氣嚴肅，但心中對幾人的到來還是很感動。

「先生，要不是任老太醫阻攔，咱們學院的學徒們就都來了，我們知道炮製藥丸也需要人手，所以京城留了足夠的人幫忙，您就讓我們跟著去吧！」趙恆也請求道。

「不行，你不能去！」就算安玉善對自己的醫術再有把握，畢竟還不知道實際情況，萬一連她也沒有辦法，這些人跟著去只是送死。

趙恆是秦王府的獨苗，是秦老王爺唯一的血脈，而且他年紀還小，安玉善又怎麼忍心他跟著去涉險？

此刻的趙恆似乎一下子就猜中了安玉善的心思，口氣堅定地說道：「玉善姊姊，為什麼我不能去？就因為我是秦王府的小王爺嗎？可我現在也是一名大夫，我們秦王府出來的就沒有怕死的，而且爺爺知道我的決定，他也贊同，這匹馬還是爺爺送給我的，他說秦王府出來的男人，生來就是為保護百姓而活著，命再重也重不過百姓！」

「小師妹，妳就讓他們都跟著去吧！」這時又有一匹快馬而來，上面坐著的是安勿言。

「四師兄，你怎麼也來了？」安玉善問道。

「我得了師父的令，趕來和你們會合的；師父還說，就讓小遠他們跟著出去長長見識，只有好處沒有壞處，總不能以後哪裡有瘟疫，他們這些學了醫的都貪生怕死往後退吧？對了，師父還有一個錦囊讓我交給妳，說是讓妳到渠州之後再打開。」安勿言翻身下馬，從懷中掏出一個深藍色的錦囊遞到了安玉善面前。

自己的師父神相大人都發了話，安玉善也沒有再說什麼，收下錦囊又看了安小遠幾人一眼，終是讓他們跟著。

之後的行程先是快，接著是慢，因為從渠州方向湧來大批逃難的災民，無論是官道還是小路，幾乎都被人占滿了。

越接近渠州，百姓就越少，有的縣鎮甚至十室九空，巨大的瘟疫恐慌自然造成了民亂。好在此時永平帝下發州府縣鎮的告示也加急送到了當地官員手中，民亂多多少少得到了控制。

經過不眠不休的趕路，幾人終於在一個細雨紛紛的清晨趕到了渠州城外，看到下雨，安玉善一行人的眉頭都皺了起來。

雖然如今已是初冬之際，蚊蠅之類的少了些，但瘟疫爆發得如此快速、嚴重，若加上下雨，情況只會變得更糟。

坐在馬上聞著從渠州飄來的空氣，潮濕中夾雜著一股難聞的腐敗氣味，就像死屍的味道。

渠州府城的城門已經關閉了近半個月，守城的士兵倒是威嚴依舊，毫不畏懼地堅守在自己的崗位上，曾經喧鬧的府城，如今寂靜得像座無人的地獄。

因為手中持有權杖，安玉善一行人很順利地進了城，就如之前預測的一樣，渠州府城的大街上枯枝敗葉，有說不盡的蕭瑟荒涼。

當打開城門的衛隊長得知季景初一行人是來解救渠州百姓，且陳其人和安玉善都是聞名天下的神醫時，堂堂的七尺男兒竟落下了激動的淚水。

「神醫來了！我們有救了、我們有救了——」有士兵禁不住激動地喊道，一時間守著城門的士兵都大呼起來，這震徹天地的響聲傳到了城中百姓們的耳中。

「這……這是怎麼了？是不是城門那裡又出了騷亂？」自從瘟疫爆發之後，很多百姓想要逃出去，但為了控制瘟疫的蔓延，渠州知府果斷關了城門，凡是違令者，格殺勿論。

「渠州城裡的百姓死的死、逃的逃、病的病，哪還有力氣與官兵對抗呀，只能等死了！」有些百姓灰心喪志地說道。

「唉——」

無數的渠州百姓只能哀嘆命運的不公。亡國已經很可怕了，如今瘟疫更是像要奪人性命。

突然，百姓們聽到一陣敲鑼打鼓之聲，接著就有人扯著嗓子激動地大喊：「有救了、有救了！神醫來了，咱們有救了！」

「神醫？什麼神醫？」百姓們紛紛問道。

「大家夥兒快出來，藥王神穀子的兩位徒弟都來了，還有峰州出來的那位女神醫，咱們不用等死了！」有知道內情的百姓奔走相告。

「真的嗎？是真的嗎？」很多人還以為是在作夢。

「真的，是真的！」傳告消息之人是又哭又笑，哪還顧得了雨水把自己淋得全濕透。

「太好了，真是太好了！」越來越多的百姓都朝著知府衙門的方向湧去，聽說神醫如今去了那裡。

正在府衙中愁眉不展的渠州知府梁文聲得知季景初一行人到來的消息，激動得從椅子上跳了起來，急急忙忙就往外迎，卻只看到季景初一人。

「季少將軍，為何不見神醫呢？」梁文聲心中一涼。難道是下人稟告有誤？

「太醫院的陳院首和靈伊郡主已經先帶人去給災民診治了。梁大人，皇上有令，讓我接管渠州的一切事務，你從旁協助我。」季景初這時掏出了皇上給他的聖旨。

「臣遵旨！」梁文聲接過了聖旨，同樣紅了眼眶，彷彿漫無邊際走在黑暗中的人終於找到了火光。

另一頭，陳其人和安玉善分成了兩組，分別走向渠州府城的不同方向。剛才在城門的時候，衛隊長已經告訴他們，渠州府城內有兩處地方，專門安置病情較為嚴重的百姓，一處在童里關，一處在大楊街。

安玉善帶著木槿、安正、唐素素和趙恆到了童里關；陳其人和安勿言則帶著安小遠、阿虎、安齊傑去了大楊街。

童里關的守衛得知安玉善是皇帝派來的神醫後，趕緊放他們進去，裡面已經有當地的大夫正在替得了瘟疫的百姓治病。

由於來不及做口罩和醫用罩衣，安玉善幾人皆用白紗覆面，進入臨時搭建的草棚內，安玉善看到破敗的木板上躺著許多四肢潰爛的百姓。

「女神醫，求求妳救救我的孩子，求求妳救救我的孩子！」這時，一名憔悴的婦人抱著一個還在襁褓中的孩子跪在安玉善面前。

「秦大嫂，妳別跟著添亂，剛才那位大夫不是說過了，妳兒子已經死了……」有人見婦人攔著安玉善，無奈地出聲說道。

「不，我兒子還沒死，他還活著，還有溫度，女神醫，求求妳救救我的孩子，求求妳！」婦人就像傻了一樣對安玉善不停磕頭。

「秦大嫂，別為難女神醫了，妳兒子已經死了！」自從發生瘟疫以來，渠州百姓看得最多的就是類似秦大嫂這樣的可憐人，沒人願意相信活生生的家人突然死去。

安玉善並沒有抬腳走開，而是蹲在了秦大嫂的面前，讓她把懷中的幼兒露出來，先察看了孩子的面容，又仔細把了脈。

以手試鼻，的確感覺不到這孩子的呼吸，但從診脈中她還能察覺到這孩子微弱的心跳，她不知道能不能救活這個孩子，可不立即施救，這孩子必死無疑。

「這位大嫂，麻煩先把孩子放在床板上！」安玉善先取出了銀針，在孩子瘦可見骨的身體上施針，又讓木槿從藥箱最底層的紅瓷瓶裡拿出一粒藥丸，用小刀刮下一些藥粉，和著溫水給這個孩子餵下去。

剛才秦大嫂的兒子已經被判了死刑，如今安玉善竟真的當場施救，在場的渠州百姓都不相信這孩子能活，但心底深處又隱隱有種期盼，希望她能創造奇蹟。

秦大嫂雙眼緊緊盯著床板，唯恐一個走神，孩子就真的沒了魂魄。

這場瘟疫來勢凶猛，讓她幾乎失去了所有的親人，偏巧最年幼的小兒子堅持了下來，可就這幾天，孩子也快堅持不下去了。

雨勢越來越大，這在初冬之際是非常少見的，整個童里關充斥著一股難聞的惡臭味。

草棚裡極度安靜，現在所有人的心思都放在那個躺在床板上的幼兒身上，似乎他承載的是整個渠州的希望。

隨著時間的流逝，當絕望慢慢回到人們心中時，一聲微弱似剛出生小貓的哭聲穿透了雨簾。

「玉善姊姊，這孩子……活了？」趙恆原以為見識到安玉善的高超醫術之後，再看到類似的情形都不會太激動，可親眼見到她能「起死回生」，心內的震撼還是難以言喻。

「太好了！」唐素素激動地握緊自己的雙手。

這一次跟著安玉善來渠州，可謂是她人生中做的另一個艱難的決定，但她並不後悔，而且看到渠州百姓淒慘的現狀，更加深了她學醫的決心。

「秦大嫂的兒子活過來」的消息比神醫的到來更讓渠州受災的百姓振奮不已。

「謝謝、謝謝！」抱著被安玉善從閻羅殿裡搶回來的幼兒，秦大嫂淚如雨下，不停地磕頭致謝。

「孩子的身體現在還很虛弱，不能用醫藥大補，先用一些鹽水和糖混在一起給孩子喝，水要燒開。」安玉善又給草棚裡的其他病人診了脈，查問了瘟疫發生後的症狀，發現很像是秋冬之際比較容易爆發的傳染性痢疾，只是情況較為嚴重。

「女神醫，我們都還有救吧？」親眼看到安玉善把死去的孩子救活，這會兒大家都快拿她當神靈膜拜了。

「目前來看，這很像是傳染性極強的瘟痢之病，按理說只要對症下藥，減緩拉肚子的次數，適當補充水分和營養，是不會有生命危險的。各位別擔心，我會儘快找到病因，只要大家按照我說的去做就可以了。」安玉善安慰道。

「救苦救難的女菩薩，謝謝妳、謝謝妳啊！」百姓一時間都紅了眼眶。

「安正，你去州府衙門告訴季少將軍，必須重新給病情嚴重的百姓找一處乾淨的地方，還要用蒼朮、雄黃先消毒，然後再讓病人住進去。另外，讓人準備幾口大鍋，我寫個藥方給你，立即讓他派兵去準備藥材，直接就在大鍋裡熬藥給百姓喝。」

不僅如此，安玉善還讓安正帶話給渠州知府，讓他立即派人將全城的家禽牲畜宰殺焚燒或深埋，甚至連原本埋得淺的死屍也要重新深埋，以防止瘟疫繼續加重，循環往復。

接下來，安玉善給病情嚴重的百姓施針診治，而唐素素和趙恆則在木槿的協助下幫助百姓配製溫鹽水和糖混合在一起的補水湯。

另一頭的大楊街，陳其人和安勿言也很快就診治出同安玉善一樣的結果，雖用的診治之法略有不同，但也都是對症的方子。

此刻的渠州城雖還下著雨，卻已經不是方才死氣沈沈的樣子，聽安玉善等人說瘟疫之症能夠控制住，而且一出手就讓幼兒「起死回生」，這給了絕望中的渠州百姓帶來了無限希望。

很快的就有人跑來稟告安玉善，她要求的地方已經找到了，就在城中的程家大院裡。初聽到「程」字，安玉善就想到了安家的恩人，也是養育季景初的程鵬程老爺子家。

「趕快找來遮棚的馬車，先把一部分病情嚴重的病人送到程家大院！」

安玉善有把握能控制住這瘟痢之症，但死亡、腐臭和雨勢卻會加快細菌滋生，很快便會有各種併發症及衍發症出現，到時再想控制就難了，她必須儘快減輕渠州百姓的病痛，加強他們自身的抵抗力，否則死亡的威脅依然無法解除。

官兵迅速找來了馬車，嚴重的病人被抬了上去，然後冒雨往程家大院趕去。

安玉善緊隨其後，抵達時看見程家大門、角門全都開著，有幾個臉色憔悴的男女站在門廊下等著。

「郡主，這幾位是程家大老爺、大夫人，二老爺、二夫人和三老爺、三夫人！」蕭林一直等在程家門外，安玉善到的時候，他趕緊上前介紹。

程家大老爺程展和夫人吳氏帶著二老爺程凱和三老爺程光，以及他們的夫人給安玉善施禮，雖說程家也算是季景初的另一個家，但如今程家畢竟是百姓之身，見到皇帝親封的郡主自然是要施禮的。

安玉善卻不敢受這一禮，她慌忙躲開還禮。日後她會是季景初的妻子，眼前這些人也會成為她的長輩，她怎麼能受長輩之禮？

「大老爺、夫人打擾了，不知貴府何處能用來安置百姓？」很明顯程家的人也感染了瘟痢之症，只不過病情沒那麼嚴重而已。

「郡主，府中前院、後院還有偏院都已經按照郡主所說熏過消毒了，程家的主子和下人都在一旁聽候郡主吩咐。」作為程家家主，就算季景初不說，程展也會讓出宅院給百姓的。

「吩咐不敢當，麻煩大老爺讓人幫忙先把病人抬進去，再找一些下人多燒些熱水，如果能多準備一些鹽和糖那就更好了。」安玉善說道。

「郡主放心，程家有鋪子是專門賣鹽和飴糖的，我這就讓人去拉來！」程展迅速回道。

「大哥，這件事情交給我去辦吧！」程家二老爺程凱主動說道。

「好，二弟你去吧，記得把鋪子裡能用的東西都拿來。對了郡主，布疋可用得上？」程展又問道。

「用得上，這些病人需要乾淨的換洗衣物，他們身上穿的最好都立即焚燒掉。」安玉善說道。

「程家有成衣鋪子，我立即再吩咐府裡的繡娘趕製衣物！」吳氏在一旁說道。

「那就多謝夫人了。另外，府裡的人最好先喝待會兒熬好的藥湯再出去辦事，這樣沒感染的就不會被傳染，有感染的也不會再加重。」安玉善見第一批病人已經全都抬了進去，也隨程展和吳氏走進了程家大院。

第七十八章 破陣除瘟

隨著百姓與安玉善的來到，程家大院開始忙碌起來，有的幫忙熬製藥湯，有的幫忙搬運、照顧病人，有的遵照程展的吩咐喝了預防瘟疫的藥湯後就出去辦事。

就在這天臨近夜晚的時刻，雨勢竟然變大了，天空陰沈得詭異，這樣的天氣在渠州幾十年來還是第一次。

程家大院亮起了火光，這時一直陪在季景初身邊的勿辰衝進了院中，找到了安玉善。

「郡主，不好了，前去宰殺牲畜的官兵都被感染了！」勿辰急急說道。

「怎麼會這樣？你們沒讓那些人做事之前先喝藥湯嗎？」安玉善有些生氣地問。

「全都喝了，可雨勢這樣大，又有風，好多士兵都開始打噴嚏、出冷汗、拉肚子，有些當即就倒下被抬了回來。」

「所有出去宰殺牲畜的官兵都是這種情況？」安玉善開始覺得有些奇怪。

一般來說，每個人的身體狀況和體質不同，在面對同樣的病情時，抵抗能力也有強有弱，就算被感染，也不可能各個都如此。

「少將軍帶出去的一千名官兵除了幾個習武的全都倒下了！」勿辰急匆匆趕來的原因正是如此，照這樣下去，渠州城裡就無人可用了。

「這真是太奇怪了！」就在這時，安勿言也渾身濕漉漉地來到了程家大院。

「四師兄，哪裡奇怪了？」安玉善心裡又一焦。明明是可以控制的瘟痢之症，怎麼反而越來越嚴重了？

「這大冬天的，電閃雷鳴不是太奇怪，可我覺得這風、這雨都不尋常，太像之前師父和大師兄說的什麼反噬陣法。」安勿言怎麼說也是神相大人教出來的弟子，與三位同門師兄關係也一直不錯，偶爾閒聊間也會聽些醫學之外的東西。

「反噬陣法？四師兄你確定嗎？」按照神相大人教導自己的進度，安玉善還沒有學到，不過在坤月谷的無數書冊之中，她倒是瞭解過一些反噬陣法，因此並不覺得陌生。

反噬陣法傷人傷己，乃是奇門遁甲中的禁忌之陣，一般不會有人願意做「傷敵一千，自損八百」的蠢事，但若是另有目的就難說了。

「我哪懂什麼奇門遁甲之術，只是來之前，師父特意對我說過，若有異常，說不定是有人在暗中作怪，到時候打開他給的錦囊，就能知道解決之法了。」安勿言一拍腦門說道。

若不是安勿言提起之前神相大人給的錦囊，安玉善都要忘了，一來到渠州，她全部心神都在得病的百姓身上，根本沒想到這場瘟疫可能是有人暗中使壞。

她趕緊從懷中掏出錦囊袋打開，裡面有神相大人親筆寫的字條，上面只有四個字——

唯快不破。

「這又不是練武，師父寫這四個字是什麼意思？」安勿言湊上前看清楚後不解地問道。

安玉善仔細思索，想了想後道：「師父不可能平白無故給我這個錦囊，他可是安氏一族料事如神的神相大人，如果渠州這場瘟疫不是天災，而是人為，那麼師父這四個字就一定意有所指。」

「小師妹，妳那麼聰明，能不能猜出師父寫這四個字是什麼意思？」安勿言問道。

如果真是有人用了反噬陣法，那麼現在能解渠州之危的就只剩下安玉善一個人了。

「我現在一時還參詳不透，不過……勿辰，你可以幫我找來渠州、儋州和離州三地的詳細地圖嗎？」不管是不是有人用陣法作怪，安玉善都不願放過這一種可能，畢竟她也覺得這瘟疫傳染的速度太驚人了。

事出反常必有妖，先查看地圖再說。

勿辰不敢耽擱，立即跑出去找安玉善要的東西，很快的就又回到程家。

打開地圖，安玉善發現渠州、儋州和離州之間有一處相連的三角地帶，這地方是整幅地圖上最有利於設陣之處，如果有人真設了反噬陣法，那麼就不難解釋三州之地的瘟疫傳染速度為何如此之快。

「大老爺，這個地方是哪裡？」安玉善指著那處有山有水還有林的三角地帶問道。畢竟他在渠州生活多年，對於當地的地形比他們這些初來的人都瞭解。

「這處是風密山，山高峰峭，山中陰冷潮濕，一年四季的山風都頗為強烈，平時周圍的百姓很少進入此山。」程展說道。

「到這個地方需要多少時間？」安玉善又問道。

「若騎快馬，半天時間就到了。郡主，妳問這做什麼？」程展不解地問道。

「我要去這個地方看看，四師兄，這裡就先交給你了。木槿、安正，你們陪我一起去。」安玉善眼中閃過堅定的光芒。

「小師妹，妳現在就要去嗎？現在外面可下著大雨呢，不行！」安勿言反對道。

「說得是呀，郡主，有什麼事情妳吩咐就好，我們程家男子都是習武之人，這種地方還是讓我們去吧！」安玉善現在可是渠州百姓的希望，程展不可能讓她去涉險。

安玉善搖搖頭道：「你們不認識陣法，更不會破陣，去了也沒用，現在天氣異常，只有我去才能確認到底是不是有人設陣作祟。」

「妳說得沒錯……可妳去太危險了！」安勿言擔心地道。

「坐以待斃更危險，不管是不是有人作怪，我都要親自去看看。」安玉善毫不退縮地說道。

安勿言和程展幾人根本就勸說不了安玉善，最後程展又找來家中武藝最高強的四名子弟充當安玉善的臨時護衛，勿辰也堅持要陪著一起去。

幾人翻身上馬在大雨中趕路，終於在破曉之前到了風密山山腳下。

越接近風密山，雨勢和風勢都變得更加狂暴，上空更有詭異的雷聲。

不用再繼續前進，安玉善心中已經斷定三州之地的風雨源頭就在此地，看來安勿言說得沒錯，真的有人在用陣法害人。

「郡主，咱們還要往前行嗎？」暴風雨中，勿辰大聲問道。

「不用了，咱們先找個地方躲躲雨！」安玉善勒住韁繩，看了詭異的風密山一眼後，調轉了馬頭。

就在剛剛，她靈光一閃，明白了神相大人錦囊裡「唯快不破」四個字的意思。

越接近拂曉，黑暗與暴風雨積聚得越深沈，閃電劃破長空，看起來似要撕裂天地一般。

風密山山腳下並無人煙，安玉善幾人找到躲雨之地時，已經是離風密山十里遠的地方。

一間早就無人問津的破廟裡，神像早已斑駁不堪，似一位垂暮老者孤寂老去，裡頭十分潮濕，為了點火，勿辰和安正只得將佛像前唯一的木桌子劈開，試了幾次才生起火。

幾個人不分男女主僕都圍坐在火堆前，雖然來之前穿了防雨的油布衣衫，但此刻全身還是寒冷刺骨，大雨順著脖子、手腕流進了衣服內。

「郡主，您是不是已經找到了解決的辦法？」勿辰也算認識安玉善很久了，剛才她臉上一閃而過的神情並沒有逃過他的眼睛。

「我雖然想到了辦法，但還不知道能不能破陣，目前別無他法，總要試一試才行。」安玉善凝眉思索道。

就在剛剛看到風密山好似黑暗源頭的那一刻，安玉善腦中閃過神相大人送給她的錦囊，繼而又想到在綠水山莊時，她與神相大人相處的一幕。

那天，安玉善就各種難解之陣請教神相大人破陣之法，其中兩個人討論過破陣之中何種速度最快。

神相大人從敏捷的動物講到兵器，又從兵器講到人本身，他還說不同的陣法如果要以速度取勝，那麼採用的方式也會不同。

例如有的用極快的劍陣加上腳力便能破陣，有的騎上快馬便能衝破銅牆鐵壁一樣的兵陣，總之各有妙解。

她還記得當時自己對神相大人說過，最快的應該是光速，用光可否能破陣？

神相大人哈哈一笑，點點頭，說設陣與破陣也含有相生相剋的道理，但凡造成烏雲蔽日的陣法用光便能破解，只是黑暗與烏雲能遮擋日月光明，即便知道破陣之法也未必能成功。

眼前風密山中便有人設了這種陣法，安玉善估計即便再過兩日，渠州的天也不會透出光來。

不過她已經想到了解決辦法，現在只要找人實行就好了。

「什麼辦法？」勿辰幾人都急切地看向了她。

「陣法的名字我還沒想好，暫時就叫光明之陣吧！勿辰，你帶程家兩位公子先回渠州府城找到你家公子，讓他用最快的速度在渠州城裡收集銅鏡，並將銅鏡全都黏在一丈寬的木板上，這樣的木板至少準備三十塊送到這裡；另外，還要準備大量的乾木柴、烈酒，和撐起來有三丈高、能防風雨的油布大帳篷。」安玉善吩咐道。

「郡主放心，小的一定快去快回！」勿辰應道。

「我們會在這裡等你們，天黑路滑，來的時候注意安全！」風密山四周的惡劣環境會加大破陣的難度，但刻不容緩，安玉善只能迎難而上。

待勿辰帶人離開後，安玉善從懷中掏出神相大人送給她的禮物——一只手掌大小、由安氏本家的能工巧匠特製的八卦羅盤，對著風密山的方向，很容易就能從羅盤上找到陣口。

雖然自己可能不是神相大人最得意、厲害的弟子，但布陣、破陣她還是會的。

兩個時辰後，就如安玉善事先猜測的那樣，明明是白天，風密山卻依舊伸手不見五指，雷雨閃電奔嚎不停。

安玉善在破廟中先用樹枝在地上布好陣法，預想了多種意外情況，再一一安排解決之道。

時間似乎在等待中過得異常緩慢，她不知道渠州城那邊是什麼情況，希望季景初能辦得順利。

又過了幾個時辰，安玉善到廟門處往外眺望，遠遠的，她看到一條長龍似的隊伍舉著火把朝自己的方向而來，在一片黑暗中，那點點光亮彷彿天上星辰，讓人備覺溫暖。

終於，火把的源頭來到了破廟中，站在季景初的身前往後看，安玉善只看到一張張堅毅的面龐。

「你來了！」火光中，安玉善的話語與微笑讓季景初也露出了久違的笑容。

「是的，我來了。」季景初抬手將她被雨打濕的秀髮輕輕繞到耳後。

「那我們開始吧！」季景初抽回手時，她反手拉住他的。在這樣的黑暗中，她也需要有個人並肩同行。

十里山路泥濘難走，但車馬隊還是跟著安玉善與季景初走了過來。

到了風密山下，安玉善讓季景初帶來的人在不同的方位搭起油布大帳篷，並把木柴、烈酒之物放在帳篷裡防止被雨淋濕，最重要的是，每個帳篷裡都留下了好幾塊黏滿銅鏡的大木板。

「你們怎麼在這麼短的時間內準備這些的？」安玉善原以為會再多等一段時間。

「渠州的老百姓一聽說有官兵在收銅鏡，而且是為了對抗瘟疫，雖不明白是怎麼一回事，但都拿出了自家的銅鏡；至於那些木柴、烈酒、油布之物，都是城裡的商賈貢獻的，所以很快就備齊了。」季景初解釋道。

雖然安玉善沒有親眼所見，但也能想像當時的場面是多麼熱烈和感動，她希望自己也能讓渠州的百姓從絕望中走出來，一擊即中破了這反噬之陣。

帳篷很快就搭建完畢，熊熊火焰在帳篷裡燃燒起來，特殊的銅鏡牆也都被年輕力壯的小夥子立了起來。

「你們記住，所有帳篷裡的銅鏡都要按照我劃定的方向站定，最外邊的那塊銅鏡方向直射山頂的這個方向，明白了嗎？」安玉善本想親自將所有的帳篷都安排好，但季景初不想她那麼辛苦，只讓她把銅鏡木板放置的位置和彼此之間的距離、角度畫了出來，然後再交給各個帳篷的負責人。

隨著傳令兵的聲音穿透雨簾，安玉善和季景初知道所有的帳篷都已經準備好了，接著季景初一聲令下，就見一束束猶如利箭的光穿透黑暗，直逼山頂中間最黑暗之處。

約莫過了兩炷香，原本在風雨中顯得柔弱的光亮慢慢增強，扶著銅鏡木板的人已經被強光照得睜不開眼睛，只好閉上雙眼。

誰都沒想到，不過是一堆篝火，經過無數銅鏡的折射，此刻竟像能穿透天際一般。

「郡主，雨勢好像變小了！」一向嚴肅的木槿也露出了欣喜的笑容，這說明安玉善的方法奏效了。

安玉善和季景初從剛才就一直並肩站在雨中，勿辰和木槿各為他們撐起了一把傘，看著風密山的黑暗漸漸被光明驅散，兩個人相視一笑，情不自禁地拉起了手。

雨勢小了，閃電和雷聲也停了，一個時辰後，黑暗消退，原本黑漆漆的風密山透出淡淡的光亮。

當帳篷裡的篝火漸漸燃盡，整個大地突然被冬日刺眼的陽光照得一片白，不只是風密山所有參與破陣之人，就連渠州、詹州、離州三州的百姓也都覺得眼前一亮，心中豁然開朗，原本折磨人的病痛都似好了大半。

看著突然轉晴的好天，壓抑許久的渠州城百姓忍不住手舞足蹈起來。自從發生瘟疫以來，渠州還從未有過這樣溫暖又明亮的天空！

「看來小師妹成功了！」安勿言抬起頭深吸一口氣，原本空氣中那股惡臭都淡了許多。

「現在我越來越相信只要有玉善姊姊在，這世上就沒有解決不了的問題了！」已經累得腰痠背痛的趙恆看著突然清明的天空，笑著說道。

「小師妹終歸不是神人，咱們也不能給她扯後腿。別耽誤時間了，快給這些病人餵藥！」安勿言敲了下趙恆的腦袋說道。

「是，師伯！」趙恆調皮地吐了一下舌頭，繼續忙碌起來。

第七十九章　合助災民

死寂的府城在新的一天慢慢顯露生機，風密山一事解決之後，安玉善又急匆匆地往回趕，雖然陣法破了，但渠州百姓的災難並沒有完全過去。

即便這兩、三天內能夠有效地控制瘟疫，但百姓們的飲食、飲水等問題也變得嚴峻起來，畢竟許多吃食用品都受到了細菌病毒的感染。

最重要的是，渠州城內可用的藥材恐怕也已經嚴重不足，而除了渠州，其他各州百姓也有可能感染了瘟疫之症，一旦大量感染，所需要的藥材就會更多

「郡主，妳要不要休息一會兒？」木槿見安玉善臉色有些蒼白，這兩天兩夜來她幾乎沒有睡過，連吃飯都有些顧不上。

「我沒關係，還是先去看看生病的百姓吧！」

季景初和他的人為了防止有人再作怪，繼續留在風密山，安玉善則希望陣法破除之後，百姓們的病情能好一些。

她先去了那些之前負責宰殺牲畜而倒下的官兵那裡，情況比她想像的要好，陳其人已經給這些人重新喝過藥，陣法破除之後，有些身體強壯的已經有力氣繼續做事了。

梁文聲一聽說安玉善回來了，趕緊帶著人去見她，一見面就對她深深施禮致謝。要是沒有她，渠州的百姓就只有死路一條了。

「梁大人，現在渠州百姓的病情好轉了嗎？」眼前的渠州知府四十多歲的年紀，雖然長得有些嚴厲，但安玉善從他身上感覺到一種為官之人的清正廉潔和對百姓的關愛。

「回郡主的話，自從雨勢停下，喝過郡主之前讓人熬製的藥湯，許多百姓的病情都已經好轉，只是現在藥材告急，季少將軍已經派人出城買藥材去了。」梁文聲回道。

「那就好。」安玉善點點頭。「不過梁大人，我之前要求把家禽牲畜宰殺還有深埋屍體的事情一定要繼續做，現在天好了，如果深埋太費事，也可以直接焚燒，不過焚燒後的殘餘物也要深埋，儘量找一些遠離人群的偏僻之地。」

同時，安玉善還告訴他，等藥材到了之後，先配製出一些消毒的藥材或藥粉，讓百姓撒在自家，或是將藥粉溶於水，將家中的東西都擦洗乾淨。

梁文聲一一記下照辦。接著安玉善又重新回到了程家大院，這裡的氣氛也比她離開之前好了很多，唐素素和趙恆幾人見她歸來都十分興奮。

「現在還不是聊天的時候，病人情況怎麼樣？」安玉善邊說邊走進程家的臨時病房裡。

「玉善姊姊，這些病人都有所好轉，秦大嫂的兒子小寶也已經能吃東西了！」趙恆興奮地說道。

「是嗎？那真是太好了！」安玉善微微一笑。秦大嫂的兒子雖然被她救了回來，但孩子身體太弱，能撐多長時間她一開始也沒有把握，不過只要能進食，孩子的抵抗力就會慢慢增強。

進屋之後，安玉善第一眼就先看到了秦大嫂和她的兒子，她走上前先給孩子把了把脈。

「神醫郡主，民婦的孩子怎麼樣了？」孩子得救之後，又知道了安玉善的身分，秦大嫂言語之間對安玉善是越發恭敬。

「孩子的脈搏有增強之勢，現在不要餵他吃藥丸了，我再重新給他寫張藥方，這樣對孩子的身體損害會比較小。」原先的藥丸對於幼兒來說太過猛烈，現在孩子的命已經撿回來，安玉善給秦大嫂的兒子重新開了一張更適合兒童的治病藥方。

「謝謝神醫郡主、謝謝神醫郡主！」秦大嫂一個尋常婦人不知道如何致謝，只能抱著孩子對著安玉善磕頭。

安玉善讓人扶起他們母子，又轉向了下一個病人。

就在安玉善給病人診治的時候，程家大夫人吳氏慌忙走了進來。

「郡主，門外有人找您！」

「找我？」安玉善抬眼，疑惑地看了吳氏一眼。

吳氏點頭道：「是的，領頭的那人說，自己是仙草莊的大管事張茂，奉他們家莊主和莊主夫人的命令來給郡主您送藥材，看起來足足有二、三十輛馬車呢！」

一聽是仙草莊的張茂，原本還有些憂心的安玉善放下心來。「大夫人，煩請您讓那人進來；趙恆，你去查看馬車上都有些什麼藥材？用得上的都分成兩份，一份留在這裡，一份送到陳師兄那裡。」

「好，我這就讓人進來！」吳氏立刻轉身離開。

「知道了，玉善姊姊！」趙恆對仙草莊也不陌生，當初仙草莊往逍遙伯府送那些珍貴的藥材可是轟動京城，這次渠州百姓不愁沒有藥材可用了。

很快的，張茂就進了程家大院，安玉善在程家臨時會客的小偏廳見了他。

「張管事，一路辛苦，難不成渠州附近也有仙草莊的藥鋪？」安玉善笑著問道。

「回稟郡主，仙草莊在渠州等地並無藥鋪，只因京城的鋪子聽說渠州發生了瘟疫，郡主已經連夜趕來此地，莊主和夫人立即派小的將二十輛馬車的藥材送到這裡，一路上小的又遵照我家夫人之前的吩咐，沿途買了十輛馬車的藥材，希望能幫上郡主。」張茂如實說道。

「你家夫人有心了，等渠州事情一結束，我必定親自去仙草莊致謝。」安玉善感激地道。

「我家夫人也極想見見郡主，在來之前，夫人就讓小的帶話給郡主，她會在京城等郡主一敘。」張茂說道。

「好，我都已經迫不及待要見你家夫人一面了！」安玉善笑道。

仙草莊送來的藥材很快就被分配好，送到急需的地方，張茂等人也沒有久留，見過安玉善之後就離開了。

陣法已破，加上安玉善、陳其人等人的妙手回春，渠州百姓的病情沒有再加重或者反覆發作，且依照梁文聲的要求，每家每戶都開始打掃、消毒自家庭院屋舍。

瘟疫雖然被控制住，但渠州突變的天氣對農田也造成嚴重影響，所有家禽牲畜被殺，米麵糧油還有水源等也受到了污染，百姓們的飲食變得困難起來。

安玉善單獨找了一間宅院充當臨時醫館，無論是瘟痢之病還是其他疑難雜症，她都盡力給大家診治。

渠州病情一控制住，安勿言和陳其人則分別前往儋州和離州，那裡雖然地方沒有渠州大，但也有很多百姓需要大夫醫治。

「木槿，妳帶人在院子裡支起一口大鍋，熬一些藥粥給前來看病的百姓。」因為來得急迫，安玉善並沒有帶多少銀子在身上，現在渠州城各種用品都很吃緊，糧食有價無市，眼看天越來越冷，百姓們剛剛好轉的心情又添上了烏雲。

「早知道來的時候多帶些銀兩了！」趙恆有些後悔地說道。

「現在有銀子也未必能買得到糧食。我昨天就給我二哥寫信了，讓他從京城那邊買些糧食送來。」唐素素看到百姓餓肚子，不禁心裡難過。

「希望皇上撥下的糧食能盡快送到這裡來。」一聽說渠州這邊受災，永平帝就以最快的速度做出了決斷，押運糧食的官員如今應該快到渠州了。

這天，就在臨時醫館人滿為患、藥粥難以供應百姓需求的清晨，有人驚喜地大喊，說是城外來了一隊送糧隊伍，足足有五、六十輛馬車。

季景初和梁文聲一聽到這個消息，立刻騎馬趕到城外相迎。一開始還以為是皇上派遣賑災的送糧官，沒想到領頭的卻是安子洵。

「見過少將軍、知府大人。」安子洵下馬而立，身後的長隊也停下了前進的腳步。

季景初和梁文聲身後，聚集了越來越多翹首以盼的渠州城百姓。

「安掌櫃，你這是……」季景初覺得奇怪，之前他沒有得到一點消息，安子洵的這支隊伍就像突然冒出來的一樣。

「在下奉安氏本家族長之命，代表安氏一族的所有族人來給三州受災百姓送糧，這些糧食都是安氏族人自己耕種所得，他們都希望能幫助三州百姓度過這個冬日。」安子洵笑著說道。

季景初心中了然。當初從元武帝的口中，他大略知道一些神秘的安氏本家的事情，雖說安氏族人遍布天下，但安氏本家的聚集之地卻鮮少被外人所知。

安氏一族千百年來以「團結和睦」為祖訓，更以天下百姓安危為己任，「敦厚、和善、睿智」曾是元武帝當初對安氏族人的稱讚。

如今三州受災，其中必定也有安氏族人牽連其中，只是季景初沒想到，安氏一族一出手竟是這樣大的手筆，一眼望不到頭的送糧隊伍怕是比皇帝撥給的糧食還要多。

梁文聲則對安氏一族不是很瞭解，但他知道靈伊郡主出自峰州安氏，想必安氏一族為渠州百姓送糧，多少也和這位靈伊郡主有關係，心中對安玉善越發敬佩。

「景初代表三州百姓多謝安氏族人的慷慨相助。安掌櫃，請。」安子洵雖是普通的店鋪掌櫃，卻是安氏本家的人，也算是安玉善的遠房堂伯，季景初對他一直都很尊敬。

「少將軍客氣了！」安子洵一拱手，隨著季景初進了城。

渠州百姓自動為安氏一族的送糧隊伍讓開一條寬寬的通道，一臉感動地夾道歡迎。有了這些糧食，他們就有救了！

安玉善聽說這件事時正在醫館裡忙個不停，雖說嘴上沒有多說什麼，卻也因為同是安氏族人而覺得感動。

「啟稟郡主，這是跟隨安氏送糧馬車來的二十名醫徒，他們奉族長之命來聽候您的差遣。」隨著送來的糧食，來到臨時醫館的還有二十名年輕的男女醫徒，這會兒木槿帶著他們來到了安玉善的面前。

「木槿，妳先問問他們都會些什麼，然後直接給他們分配事情做吧！」安玉善把這件事情交給了木槿，兩人主僕多年，她清楚木槿的能力。

「是，郡主。」木槿知道安玉善現在忙得很，也沒有推辭，轉身離開去做事了。

這二十名安氏本家送來的醫徒，醫術都是自小培養，原本他們是為了能成為神相大人一門的弟子而不斷努力，只是神相大人收的弟子本來就少，其中每任神相大人只收一位醫術最高的為弟子，而這位弟子門下也只挑選在醫術方面最有天分的作為自己的徒弟。

安玉善則是一個例外，但安氏族長同樣也會為她挑選有天分的安氏族人作為弟子人選，這二十名醫徒來此的目的之一便是如此。

當然，這些是安玉善看到這些醫徒醫術都很不錯後才知道的，與其他四位師兄不同，她內心深處是希望學醫之人越多越好，或許有些人天分並不高，但只要刻苦努力，依然能治病救人。

自從有了二十名醫徒的幫忙，安玉善明顯感覺到輕鬆不少，有些尋常的病症不用等她出手就被醫徒治好了，她則專治那些醫徒治不好的病症。

「師姊，安氏一族出來的人怎麼都這樣厲害，妳看那個小孩子，年齡還沒有我大呢，但醫術可比我的好！」雖然不想承認，但趙恆嘴裡還是酸酸的。他跟著安玉善學醫也有一段時間了，醫術自覺精進不少，可現在和人家一比，自己還差得遠呢。

唐素素也有這種感覺，不過她還是信心十足地說道：「這有什麼，郡主年齡也不大，但醫術可稱得上是天下第一，學醫和年齡沒關係，咱們天分不夠就用努力來補好了！」

「師姊說得是，我會更努力的！」趙恆贊同地說道。

兩人正說著話，又聽到外頭吵嚷的聲音，原來是門外等候診病的百姓正在議論，說是渠州府城門外又有一隊看不到頭的馬車隊伍來了。

「這幾天到底是怎麼回事，前兩天安氏一族的送糧馬車剛走，怎麼又來了一隊？是不是皇上派的送糧官來了？」趙恆疑惑地問道。

「有可能！」唐素素點點頭說道。

其他人也和趙恆、唐素素猜測的一樣，不過來的依舊不是皇帝派的人，而是季景初的好友慕容遲，和他一起來的還有安玉善的好姊妹簡兒。

「慕容遲，你不是跟去峰州了？這是怎麼一回事？」在府城門外看到慕容遲笑嘻嘻地朝他揮手，簡兒則是不好意思地跟隨在慕容遲身後，季景初有些不解地問道。

「我們一聽說渠州這邊出了事，你們都來了，身為好友，怎麼可能在這個時候丟下你們不管？就是龍潭虎穴我也要來闖一闖！」慕容遲一臉輕佻地說道，但話語中的真誠卻是不假。

「所以……這就是你們送給我們的禮物？」季景初臉上也有了笑意。

雖然慕容遲這個好友很多時候不可靠，但真到了關鍵時刻，他也是能出一份力的。

「怎麼樣，這禮物喜歡嗎？怎麼說我也是富甲天下的慕容山莊少莊主，百姓有難，我慕容家豈能坐視不理？別的我也不多，就是銀子多，有了銀子想買什麼買不到。不過我娘說她給我娶妻的老本都拿出來了，以後我成親，就要靠自己去掙銀兩了！」慕容遲又換上一張苦瓜臉，委屈地說道。

季景初神色也一變，冷冷地說道：「這話你也就騙騙人家不知內情的姑娘家，你光是一年散出去的銀子都夠渠州百姓吃一個月了，少裝可憐！」

「你還是不是好兄弟，有你這樣拆我臺的嗎？我可是專程來幫你的！」慕容遲一臉憤憤不平地道。

季景初微微一笑，說道：「好了，你的好意我領了，有些事情我能幫會幫的！」

季景初很瞭解慕容遲，要是擱在以往，他頂多讓人送來一打銀票，這可是他一貫的風格，這次卻大費周章地買來這麼多糧食，還如此聲勢浩大地送到渠州來，很明顯是為了討好他身邊的佳人。

簡兒與安玉善的關係非比尋常，只要自己在安玉善身邊多說一些他的好話，慕容遲的追妻之路會走得更順遂些。

「哈哈，不愧是我的好兄弟，多謝、多謝！」見季景初已經明白自己未說出口的意思，慕容遲喜上眉梢。

簡兒有些拘謹地站在慕容遲身邊，有些不明白兩個大男人說的是什麼意思，但又莫名有些尷尬。她還是快點去找安玉善吧！

「敢問少將軍，玉善妹妹現在在哪裡？」簡兒一直都有些怕矜冷的季景初，但還是怯怯地問出了口。

第八十章　災民相送

「簡兒妳別擔心，我帶妳去找靈伊郡主。好兄弟，東西我已經送來了，剩下的事情就交給你了，需要銀子就說句話。對了，靈伊郡主現在在哪裡？」慕容遲嬉皮笑臉地湊到了季景初身邊討好地問道。

季景初無奈一笑，讓勿辰帶著二人去找安玉善，他則派人把慕容遲送來的糧食運至渠州城的糧倉裡。

臨時醫館裡，簡兒和慕容遲見到了安玉善，三個人簡短地說了幾句話，安玉善就繼續忙碌起來，而簡兒和慕容遲則幫著給百姓們盛藥粥。

次日，皇帝派遣的送糧官來到了渠州府城，此人不是別人，正是邵華澤。

「我是不是誤事了？」邵華澤與季景初見面之後，有些歉意地說道。

「能在這麼短的時間從京城趕來渠州，辛苦你了，沒有誤事。」兩個人是表兄弟，又是好友，但季景初和邵華澤說話還是免不了有些客氣。

「表弟，你別安慰我了，來的路上我都聽說了，前段時間三州百姓缺糧，幸虧有安氏一族送來的糧食解圍，否則後果難料。」邵華澤一路上的確盡了力，但畢竟路途遙遠，即便日夜趕路也耗費了不少時間。

「表哥，我知道你已經盡了最大的力，聽說你在路上碰到了慕容遲，那傢伙把你騙了，先來到了渠州。」季景初笑著說道。

邵華澤一聽，又是無奈一笑。慕容遲這人最愛開玩笑，兩隊送糧馬車相遇，他非要先過，想著都是為了渠州百姓，邵華澤就先讓了路，這才晚到渠州。

「他就是愛鬧著玩。對了，我們後面還有很多來送糧、送物資的車隊，都是地方上的善心人家聽說渠州百姓有難，想略盡綿薄之力。」邵華澤說道。

季景初點點頭。這件事情他也聽說了，已經安排梁文聲專門接見這些前來幫助渠州災民的好人，並把他們的姓名等等都記錄下來，準備上表朝廷。

渠州城裡一下子來了不少相識的朋友，季景初特意在臨時暫住的地方為他們設宴洗塵，因為安玉善白天十分忙碌，所以宴席安排在晚上。

天上的冬月顯得有些清冷，但熱騰騰的火鍋卻讓眾人覺得陣陣溫暖。

「這麼冷的夜晚吃火鍋真是太美味了，在渠州的這段日子，我還沒有像這樣好好吃頓飯呢！」趙恆拿著一個空碗不停地涮菜往裡放，一會兒碗就滿了，又淋上醬料，沒等別人接話，他一碗東西就吃完了。

「渠州這邊的事情年前能結束嗎？」邵華澤吃得比較斯文。今晚的火鍋可是安玉善親自做的，難得有這樣的好機會，他自然要好好品嚐。

「回世子的話，原本估算渠州的情況要到年後才能好轉，但因為病情控制了下來，也得到良好的治療，現在渠州百姓的身體已經沒什麼大礙，又多虧皇上仁德和各方相助，渠州百姓能平安過冬，待到來年春耕時分，一切只會比之前更好。」對於渠州的前景，梁文聲這個知府可是很有信心。

今天這場宴席他本沒有打算參加，是安玉善專門邀請他，他便帶著一點忐忑來了。

這段時間為了渠州的事情，他和季景初、安玉善等人共同應對危難，也早已結下了深厚的情誼，因此和這些貴人們坐在一起吃火鍋，他的尷尬感也越來越少。

「我聽師兄說，太醫院已經任命三名太醫年後來渠州、詹州和離州給百姓們義診，如果這邊沒什麼事情，我們應該就可以回去了。」安玉善覺得三州現在的形勢已經好轉，暫時也不需要他們都在這裡。

「郡主，你們要走嗎？可渠州這邊……」安玉善的臨時醫館每日都擠滿了前來診病的人，梁文聲私心裡想要安玉善這名女神醫在渠州多留一段時間。

「梁大人，三州的瘟疫之症已經解決了，我此行的目的也完成。我知道渠州這邊缺少大夫，我會留幾個醫術比較好的醫徒先在這裡。」安玉善明白梁文聲話裡未說完的意思，只是她必須要離開了，這一次渠州之行讓她意識到大晉朝還是太缺大夫。

回到京城之後，除了繼續著手醫學院的事情，她還希望能通過各種方式多多普及醫藥知識，讓更多的老百姓能夠學會自醫。

「多謝郡主您想得周到，要是郡主您能留下就更好了。」梁文聲也知道安玉善不可能在渠州久留，只能遺憾一嘆。

「玉善姊姊不能留在這裡，京城還有好多師兄弟等著她教導醫術呢！梁大人，等到我們都學有所成，天下的大夫變多，百姓們能受的恩惠才長久。」趙恆頗為義正辭嚴地說道。

「看來咱們秦小王爺長進了！」聽到趙恆說出這樣一番話，安玉善有些欣慰地笑道。

「那是，我可是玉善姊姊教出來的徒弟！」趙恆得意一笑。

隨著嚴冬第一場大雪紛紛落下，雖然天上沒有太陽照耀，渠州百姓卻覺得暖意融融。現在的他們沒有瘟疫病痛的折磨，也不擔心一日三餐會沒有著落，全都攢足了勁兒等著來年春耕，這一次他們不但要種糧食，還要種藥田。

就在大雪來臨的前一天，從京城和峰州方向送來的各種藥材種子已經到了渠州。安玉善之前查看過渠州這邊的土地，認為有些地方非常適合栽種藥草，而這些藥草的功用她也都告訴了百姓們。

大晉朝缺少的不僅僅是大夫，還有各種各樣的藥材，一旦日後藥材和藥草常識普及，那麼百姓們生病時也不會慌得不知所措。

何況經過此次瘟疫爆發，一到春夏之際，安玉善擔心還會有「後遺症」發生，若能大面積種植藥草，還可以有很好的預防作用。

太醫院的三名義診太醫已經到了三州，很快地投入給百姓診病的忙碌之中。算了一下時間，陳其人和安勿言等人都覺得該回京城了。

「小師妹，現在三州之災算是過去了大半，接下來的事情也用不到咱們，是不是該回京了？」學醫以來安勿言還從未像這段時間這麼累過，但他發現比起整日裡待在藥廬裡研究稀奇藥方，走到民間為百姓診病似乎更讓他覺得快樂。

經過三州之行，他也明白了神相大人執意讓他來此幫忙的原因了，無非是希望他能用心體會到大夫的真正用武之地不在藥廬，而是在病人身上。

這次回去之後，他已經決定在安氏醫館坐診，更要學習安玉善寬大無私的胸懷，將自己一生所學都教給弟子們，這樣才能幫助更多的病人。

獨木不成林，百花方為春，這段時間安勿言突覺眼前豁然開朗，似乎找到了一條更寬廣的道路。

「等到雪停就可以啟程了，回去的路程不趕，年前正好能抵達。」安玉善笑著說道。

「好，我趕緊讓小遠他們備好馬車。」安勿言估計這大雪最多也就下一天。

「不用了，四師兄，慕容遲已經都準備好了。」早兩天慕容遲就買了三、四輛大馬車，馬車內外保暖防濕都做得極好，再冷的天坐在他精心準備的馬車裡也不會覺得寒氣逼人。

只是安玉善沒想到這一場大雪下了兩天一夜，直到次日傍晚才停，一行人準備在二日的清晨離開渠州城。

原本梁文聲要帶著渠州官員送別，但安玉善等人都拒絕了。

破曉時分，在皚皚白雪的映襯下，他們踏上了歸途。

安玉善、簡兒、唐素素和木槿等女眷坐在一輛馬車內，裡面燒著暖爐，木槿還溫著茶水，安正駕駛的馬車非常穩當地行走在青石板路上。

「也不知道誰起這麼早，街上的雪都給掃乾淨了！」安正輕揚馬鞭，看著乾淨的路面說道。

「應該是梁知府他們吧，剛才聽小遠說，半夜時就聽到外邊有輕微的掃雪聲。」安玉善笑道。

梁文聲算得上是個有心人，心繫百姓又為官清正，做事也果斷，身上還有一股狠勁，日後前途必定不可限量。

「這梁知府倒是個好人！」簡兒附聲說道，安玉善聽後點點頭。

季景初、邵華澤、慕容遲、趙恆和阿虎各騎著一匹高頭大馬在前方，安玉善的馬車緊跟其後；陳其人和安齊傑坐的是第二輛馬車，車內還有兩名醫徒隨侍在旁，第三輛馬車內坐的則是安勿言和他的弟子安小遠。

自從重新找到自己學醫的意義，安勿言就開始教導安小遠，但安小遠早就習慣了自家師父對他的不聞不問，如今突然熱情高漲起來，他只覺得惴惴不安，老想著和趙恆一樣在外頭騎著馬，那感覺多自由呀！

後邊的馬車內坐的都是安氏本家送來的醫徒，隨後的馬車上放的則是行李。

等到車隊到達另一條通往城門口的大街時，馬車突然停了下來。

「郡主！」安正一聲輕喊，安玉善立即就察覺出外面的氣氛有些不一樣。

木槿趕緊掀開車簾，就看到大街上全是渠州府城內的老百姓，梁文聲帶著渠州官員站在最前頭。

「梁大人，不是說不讓你們來送了嗎？」季景初幾人也翻身下馬，看著寒風中毅然而立的梁文聲問道。

「回稟少將軍，這並非由下官召集而來，是百姓們聽說你們和郡主要離開，都早早地趕來相送，若不是有你們相助，渠州幾十萬百姓性命堪憂。大雪路滑，百姓們也不知道如何致謝，便為你們掃出一條乾淨的路，希望你們平平安安，一路順遂到達京城！」梁文聲恭敬地施禮說道。

說完，他和身後的百姓退至兩旁，中間空出的道路乾淨整潔，連一顆小石子都沒有。

安玉善等人也都從馬車裡走了下來，看到這條一直通往城外的路，感動不已。他們只是做了自己該做的，百姓們回饋他們的卻是一片真誠。

「梁大人，多謝你和百姓們的心意！」安玉善知道此時再多的話語也難以言表。

「郡主，您對渠州的大恩大德，渠州百姓永不會忘記！」人群中有被安玉善救助過的百姓高聲喊道。

「多謝郡主救命之恩！」無數的百姓也跟著應和起來。

「別這樣，這都是我該做的，我是個大夫，救死扶傷是我的本職。」安玉善笑著說道。

「郡主！」這時一個穿著破舊短襖的婦人從人群中擠了過來，正是秦大嫂，她懷裡還抱著自己的兒子。

她跑到安玉善面前，抱著幼兒磕頭便拜。「郡主，多謝您把我這世上僅存的骨肉從閻羅殿拉了回來，您的恩德民婦和孩子會謹記一生，祈求上蒼保佑郡主和樂一生。」

「秦大嫂，地上寒涼，快起來！」安玉善上前兩步扶起了秦大嫂。「我說過，這些都是我該做的，而且妳兒子是個堅強的孩子，能活下來也是他自己的努力。」

「不，如果沒有郡主，民婦這孩子定是沒命了，民婦也活不下去，是郡主給了民婦活下去的希望。郡主，民婦一定好好教導這孩子，讓他讀書習字，以後學醫，做一個行醫治病的大夫！」秦大嫂眼中含淚，笑著說道。

「好，只要這孩子長大後對學醫有興趣，可以到京城安氏醫館找我，我來親自教導他。」安玉善許下了承諾。

秦大嫂一聽，激動極了。「郡主，您是願意收下這個孩子為徒？」

安玉善點點頭，笑道：「願意，所有想學醫的孩子我都願意收他們為徒，教他們醫術，待他成人之前，還希望秦大嫂好好教導這孩子。」

「郡主您放心，民婦一定會把這個孩子教好，絕不辜負郡主的一片心意！」秦大嫂眼神發亮地說道。

「對了，這孩子可有名字？」安玉善看了一眼秦大嫂懷中的幼兒，雖看起來還有些瘦弱，但已經沒了病態，一雙眼睛也顯得極為精神。

「孩子的爹還未來得及給這個孩子起名字就去世，所以他還沒有名字。」秦大嫂的丈夫和兩個女兒都在這場瘟疫中死去了，如今只有這幼兒和她相依為命。

「我為這孩子起個名字可好？」安玉善笑著說道。

「當然好了，還請郡主賜名。」秦大嫂笑著說道。

「叫福氣如何？」安玉善笑問。「希望這孩子以後能夠福氣多多、長命百歲！」

「福氣？好，這個名字好，謝謝郡主賜名。孩子，你有名字了，以後你就叫福氣！」秦大嫂笑容滿面地摟緊了懷裡的兒子。

「小福氣，記得長大以後來尋我，我會教你醫術的！」安玉善笑著逗了逗秦大嫂懷裡的孩子。

「梁大人，天氣寒冷，還是讓百姓們都回去吧，我們也該上路了。」季景初心裡也很感動，但他習慣了用冷漠來偽裝自己，說話也多了一分嚴肅。

「是呀，梁大人，讓大家都回去吧，雖說瘟疫之症已經解決，但是這樣寒冷的天也很容易染上風寒，不要讓大家待在街上吹風了。」百姓們的衣著有的看起來很單薄，他們都剛剛才痊癒，若是再感染風寒，安玉善擔心又是一場小災難。

「下官遵命！」梁文聲心知季景初與安玉善都是為百姓的身體著想，他這個父母官也不忍心讓百姓們再受一場病痛之災。「少將軍、郡主，請上馬吧！」

正待安玉善轉身要上馬車時，又有一個老漢在他兩個兒子的攙扶下站了出來，口中大喊「郡主留步」。

「你們是……」安玉善轉身看向來人，腦海中對他們沒什麼印象。

「郡主，小人是渠州府城的張木匠，這是我的兩個兒子，郡主救了我們一家老小的命，小人不知如何報答郡主，能做的不過是用祖傳的手藝給郡主您做了一個藥箱，希望郡主不要嫌棄，這是小人一家的一點兒心意。」張木匠說完，他大兒子就把手中一直拎著的紅木藥箱送到安玉善的面前。

第八十一章 墨醫殘卷

「郡主，這是我張家祖傳下來的木材做成的藥箱，東西放在裡面不潮，木料也十分堅固；這雕花是我爹一刀一刀親手刻上去的，不過揹起來不重，七、八歲的小孩子都能拎起來飛跑。」張木匠的大兒子說道。

張木匠先從大兒子手中接過藥箱，然後雙手捧著送到了安玉善的面前。「還請郡主收下！」

安玉善眼眶一熱。這紅木藥箱外觀看起來簡單大方，但雕花處又看得出匠人的用心，這份禮物背後承載的心意，她伸出的雙手接著都覺得有千斤萬兩重。

「老伯，謝謝您，這藥箱我收下，一定會好好使用它的。」安玉善感激地說道。

「郡主不嫌棄小人手藝粗陋便好！」張家祖傳的珍貴木料就那麼一塊，是被當成傳家寶一代代傳下來的，但張木匠覺得與其祖祖輩輩守著一塊木頭，不如把它變成更實用的東西。

這塊用張家祖傳木料做成的藥箱跟著安玉善這個懸壺濟世的女神醫，也不算辱沒了它，張木匠相信，張家祖先不但不會怪罪他，百年之後說不定還會讚他一聲好。

再度坐上馬車，安玉善也是心潮澎湃。作為一名大夫，兩世以來她得到過不少病人的感謝，感謝的方式也各有不同，但收到純手工打造的藥箱還是人生第一次，而如此大場面的相送情節，更是生平頭一回。

她自知並沒有做什麼驚天地、泣鬼神的大事，但卻得來百姓們最真誠淳厚的謝意，也許這就是她從未放棄學醫的緣由吧！

車輪在百姓們專注而感恩的目光中緩緩前行，直到出城十里，依然有無數百姓站在道路兩旁相送，中間的那條路被打掃得很乾淨，雪堆上留下的是百姓們深深的腳印。

坐在馬車裡的簡兒和唐素素早已感動得淚流滿面，尤其是唐素素，從最初見識到這場瘟疫的凶猛和慘烈，到經歷治療瘟疫的辛勞，再到控制住病情的欣喜，如今面對百姓們的感恩，她覺得自己活了十幾年都沒有這一個多月過得豐富精彩。

人總要經歷一些特殊的事情才會成長，唐素素相信這段日子在渠州的經歷將令她終生難忘。

馬車駛出渠州境內時已經是又一日的傍晚時分，冬日夕陽映襯出的晚霞灑在潔白晶瑩的冰雪上，折射出猶如繁星的光芒。

因為隨行人員太多，臨近又沒有大一些的城鎮，安玉善一行人就在野外空地處紮起了臨時帳篷，好在隨行的吃喝之物也早就準備妥當。

圍著火堆烤火聊天之際，陳其人和安勿言出於好奇，都對張木匠送給安玉善的藥箱上了點心思。

「這紅木還真是難得一見，堅固又結實，用個十年、八年也不會有任何問題……」陳其人摸索著藥箱上的祥雲花紋，甚是喜愛。

「最重要的是這藥箱防潮，調製好的藥丸、藥粉放在裡面不會發霉變質，真是好東西！」安勿言也一臉羨慕地讚嘆道。

「是呀，當大夫的要是有這樣一個藥箱在身邊，就如行軍打仗的士兵手中有了利器，真讓人有些愛不釋手。」陳其人笑著說完就看向一旁靜靜坐著的安玉善。

「師伯，你這樣看著玉善姊姊，該不會是想要把人家送給她的藥箱據為己有吧？」趙恆撇了一下嘴，覺得自己看透了陳其人內心的想法。

陳其人哈哈一笑，說道：「我怎麼說也是大晉朝太醫院的院首，行走江湖這麼多年，什麼好東西沒見過，怎會奪他人所愛？」但很快他話鋒又一轉。「不過要是師妹送給我，我也不好推辭的！」

「切，說來說去，你不就是也相中了這個藥箱……」趙恆小聲地咕噥了一聲。

安勿言一聽，也恍然明白陳其人這話是在向安玉善索要這藥箱，趕緊說道：「我才是小師妹正經的師兄，這藥箱即便要送，也該送給我！」

「勿言兄，我也是師妹正經的師兄，更在你之前，真要說師門情誼，那也是與我最深厚吧！」陳其人較真道。

誰知安勿言搖搖頭。「你別以為我不知道，你和小師妹是假的師兄妹，她與我才是同為師父教授的門下弟子，而且我們同是安氏族人，於公於私，我們師兄妹感情才是最深厚的。」

「勿言兄，這話可不對，論相識，我在你之前；論相處，我比你與師妹相處的時間長；論醫術，我也是略高你那麼一點點，所以這藥箱要送也應該送給我！」

「誰說你醫術比我高？雖然你名氣比我響，但真要論起醫術高低，你根本就不如我！」安勿言瞪著眼說道。

「你們兩個加起來都快七、八十歲了，怎麼還和孩子一樣爭來爭去，就不怕小輩們笑話？」安玉善無奈地看向自己的兩位師兄。

陳其人和安勿言瞅了一圈圍著篝火的人，安小遠和趙恆他們都低低笑著，一望向他們又立刻正襟危坐，明顯剛才是暗中「嘲笑」他們了。

「那小師妹妳說，這藥箱妳要送給誰？」安勿言也不怕在小輩們面前問這會不會丟臉，直接一轉臉，頗為孩子氣地看向了安玉善。

「是呀，小師妹，妳要送給誰？」陳其人也一臉期待地看向她。

安玉善站起來，看了看比自己大很多的兩位師兄，涼涼說道：「我什麼時候說過要把藥箱送給你們了？」

「你現在可以說呀！」安勿言耿直地說道。

他這話一出口，趙恆、唐素素和簡兒幾個人都忍不住笑出了聲，安小遠則是使勁憋著。怎麼說安勿言也是他師父，雖然他說這話讓身為徒弟的自己覺得有些丟臉和好笑，但自己可不能表現出來。

「兩位師兄，你們別爭也別搶，這藥箱我誰都沒打算給，你們以後就不要想了。」安玉善給他們當頭澆了一盆冷水。

「既然師妹不肯割愛，那還是算了，希望以後我也能有此機緣得到這樣的寶箱。遺憾、遺憾呀！」陳其人仰天長嘆，故作遺憾不已的樣子。

「也不知道那張木匠家裡還有沒有這樣的木料……」安勿言喃喃自語道。

「師父，以後徒弟找更好的木料做個藥箱送給您，您就別再想小師叔的藥箱了！」安小遠終究還是忍不住出口說道。

「這世上哪裡還有比這木料更適合做藥箱的？我在本家都沒有見過，說不定世上就這一塊了！」安勿言是越看那藥箱越喜歡。

「小遠，你師父看不上你送的藥箱，師伯我看得上，到時候藥箱做好之後送給我，師伯送給你一本上古醫書。」陳其人插嘴說道。

「什麼上古醫書？」不只安小遠來了興致，就是趙恆、唐素素他們也都看向了陳其人。

「《墨醫殘卷》。」陳其人神秘一笑說道。

「什麼？你有《墨醫殘卷》?!」安勿言激動地一下子跳到了陳其人的面前。「你說的是真的？你手裡真的有？」

「我堂堂太醫院的院首豈會說假話？」陳其人得意一笑。

人活在世上難免都有自己的秘密和心頭好，陳其人學醫至今，看過的醫書也是不計其數，尋常的自然入不了他的眼，那些珍奇的醫典書冊一直都是他的最愛。

只不過以前但凡手中有了難得一見的醫典孤本，他總是會珍之藏之，很少讓外人知道，比那些奇珍異寶還讓他看重。

可自從和安玉善相識以來，他對於稀奇醫書的態度也漸漸受其影響，越來越覺得那些被他珍藏、不為外人所知的上古醫書只留在自己手中未免太可惜了。

就算自己成為最厲害的大夫，但一個人的力量有限，能救治的病人也有限，即便此刻成為了大晉朝太醫院的院首，他反而覺得這樣的身分成了束縛。

安玉善在用實際行動告訴他，作為一名大夫，最主要的職責就是不分高低貴賤救治病人，而不是把行醫救人作為爭名奪利的籌碼。

安玉善廣收學徒，將自己所學教給更多的人，這才是真正地將醫術發揚光大，真正地造福百姓和天下，他這個做師兄的也不能太遜色。

「快拿給我看看！」安氏本家有專門的藏書樓，但是在偌大的藏書樓內，有些書籍還是有缺漏的，其中就有安勿言心心念念的《墨醫殘卷》。

「陳師兄，這《墨醫殘卷》是什麼，之前怎麼沒有聽你提起過？」安玉善有些好奇地問道。

「小師叔，我知道！」安小遠兩眼放光地接道。「傳聞千年前有位醫術高超的江湖遊醫寫下了凝聚他一生心血所得的《墨醫殘卷》，這本上古醫書一共有上下兩冊，只可惜流傳下來的只有上冊。學醫之人都知道，即便只學會這上冊的東西，也能成為神醫。」

「還有這種書？陳師兄，真的有這麼神奇嗎？」安玉善有些狐疑地看向陳其人。

「雖然傳聞有些誇張，但《墨醫殘卷》的確是醫學寶書，妳師兄我年紀輕輕便醫術高超，也多半是得益於這本醫書。之前沒跟妳說是因為我發現，《墨醫殘卷》對妳來說可能就是一本普通甚至還有漏洞的醫書，也就沒提了。」陳其人笑著說道。

「我看你是怕小師妹看上你的醫書吧，不然你現在就拿出來，讓小師妹看看。」安勿言眼珠子一轉，提議道。

「勿言兄莫要激我，此刻《墨醫殘卷》並不在我身上，而且我剛才說的話也是真的，你徒弟送我一個最好的藥箱，我就把這卷書送給他。」陳其人大方地說道。

「陳師伯你放心，我一定送您一個最好的藥箱！」安小遠激動地說道。

「我們一起送、一起送！」趙恆還不大瞭解什麼上古醫書，不過聽安小遠說得這麼神奇，他也心動了。

安小遠點點頭。他可不是愛吃獨食的人，一旦《墨醫殘卷》到了他的手中，他絕對不會私藏，而是會拿出來和師兄弟們一起共用。

「學醫的怎麼可能一本醫書走天下，你們說得也太神奇了，陳師兄，這醫書上到底說了些什麼，你不妨先說幾句來聽聽？」安玉善自然也很好奇，這個時空的醫書她也看過不少，自然是精華有之，糟粕也有之，就是不知這《墨醫殘卷》是哪一種了？

「好！」陳其人倒是沒有推辭，他張口就對幾人說起了《墨醫殘卷》上冊的內容，這上冊主要講的便是針灸秘笈。

只是他剛說完幾句停了下來，安玉善順口又接了下去，而且竟和陳其人所知的內容一模一樣。

一圈人正聽得仔細，而且如獲至寶，誰都沒想到安玉善接著又說了幾句。

陳其人一臉吃驚地看向她。「師妹，妳看過這《墨醫殘卷》？」

其他人也都疑惑地看向了眉頭輕輕皺起的安玉善。

安玉善搖搖頭說道：「我今天才知道世上有本書叫《墨醫殘卷》。師兄，能告訴我這本書是從哪裡得到的嗎？」

「這是我一位江湖上的朋友從東竹國『借』出來的，他對醫書不感興趣，所以轉送給了我。」陳其人說道。

「回京之後，陳師兄可否先讓我看一看這本《墨醫殘卷》？」安玉善站了起來，目光看向了遙遠的夜空。

「當然可以，妳要是現在需要，我可以默寫出來給妳。」陳其人覺得安玉善有些不對勁。「師妹，妳還沒說妳怎麼知道這醫書的內文呢！」

「這個問題我一時無法回答你，或許我自己也找不到答案吧。你們接著聊，我想一個人走走。」說著安玉善就離開了火堆。

「小師叔這是怎麼了？」安小遠小聲地問向一旁的趙恆，趙恆則是朝他搖搖頭。

安玉善一個人走在野外的林間，周圍未化的積雪猶如夜間盛開的白蓮，令安靜的夜晚增添了一絲清新可愛，木槿遠遠跟在她身後，沒有打擾。

安玉善知道，自己剛才的行為會讓陳其人和安勿言等人覺得異常，但她心內的震驚也是勉強才壓下去的。

她之前的確未曾看過什麼《墨醫殘卷》，但她卻看過另一本內容一模一樣的書冊，而且日夜誦讀不止千遍，倒背如流都沒問題。

這本醫書出現在現代，是自小教她醫術的怪老頭所寫，從神相大人的言語中，她隱隱察覺自己來到這個時空也許並不是什麼巧合和偶然，今夜這種感覺就更為強烈了。為什麼當年怪老頭師父偏偏在十幾個孩子裡相中她做徒弟？難道僅僅是因為她的聰慧？為什麼她會莫名其妙地來到這個時空成為安家的女兒？又是什麼力量推著她一個小小農家女走到今天這一步？

越想越覺得迷茫，安玉善不禁攤開自己長了些薄繭的手掌。之前她總以為命運就掌握在自己手中，無論遭遇什麼樣的困境和難題，她都能一一化解。

可現在，她又恍然覺得自己冥冥中不知被什麼操縱著，也不知道命運這條路究竟通往何方？她從不懷疑自己存在的價值，但卻有個問題困擾了她兩世，她——究竟是誰？

「睡不著嗎？」一道充滿磁性的男性嗓音在背後輕輕響起，安玉善回頭，看到木槿不知何時已經離開，代替她的是季景初。

「不是，只是有些事情想不明白，想靜一靜。」安玉善對他笑笑。

「我就站在這裡，不打擾妳。」季景初對她露出溫柔的表情。雖然剛才他和邵華澤離火堆有些遠，但仍隨時關注著安玉善這邊的情況。

「你已經打擾了。」安玉善自然感覺得出季景初對她的關心，微微一笑，轉身朝他走去。

「我很抱歉。」季景初也一笑朝她走來，然後拉住她的手，兩個人並肩站著，看向黑漆漆的遠方。

迫的。

「想說嗎？」季景初雖然有時很霸道，但他也明白，對安玉善，更多時候是不能選擇逼

「對不起，現在我還不知道該怎麼說，只是覺得有些茫然而已，似乎很久之前潛藏在心底的疑惑又慢慢冒了出來，而我卻找不到答案。虛幻還是現實，我好像快分不清了……景初，如果遇見你是一場夢，我該怎麼辦？」安玉善的話中藏著她自己都沒有察覺到的惶恐和不安。

她真的很怕在這裡發生的一切不過是一場夢境，在這裡，她有疼愛她的家人，有與她志趣相投的朋友，還有她真心愛上的男人，這一切都是她心底深處最渴望的。

如果因為這奢侈的渴望而造就了一場夢，那她該怎麼辦？若是有一天夢醒了，即便再堅強，她想自己也活不下去了吧？

她想做安玉善，一直做下去，更想陪著眼前的男人平淡幸福地過一生，直到地老天荒。

第八十二章　普及醫書

季景初將安玉善的手放在他微微發冷的臉上，看著她深情說道：「妳能感受到我的溫度嗎？即便不那麼暖，但它卻是真實的。玉善，我就這樣真實地待在妳的身邊，即便這是一場夢，我也不會讓妳醒來的。」

安玉善眉眼染上了笑意。有時候他的情話就是能讓她感動到骨子裡，她情不自禁地用手在他英俊的臉上畫下自己的印記。

然後，她輕輕抬起了腳跟，微閉雙眼，在他含著冬日涼氣的唇間也留下自己的溫度。

原本不過是一個淺嘗輒止的輕吻，卻在季景初的反攻下變得越發濃烈，當一切在愛與被愛中變得溫暖美好，情濃的人又哪裡會在意是不是夢境呢？

次日清晨，重新趕路之前，默寫醫書一夜未眠的陳其人將《墨醫殘卷》的上冊放在了安玉善的馬車內。

快速地翻閱過之後，安玉善眼中神情複雜，同坐的唐素素和簡兒欲言又止，不知道自己該不該過問？最後兩個人都微微撇開了目光，或許安玉善想要的依舊是一個人的安靜。

「木槿，幫我準備文房四寶。」安玉善自然感覺得出大家的關心，但她只是笑笑，沒有多做解釋。這件事她自己都沒有弄明白，又怎麼解釋得清楚呢？

而且她想起了與神相大人初次見面時，他對自己說過的那些話。

來有來處，去有去處，凡事又何必弄得清楚明白？心若安，四海皆是家。

所以，她決定不去想那麼多亂七八糟的煩心事，不如抓緊時間做好眼前的事，首先就是補全這《墨醫殘卷》的後半部分。

等到這天晚上在客棧歇息時，安玉善將木槿準備好的文房四寶拿到房中，不許任何人打擾她，然後專心在房中默寫醫書。

「自從那夜聊過《墨醫殘卷》之後，小師妹這兩天就一副心事重重的樣子。」安勿言不是一個特別細心和關注別人的人，連他都察覺出來的事，別人自然都看出來了。

「不過小師叔今天看起來心情還不錯，怎麼這會兒又把自己關在房裡了，連吃飯都讓木槿單獨送進去？」安小遠也有些擔心。

「玉善姊姊做每一件事情都有自己的理由，她不可能無緣無故地不開心，也不可能無緣無故地開心。」趙恆也托著腮盯著安玉善的房門。

自從安玉善進屋之後，他們這些人就都聚在房門外的走廊觀望，都想猜出安玉善異常的原因。

「你這說的不是廢話嗎？我覺得小師叔這幾天的反常肯定和那卷醫書有關係！」安小遠肯定地說道。

不過，到了次日清晨，安玉善的房門一打開，他們就明白她把自己關在房間裡的緣由了。

「兩位師兄，送給你們。」安玉善分別拿出兩本書冊遞到了陳其人和安勿言手中。

「這是什麼？」陳其人不解地問道，安勿言則是遲疑了一會兒就接了過去。

「《墨醫殘卷》的全冊。」安玉善笑道。

「什麼？」安勿言手中剛拿到的兩本書差點被他驚得掉落在地，好在他反應快，又像寶貝似地摟在了懷裡。

陳其人則是趕緊翻開查看，上冊和他所記得的一模一樣，而下冊他沒有見過，竟然是一些珍貴的治病藥方。

「師妹，這真的是《墨醫殘卷》的下冊？」陳其人緊緊地握著手中的兩冊書。

「這是我記憶中的全冊，上冊為針灸秘笈，下冊為治病藥方，不過為醫者不能單靠這些書本上的知識，就連這藥方也要根據病人的具體情況而下藥。」安玉善笑著解釋道。

「小師叔，我明白妳說的意思，『同病異治，異病同治』，對不對？那……那我們能看嗎？」安小遠幾人也露出極度渴望的目光。

「等你們師父和師伯看完之後，你們拿空白書冊謄抄一份便是，兩位師兄應該不會反對吧？」安玉善笑著問道。

「當然。我這上冊已經熟記了，你們先拿去看，下冊我先仔細研究研究！」陳其人將《墨醫殘卷》的上冊遞到了趙恆手中。

「多謝師伯，我這就拿筆墨去謄抄！」趙恆激動地說道。

「馬上就要趕路了，等到晚上歇息時再謄抄也不晚。」安玉善笑著說道。

「我騎馬快，玉善姊姊你們先走，我一謄抄完就趕上你們！」趙恆一點時間也不想耽擱，拔腿就往外跑，他要先去書肆買空白書冊。

安小遠、唐素素和安齊傑也都不想立刻離開，於是安玉善一行人只好在客棧又多停留了一天。

安家送來的醫徒也知曉了《墨醫殘卷》的事情，不等他們來問，安玉善就讓他們都各自準備空白書冊來謄抄。

再次上路的時候，整個車隊都變得很安靜，除了季景初、邵華澤、慕容遲幾人，其他人幾乎人手一本醫冊，十分認真地閱讀牢記。

「不就是一本醫書嗎？這些人都跟傻了似的！」慕容遲騎在馬上，搖搖頭說道。

同行的邵華澤一笑，說道：「如今有機會得到極少面世的上古醫書，這對於學醫之人來說可是極大的驚喜，這就好比想學武的得到了一本武功秘笈，自然是廢寢忘食了。」

「物以稀為貴，寶物人人在手，那還有什麼稀罕的！」慕容遲聳聳肩說道。

「醫書不是用來讓人稀罕，是用來救人性命的，大夫們醫術越精進，這天下的病人就越能得到好處。」季景初能瞭解安玉善將醫書和醫術傳播開來的目的，自然也十分支持。

「表弟說得沒錯，慕容公子，不是人人都喜歡把寶貝藏起來的。」邵華澤看向慕容遲，輕聲一笑。

「好吧，我就是個只識金銀珠寶的富家子弟，心中可沒有什麼家國天下。」慕容遲故意自嘲道。

「你也不用把自己說得這麼不堪，至少你的金銀珠寶也能幫到別人。」季景初笑道。

「說得也是，這樣想想，我活著還是挺有用的！」慕容遲挺胸，得意一笑。

就這樣，一行人說說笑笑，終於在年前回到了京城，雖然天寒地凍，不過一進城，還是能感覺得出即將到來的熱鬧氣氛。

安玉善剛回到逍遙伯府見過家人，就被皇帝一道聖旨召進了宮。經過永平帝一番縝密的調查，已經確定那些在三州作亂的人就是來自東竹國。

而在安玉善待在渠州治病救災的這段日子，蘇瑾兒的肚子已經明顯地大了一些。

在安玉善破陣除瘟的大好消息傳回京城那天，永平帝當著滿朝文武官員將蘇瑾兒有孕之事公布出來，喜上加喜，一時間京城不安的情緒也得到了控制。

他這次急召安玉善進宮，主要也是為了蘇瑾兒的身體。自懷孕後，她晚上總是醒來後就睡不著，胃口也是時好時壞。

安玉善進宮給蘇瑾兒診了脈，永平帝一直在旁邊守著，見安玉善起身，忙問：「靈伊郡主，瑾兒身體如何？」

「沒什麼大礙，皇后娘娘不過是有些焦慮，進而造成晚上失眠。讓心情開朗些，不用吃藥便能痊癒。」安玉善笑著說道。

想來是這段時間三州瘟疫的事情讓蘇瑾兒掛了心，再加上她腹中不止一個胎兒，難免思慮過多，且冬季嚴寒，也不能到外邊走動，人的心情自然會抑鬱些。

「都是我不好，總是莫名其妙想太多，只要孩子們沒事就好。」懷孕之後，蘇瑾兒覺得自己變得敏感脆弱，但她也明白，作為母親，她必須要堅強勇敢起來。

「放心吧，有我這個女神醫在，皇后娘娘還怕什麼？」安玉善開起了玩笑。

「嗯！」蘇瑾兒露出輕快的笑容。「如今妳這女神醫是真正的名動天下，不但會治病，還會破陣，聽說妳把上古醫書的殘卷給補全了，甚至開放給別人謄抄，玉善妹妹，妳真是天下醫者的表率！」

「皇后娘娘您太過誇讚我了，人活在世上總要留下點什麼，我是個大夫，也不過是盡職而已。」安玉善笑著說道。

「說得好！」永平帝也笑著稱讚。「如有什麼朕能幫得上的，儘管提。」

「多謝皇上美意，那到時候臣女可就不客氣了。」安玉善也笑了。

「咱們都是一家人，客氣什麼！」蘇瑾兒摸著肚子笑道。

從宮裡回來後，安玉善發現逍遙伯府門前停了不少車馬，許多人陸續地往裡面走去。

「靈伊郡主回來了！」不知誰看到安玉善的馬車，高聲喊了一句，立即有不少人圍了上來。

「你們都是什麼人？」安正先停下馬車問了句。

「在下都是來自各地的大夫，聽說靈伊郡主准許門下子弟謄抄《墨醫殘卷》，世人皆知郡主仁德，大家都是同行，不知郡主可願將醫書借由我等謄抄？」來人誠意十足地問道。

「各位莫急，明日我會將《墨醫殘卷》全文張貼在安氏醫館和醫學院等處，大家準備好空白書冊和筆墨紙硯即可。」安玉善不懂這些人為什麼都來找自己，她記得此事已交給陳其人來做，怎麼太醫院沒有任何消息傳出來呢？

「多謝郡主慷慨，郡主才是真正以蒼生百姓為念的大醫者！」一聽安玉善這麼說，聚集而來的大夫們都欣喜若狂。

好不容易回到了伯府，安玉善發現陳其人、任太醫等人都在廳內。

「陳師兄，我不是把《墨醫殘卷》普及化的事情都交給你嗎，怎麼這些人都跑逍遙伯府來了？你還沒有奏明皇上嗎？」安玉善有些不解地看向正緩緩飲茶的陳其人。

「師妹，這個決定是妳做的，名聲自然也應該由妳來得，天下醫者應該感謝的也是妳，師兄可不能搶這個功！」渠州一行，陳其人的心態早就發生了變化，以前的野心與對名利的渴望似乎淡了不少。

「師兄，你知道我不在意這些的。」安玉善明白了陳其人的心意，她的這位師兄和以往彷彿有些不同了。

「師兄知道，不過這件事我認為還是應該由妳來做。」陳其人抿嘴一笑說道。

「你們師兄妹就不必為此爭論了，這幾日我已經接到很多好友的加急來信，希望能有幸一觀《墨醫殘卷》，現在越來越多的學醫者都往京城這邊來了。」任太醫笑呵呵地插話道。

「我剛才在外面已經告訴那些人，明日會在安氏醫館等處把《墨醫殘卷》上的內容全部張貼出來，讓他們自己來謄抄。」安玉善說道。

「這個方法好，我再奏明皇上，在其他各州也照此辦法，但凡學醫者想要《墨醫殘卷》，就都不是問題！」陳其人也說道。

第二日一大早，安氏醫館門前就聚集了不少人，且大多是五、六十歲的老者，都在翹首以盼《墨醫殘卷》公布。

外邊天冷，安玉善也沒想到會來這麼多人，乾脆將地點改在附近的一家學堂內，從這天之後一直到新年，都有人絡繹不絕地前來。

這樣的情形也讓安玉善看到大家對學醫的熱情和執著，就連那些對醫書不感興趣的人，聽說這本《墨醫殘卷》的下冊是一些珍奇的藥方，也來謄抄回家自己收藏翻閱。

書商們更是從中看出商機，新年沒過，書肆裡已經有人開始賣《墨醫殘卷》全冊。

除夕這天守歲時，安玉善告訴家人，她打算新年一過就開一家書鋪，主要是賣醫學典籍。

「玉善，開書鋪不是小事，妳又要給人治病，還要在醫學院教學生，哪裡有那麼多時間再來看顧書鋪呢？」安松柏有些擔憂地說道。

「是呀，玉善，妳爹說得對，渠州的事情剛忙完，妳一回來連個休息的空閒也沒有，再折騰別的事情，就是鐵打的身體也受不了。」

尹雲娘怎麼看都覺得自己小女兒這次去渠州回來瘦了一大圈，雖然讓府裡的廚娘精心做了不少她愛吃的吃食，可她忙得連吃口飯的時間都沒有。

「爹、娘，書鋪的事情我會交給專門的人來打理，我不過是提供一些意見，與其讓大家辛苦謄抄醫書，不如印刷出來，這樣醫書傳播的速度也會加快。」其實從渠州回來的路上，安玉善就有了開辦書鋪的心思。

「玉善，爹瞭解妳的心思，妳無非是希望老百姓們能多懂一些藥理，這樣遇到一些簡單的病痛，不用找大夫自己就可以治好了。可普通百姓不會識文斷字，就算妳醫書印得再多，對他們來說用途也不大。」安松柏不想給女兒潑冷水，但他希望安玉善能看清現實。

「爹，你說的這種情況我也想到了，讓醫術發揚光大不是一時的事情，甚至不是一輩人的事情，但總要有人先開頭去做，皇上已經答應廣開學堂、降低束脩，讓貧民家的孩子也能有機會讀書，而除了開書鋪，我還會和師兄、任太醫他們商量採用其他方式來傳播一些基本的醫學常識。」安玉善說道。

「其他方式？」安松柏不解地看向女兒。

「沒錯，比如將藥草名編成童謠在百姓間傳播，或者將醫藥知識編進曲藝之中，我也會定期讓醫學院的學徒教百姓們認識藥草。二姊畫的藥草最逼真，她已經答應我，會把自己熟知的藥草都仔細畫出來，還會教一些畫師調色，再讓他們臨摹，這樣一來，百姓們認識藥草就更快了。」安玉善笑著說道。

「妳倒是心細，什麼都想到，那娘也就不擔心了。對了，妳也可以讓妳大姊和大姊夫幫忙，把那些藥草都畫成繡樣再繡出來，這也是一個好辦法。」尹雲娘放下擔憂，轉而也幫安玉善出起了主意。

「娘說得是，等大姊他們回來，我就和他們說。」安玉善笑道。

「我看咱們平常用的鍋碗瓢盆上也可以刻上藥草圖案，想不記住都難！」安松柏也跟著出謀劃策。

就這樣，除夕守歲就在安家人熱鬧的討論中過去了。

第八十三章 活字印刷

年後第一天，京城有廟會，沒有回慕容山莊的慕容遲非要邀上季景初、安玉善、簡兒等人去逛廟會。

安小遠、趙恆也拉著阿虎跟著湊熱鬧，就連陳其人和安勿言也都跟來了。

京城的廟會十分熱鬧，一行人逛了大半天，在臨街的一家酒樓雅間坐下歇息，安玉善便趁此時把自己要開書鋪的打算告訴了眾人。

「開書鋪可賺不到什麼銀子！」慕容遲張口就接道，結果換來眾人一陣白眼。「你們幹什麼這樣看著我？我沒說錯呀，我們慕容山莊就有兩家書肆，一年掙的銀子還不夠我一頓飯錢！」

「你們慕容山莊是財大氣粗，你慕容公子更是見人就撒錢，可玉善姊姊才不是你那樣的俗人，她開書鋪肯定是為了別人。」趙恆用一種鄙視的眼光看向了慕容遲。

「有銀子就是俗人了？我告訴你，沒銀子什麼事情都辦不成！」慕容遲故意說道。

簡兒有些無奈地看了他一眼。這男人就喜歡嬉皮笑臉地說話，要不是去渠州的路上對他有了更深的瞭解，自己這會兒肯定誤會他是個銅臭滿身的男人。

「哼，我才不信呢，銀子是不能買來一切的！」趙恆不同意地道。「玉善姊姊，妳真的要開書鋪？」

「不錯，我打算開一家專賣醫學典籍的書鋪，書的形式也不只是文字，裡面還有搭配圖畫。」安玉善笑著說道。

「那我們能幫妳什麼？」季景初看向安玉善問道。

「我對開辦書鋪現在是一竅不通，不過大體的流程我還是知道的，你們人面廣，我想找一些工匠來幫忙，從刻字、排版、印刷到出售，我希望能全程參與；另外，我還需要將所有的醫學典籍重新進行校正和編寫，我發現很多醫書裡面的內容是不正確的。」安玉善說道。

「我可以幫妳收集更多的醫書，校正和編寫方面我也能幫上忙。」這可是利國利民又能傳揚醫道的大好事，陳其人想都未想就說道。

「我也可以幫忙，咱們安家的藏書樓可是有不少醫書呢！」安勿言也跟著道。

「找工匠這種事情就交給我吧！」季景初淡淡一笑說道。

「還有我，既然是全程參與，總需要紙張之類的吧，我幫妳找一家最好的造紙作坊，筆墨之類的也交給我！」慕容遲笑著說道。

「小師叔，我字寫得不錯，可以幫忙謄抄！」安小遠也連忙道。

這個時空雖有印刷術，但印刷的質量太差，以至於書肆裡的書仍是以謄抄為主，家境不好、字寫得好的書生也都是以謄抄書冊的方式賺取一些額外的收入。

「不用了，我有更好的辦法。」安玉善神秘一笑。

「什麼辦法？」眾人都一臉好奇地看向安玉善。

安玉善故意賣個關子。「很快你們就會知道了！」

接下來幾人又坐在一起討論有關開辦書鋪的事情。休息一陣後，因為廟會上的人越來越多，安玉善一行人便打算回去了，然而回程的路上，卻遇到了一段小插曲。

有一個五、六歲的孩童跟著父母來逛廟會，卻被乾果卡住喉嚨，眼看那孩子就要翻白眼窒息了，他爹娘都嚇得面色發白。

幸運的是正好被安玉善一行人遇上，趙恆二話不說就按照之前安玉善教給他的特殊推拿術救了那個孩子，剛好有百姓在安氏醫館見過趙恆等人，認出了他們的身分。

為免引起騷亂，一行人就更不敢在廟會上待了，趕緊匆匆回來。

一路上，趙恆都顯得特別興奮，這還是他第一次單獨救人，非常有成就感。

接下來的整個正月，眾人都在為書鋪的事情忙碌，而季景初也以最快的速度找到安玉善需要的工匠。

這天，季景初、慕容遲來到安玉善用於印刷的宅院，卻發現那些能工巧匠們在玩泥巴。

「郡主，妳不是要開辦書鋪嗎，怎麼這裡的人都在玩膠泥？」慕容遲不解地問道。

「我的確是要辦書鋪，不過這可不是單純的玩泥巴，我是在讓工匠們做活字版。」安玉善笑著解釋。

「活字版？」季景初也是頭一次聽說這新奇的東西。

「不錯，就是活字版。」安玉善領著兩個人從頭開始觀看。

在院子的東南角，幾位年輕的匠人正用十分細膩的膠泥製作成一個個大小相同的小型方塊，接著交給另外的工匠。

這些工匠拿到膠泥製成的方塊後，一個個拿起刻刀在方塊上刻上凸面反手字，臨摹的字體是大晉朝最著名的一位已逝老學士的字體。

字刻好之後，會有另一批工匠用火把膠泥方塊字燒硬，並分別放在木匠師傅早已經做好的木格子裡，然後在一塊鐵匠師傅特製的鐵板上鋪上蠟、松香和紙灰等黏合劑，按照字句段落的形式將一個個膠泥方塊字按照次序擺放。

之後工匠再在四周圍上一個鐵框，用火烘烤，將黏合劑熔化，與膠泥字塊結為一體，再趁熱用平板把版面壓平，冷卻之後便可以印刷了。

印刷結束之後，再把印版用火烘烤，待黏合劑一熔化，那些膠泥字塊便可以一個個拆下來，留著再次排版再用。

這便是在現代眾所周知、畢昇發明的活字版印刷術，這種印刷術尤其適用於古代大量的印刷書籍，極大地提高了印刷效率。

看完整個流程的季景初和慕容遲都對這種新奇的印刷術產生了極大的興趣。

「郡主，我不得不佩服，能想出這樣的方法改善印刷術，妳可是古今第一人！」慕容遲一臉欽佩。

「你別誇我，這種好辦法可不是我想出來的，是一個叫畢昇的人想出來的。」安玉善不敢居功。

「畢昇？他是誰？」季景初不記得安玉善身邊出現過一個叫畢昇的人。

「他是一個很聰明的人，不過他已經不在這個世上了。」安玉善微微一笑，沒有說太多。

「真是可惜，這個叫畢昇的人想出來的辦法可真是好，不過我之前怎麼從來沒聽說過這種印刷術呢？」慕容遲有些狐疑地看向了安玉善。

「慕容公子，這個世上你不知道的事多著呢，這叫活字版印刷術，另外印刷的紙張和墨也都經過工匠師傅們改進，現在印出來的質量還不錯。」安玉善拿出幾張已經印好還沒有裁剪的紙張給兩人看。

「這是《墨醫殘卷》上的內容？」季景初看了兩行後道。

「沒錯，我讓工匠師傅們印刷的第一本書就是《墨醫殘卷》，這本書雖然已經有很多人親自謄抄，但需求量還是很大，而且印刷製程經過改進，一本書冊的價格會比現在書肆的價格要便宜多。」安玉善笑著說道。

「郡主，照妳這樣的速度印書，這天下一半窮困的學子們可就找不到抄書賺錢的門路了。」慕容遲開玩笑地道。

「可他們以後能讀到的書變多了，任何事情都有利有弊，我認為開辦書鋪是利大於弊的。」安玉善說道。

「說得對！」慕容遲呵呵一笑。「不過妳這個院子雖然看起來挺大，對天下渴望讀書的學子們來說還是有些小，工匠們也不夠用。」

「回去我再給妳找些工匠來。」季景初剛才已經發現刻字工匠人數最少，但工作量最大，所以無形中也會減緩印刷的速度。

「好，如果可以，我希望皇上能推廣這種活字印刷術，書賣得越便宜，百姓們就越能受益。」安玉善說道。

「這件事情交給我來辦吧！」季景初義不容辭地道。

從安玉善那裡回來之後，季景初就進了宮，還拿著幾塊刻好字的膠泥方塊。

永平帝在御書房單獨面見季景初，後者將在安玉善那裡看到的一切都詳細告訴了永平帝，也把活字拿給永平帝觀看。

「這靈伊郡主真是想的好辦法，如此一來，印刷書冊便能省時省力，朕也希望天下的百姓都有書可以讀。」永平帝不是一個目光短淺之人，他尚武也重文，認為武能安邦，文能治國，文武相輔相成，國家才能越來越強大。

大晉朝歷來都是「武氣重、文氣弱」，上馬殺敵的悍將多不勝數，但謀略博學的文臣卻鳳毛麟角，如今天下太平，他這個皇帝要在「文」上多下些功夫。

「皇上，玉善說這個方法是一個叫畢昇的人想出來的，雖然那人已經仙逝，不過他留下的這個好辦法卻流傳永世。」季景初說道。

「畢昇？」永平帝也好奇此人是誰，但季景初也表示不知道。

永平帝沒有再糾纏活字印刷術到底是誰發明的，反正這個方法安玉善已經掌握，那麼就要好好利用。

「景初，你去告訴靈伊郡主，活字印刷術的事朕定會昭告天下，另外朕還要辦一間皇家書肆，除了醫學典籍，其他的書朕會讓皇家書肆來印刷。來人，去把學士閣的幾位大學士都召進宮來，朕有要事要與他們商議。」永平帝大喜道。

「臣遵旨。」季景初轉身離開了御書房。

永平帝與眾位學士商議後，過了幾日便將活字印刷術昭告天下，並廣招天下的能工巧匠，預備納入皇家書肆。

同時，經過日夜趕工，由安玉善幾人合辦的醫典書鋪第一版《墨醫殘卷》開始在書肆出售，不但價格低廉，書肆還附贈一支毛筆。

「掌櫃的，你們這樣賣書不會虧本嗎？」前來買醫書的人不解地問了一句。雖說買書的希望書越便宜越好，但真要價錢太低，也讓人心裡沒底。

「這位客官，我們書肆雖然賺得不多，但也不會虧本，能為天下讀書人做點好事、行個方便，也是我們的榮幸不是？」書肆掌櫃的嘴巧，笑著說道。

前來買書的客人還被告知過幾天會有一本新醫書上市，乃是安玉善親自編寫的《中醫兒科學》上中下三冊。

此消息一出，許多人蠢蠢欲動。畢竟對大多數大夫來說，孩子的病因最難找，有時也是最難治的。

這天，春意漸濃，書肆的夥計才剛剛開門，就看到門外已經排了長長的隊伍。

他嚇了一跳，心想怎麼會有這麼多人？

「夥計，靈伊郡主編寫的醫書到了嗎？」這些人都是衝著安玉善的《中醫兒科學》來的。現在誰不知道安玉善這女神醫一身的醫術「來歷不明」，又曾兩次寄命佛堂，她寫的醫書說不定就是天上醫仙教給她的寶書。

「各位客官，書是到了，可是……」夥計想到還沒擺上櫃子的那一車書。原以為要賣個十天半月的，現在看來是根本不夠賣呀！

「可是什麼？書到了就趕緊搬出來，我們都急著看呢！」有人大聲喊道。

「快去給大家搬書吧！」掌櫃的一看這麼多人，頓時心花怒放。

不一會兒，店裡的兩名夥計就把還泛著油墨清香的書籍搬了出來，沒等夥計們往櫃子上擺，就有客人著急地掏出了銀子。

「先給我來三冊！」

客人的銀子到了眼前自然要收，於是掌櫃的直接讓夥計搬來一張桌子，把書放在桌子上，客人們付了銀子就能拿到書冊。

「客官拿好，這是您的書！」夥計將三冊書放在客人的雙手上。

「夥計，也給我來三冊！」

「還有我的！」

「我也要！」

不到一個時辰，新書全都賣完了，還有好多排隊的客人沒有買到。

「各位客官對不起，今天的書都賣完了，明天再來吧！」掌櫃的不好意思地賠罪。

「掌櫃的，你們怎麼才只有這麼一點書，不是說靈伊郡主用的是活字印刷，一本書印出來的速度很快嗎？」有人不滿地說道。

「哎喲，這位客官，您說得是沒錯，可活字印刷就算再快，那字不也得一個個刻上去再印出來，等油墨乾了才能找工匠裁好、訂好，這都是要花時間的。總之請大家放心，這書是一定會有的，人人都能買到！」掌櫃的笑著給客人們解釋。

「掌櫃的，老夫的書還留著吧！」這時一位威武的老者從人群中走出來。

一見來人，掌櫃的趕緊笑著說道：「秦老王爺，您這是說的哪裡話，早幾天您就付了訂金預定好了，這書自然有您的分，小的給您留著呢！」

「那我的呢？」這時又走出一位英武之人，正是游將軍。

「游將軍，小的自然也幫您保留了！」掌櫃的恭敬笑著，趕緊讓夥計把一早就預留好的兩冊書分別拿給了秦老王爺和游將軍。

還等在書肆門前沒走的客人有些埋怨，他們不敢對秦老王爺和游將軍說什麼，卻對掌櫃的生氣道：「掌櫃的，你剛才不是說沒有了嗎，怎麼又多出兩套來？」

「是呀，掌櫃的，你怎麼出爾反爾呢？」

「掌櫃的，大家都是拿銀子來買書的，你這樣做事太不公平了！」

面對客人們七嘴八舌的斥責，秦老王爺冷冷掃了一眼，人群登時鴉雀無聲，他這才說道：「你們不要為難人家掌櫃的，老夫可不是仗勢欺人的小人，早兩天老夫就已經拿訂金給掌櫃的，讓他給我保留書冊，買賣自然是公平的！」

「秦老王爺說得沒錯，本將軍也是預付了訂金的，你們要是之前預付了訂金，自然是有你們的書冊了！」游將軍也大聲說道。

客人們這才明白事情的緣由，一時都有些尷尬，好在掌櫃的開始打圓場，說是今日預付訂金的，明日也會拿到書冊。

於是許多客人開始爭先恐後地先付訂金。反正訂金也不多，還能保證拿到書冊，也不怕他們會賴帳。

第八十四章 殺人償命

秦老王爺和游將軍拿了書冊後就一同離開了，兩人對於活字印刷出來的書冊都十分好奇。之前的《墨醫殘卷》他們都是讓人謄抄的，而這本全冊的《中醫兒科學》除了採用新的印刷方式以外，還是安玉善親自編寫，他們也都對之很好奇。

「老王爺，這活字印刷出來的字清晰工整，這紙張和油墨一看也都是上等貨！」游將軍翻看了幾頁後讚道。

秦老王爺點點頭。「的確是不錯，內容更是好，那《墨醫殘卷》裡的藥方我讓人試了試，還真有效。」

「老王爺，您又不是大夫，這藥可不能亂吃呀！」游將軍呵呵一笑說道。

「老夫是那種不知好歹的人嗎？這藥方我問過我孫子，他現在醫術可好得很。這三冊醫書老夫也要拿回去好好翻閱，等到以後有了小重孫，遇到急症也不會慌了！」秦老王爺笑著說道。

「老王爺說得是，在下也是這樣想的。我家孫輩多，這大夫醫術有高有低，自己多懂一些，心裡也有底。」游將軍笑道。

「正是如此！」

兩個人正走著，突然聽到前方傳來吵嚷斥罵之聲，走近一看才知道，是一個長得油頭粉面的年輕男子正當街調戲一個賣脂粉的姑娘。

「豈有此理，光天化日之下竟敢做出如此無恥下流之事，看老夫不教訓教訓他！」秦老王爺怒從中來。

「我也來！」游將軍也怒喝道。

於是兩個脾氣本就火爆的疆場悍將，你一拳我一腳就把那年輕男子打得嗷嗷直叫，卻不想也因此惹下一樁禍事。

痛快揍人之後，秦老王爺和游將軍又訓斥那人幾句，這才轉身離開。哪想到那人禁不起幾下拳腳，還沒被抬回家門就斷了氣。

午時未到，京城州府衙門外的鳴冤鼓就被人敲得震天響，一對年過半百的老夫婦讓人抬著一具屍體，到了衙門外喊冤。

京城知府詢問過後得知，這對老夫婦是京城東街米鋪的孫掌櫃和他妻子毛氏，死了的是他們的獨子孫寶。

孫掌櫃和妻子毛氏成婚多年才得一子，十分溺愛，結果把兒子孫寶養成了一個吃喝嫖賭的小無賴，每次孫寶惹了事，都是孫家拿錢了事。

沒想到今日孫寶當街調戲姑娘，被秦老王爺和游將軍遇上，兩個習武多年的人拳打腳踢一番，孫寶哪能禁得住，本就脆弱的身子骨一下子就送給了閻王殿。

愛子被人打死，孫掌櫃和毛氏痛不欲生。兒子雖有很多壞毛病，但從未幹過殺人放火的事情，即便當街調戲了人家姑娘，也罪不致死。

於是兩人抬著屍體到了州府衙門，讓知府給他們作主，為他們冤死的兒子討個公道。

知府派衙差一打聽，心下就作了難。打死人的是連皇帝都不敢惹的秦老王爺，還有威名赫赫的游將軍，別說是殺了一位平民百姓，就是殺了當朝權貴，他一個知府也沒能力動他們。

思來想去，知府暗中勸說孫掌櫃夫婦莫要再打這場官司，畢竟是他們兒子有錯在先，但孫掌櫃夫婦不依，還說知府辦不了這案子，他們就去告御狀。

各自回到家的秦老王爺和游將軍得知人被他們打死，心下也有些愧疚，立即派人去孫家送了些銀兩之物，怎奈孫掌櫃夫婦得知打人真凶的身分，並不懼怕和妥協，一心要秦老王爺和游將軍殺人償命。

好多人都說孫掌櫃夫婦瘋了，他們兒子也不是個什麼好人，被打死原也是咎由自取，再說秦老王爺是皇親國戚，游將軍是大晉朝的功臣，這場官司於公於私孫家都討不到好處，不如見好便收。

「我兒子罪不致死，這是天子腳下，他們就是再有權有勢也不能隨意殺人，就是賠上我這把老骨頭，我也要給我兒子討個公道！」孫掌櫃不依不饒地說道。

也不知道這件事怎麼就引起了御史們的關注，一道道斥責秦老王爺和游將軍枉害人命的奏摺就送到了永平帝的龍案前，讓這位當朝帝君也是左右為難。

「這不過是尋常一件普通官司，怎麼就扯到了皇上的面前？」安玉善一直關在房內編寫書稿，等她知道這件事時，被御史們煩得頭疼的永平帝已經命令秦老王爺和游將軍在家中閉門思過。

「原本此事能大事化小、小事化無，只是沒想到御史們站了出來，還挑出老王爺和游將軍的錯。」

深夜，在安玉善於逍遙伯府內的書房，季景初又做起了「夜行君子」，房內就他們二人。

「依照大晉朝的律法，當街調戲良家婦女是什麼罪？」安玉善也覺得此事有些棘手。由於永平帝登基後曾重新修訂了大晉朝的律法，不管這次秦老王爺和游將軍是出於何意教訓那人，如果他們真的觸犯了律法，又有御史們參與其中，就是永平帝有心袒護，也是困難重重。

「杖責之罪。」季景初答道。

「要是犯罪之人身子骨弱，本該打三十大板，但打到一半就死了，那知府是不是也要殺人償命？」安玉善問了一個「意外情況」。在她看來，這次秦老王爺和游將軍遇到的事情也是個「意外」。

「應該不會，知府是依法辦事，並沒有做錯，但這次老王爺遇上的事情與妳所說的還是有些不同。他們雖是仗義出手，卻失手殺了人，依照大晉朝的律法而言，是應該被關進大牢的，只是同樣罪不致死。」季景初想了一下說道。

「既然大晉朝律法嚴明，依我之見，為了堵住那些御史們的嘴，倒不如依法來辦。」安玉善說道。

「皇上也正是這個意思，秦老王爺和游將軍也願意接受懲罰，不會覺得委屈，只是御史們不依不饒，還將秦王府之前的風波拿出來做文章，說秦老王爺仗著自己的身分和戰功，目無法紀、藐視君上，殺人本就該償命，竟是一心要致老王爺於死罪。」提起御史，季景初就沒了好臉色。

「之前的什麼事？」安玉善不解地問道。

「就是上次秦王府府兵圍困瓦番國驛館的事，當時就有好幾個御史不滿秦老王爺的做法，認為他為了一己之私將大晉朝置於危險之中，全然不顧國家社稷。」

「那件事不是早就過去了？再說御史們這次針對秦王府口誅筆伐，看起來有些太過，我還記得當初葛輝當眾調戲良家婦女的時候，就被秦老王爺斬下了腦袋，當時百姓們拍手稱快，那些御史們也沒有多說什麼。」

「這件事情看起來簡單又順理成章，皇上和我也都覺得像是有人在故意針對秦王府，這些御史之中難保不會有太子和定王府一派的餘孽在。」

「你的意思是說，有人故意在背後煽風點火，為的是給葛家報仇？」

「這個假設還沒有得到驗證，不過我已經讓慕容遲去查了，相信過不了多久就會有結果。」

只是還沒等慕容遲調查的結果送來，這件事在京城便越演越烈，不明真相的百姓們也跟著湊起了熱鬧。

不管哪朝哪代，窮人和富人、貧民和權貴之間都存在著不可調和的誤會和矛盾，尤其是在經常被權貴壓迫的百姓心裡，他們習慣性地將同情心給予弱者。

很明顯的，老年喪子的孫掌櫃夫婦就是大家眼中的「弱者」，而且經過有心人的「宣揚」，孫寶的罪行被弱化，秦老王爺和游將軍「下手狠辣」和「仗勢欺人」的帽子被越戴越高。

謠言與誤解就像滾雪球一樣越滾越大，也漸漸激起了民憤，很多「感同身受」的老百姓都認為該還可憐的孫掌櫃夫婦一個公道，對秦老王爺和游將軍也都充滿了怨懟。

一時間，秦王府和游府成了漩渦中心，尤其是秦王府，下人們出門都會被人在背後指指點點。

「玉善姊姊、玉善姊姊！」這天，趙恆急著跑來找安玉善。「他們讓皇上殺了我爺爺，玉善姊姊，我該怎麼辦？」

趙恆自小就只有秦老王爺一個親人，後來他把救了他性命又教他醫術的安玉善當成了另一個重要的親人。

就在剛才，永平帝已經下令把一直閉門思過的秦老王爺和游將軍抓進了大牢，此時趙恆能尋求幫忙的人就只剩下安玉善了。

「別慌，你可是秦王府的小王爺，未來的王府當家人，怎麼還如此不沈穩？」安玉善示意趙恆冷靜下來。「說說到底是怎麼一回事？」

趙恆大喘了一口氣，然後將秦老王爺被抓走的事說了出來，又說幾個御史聯名上奏，要皇上斬了秦老王爺以平息民憤。

「玉善姊姊，皇上要真把我爺爺殺了該怎麼辦？」趙恆著急地說道。

「你別著急，皇上不會輕易下這個決定的，抓秦老王爺進大牢不過是先堵堵那幫御史言官的嘴，老王爺不是故意殺人，於公於私他都不會被判死刑，那幫御史心裡應該也很清楚，他們不過是想拖垮秦王府而已。」這幾天安玉善分析來分析去，都覺得御史們是故意借這次打死人的事件來為難秦老王爺。

「我爺爺又沒得罪他們，他們為什麼要這樣做？再說那孫寶，依我看活著也是個禍害，爺爺他沒做錯！」趙恆氣惱地說道。

「有些事情不是光憑對錯就能評斷的，趙恆，你已經是大人了，無論什麼時候都應該保持冷靜和理智，兩軍對陣，主帥的心可不能亂。」安玉善教育他道。

「玉善姊姊，我知道了。」趙恆點點頭。「可我還是很擔心爺爺，他老人家脾氣大，要是想不開……」

「傻小子，你當老王爺和你一樣沒經過風浪？他可是大敵當前，臨危不亂的沙場老將，這點事情又怎麼會讓他想不開？」安玉善笑了笑說道。「好了，你也別擔心，待會兒我陪你去大牢裡探望他老人家去。」

聽到安玉善這樣說，趙恆的心莫名安定了不少，聽話地點了點頭。

雖然秦老王爺和游將軍被押進了皇家的天牢，可依安玉善和趙恆一個郡主一個小王爺的身分，很輕鬆地就進到天牢裡探監。

秦老王爺和游將軍被關進了一間牢房，牢頭自也是個精明的，找了間最乾淨的牢房給他們，又準備了被褥、茶水等物，恭敬地奉上。

安玉善和趙恆拎著食盒往兩人的牢房走時，正聽到秦老王爺和游將軍談笑風生。

「哈哈哈，真是沒想到，老夫這輩子還有機會進進這皇家的天牢！」秦老王爺的話中只聽到調侃輕鬆的語氣，並沒有任何鬱悶和抱怨。

「老王爺您說得是，咱們上陣殺敵沒有在一起過，如今這牢房之中也算同住一室，真是緣分呀！」游將軍也是爽朗一笑。

「想老夫一輩子殺敵無數，沒死在敵人的刀劍之下，倒因一個無賴有了這牢獄之災，想想也是憋屈，要是有好酒一嚐，我這憋屈也能散了！」秦老王爺笑道。

「這個簡單，讓牢頭給買兩罈去！」游將軍說著就要朝外喊。

就在這時，安玉善輕輕一笑，說道：「牢頭買的酒哪有我釀的酒好喝！」

「靈伊郡主！」游將軍看到她，臉上一驚，秦老王爺卻笑了起來。

「丫頭，妳來看我了，拿的什麼好東西，我都聞到香味了！」秦老王爺笑呵呵地，這時跟來的牢頭慌忙打開了牢房的門，安玉善和趙恆走了進去。

「爺爺，您沒事吧？」趙恆擔憂地問道。

「我能有什麼事情？難不成你以為有人要對我用刑嗎？哈哈哈，小子，爺爺沒事！」秦老王爺拍了拍趙恆的肩膀大笑道。

「老王爺、游將軍，這是我親自釀的藥酒，選取的酒乃是百年陳釀，一共只有三罈，我師父一罈，我老家的大爺爺一罈，這一罈就送給二位品嚐。」安玉善指著剛才趙恆放在桌上的一罈酒。「我還準備了幾道小菜、兩隻烤雞給你們當下酒菜。」

安玉善一把食盒打開，就有撲鼻的香氣冒出來，好酒的游將軍趕緊打開酒罈，馥郁的酒香都能把人薰醉了。「香，真香！」

「有失必有得，有了這好酒好菜，這次天牢進得太值了！」秦老王爺在空中吸了口香氣，笑著說道。

「爺爺，這都是玉善姊姊親自準備的，我想吃一口她都不讓，說是給您和游將軍送過來，還說這酒能除濕氣，就算待在再陰暗潮濕的地方，喝了之後也不會生病。」趙恆在一旁說道。

「妳這丫頭倒是個心細的，多餘的話我就不說，餓了，吃！」秦老王爺對著安玉善感激地看了一眼，接著大笑著直接拿起一隻燒雞吃了起來，再倒了一大碗酒喝下去，只覺滿身暢快。

「玉善姊姊，我也餓了！」看著自家爺爺吃喝噴香的樣子，趙恆有些可憐兮兮地看向安玉善。

「這可是丫頭為我準備的，沒你的分，出去讓她再給你做！」秦老王爺笑著瞪了自己的寶貝孫子一眼。

「爺爺，我又沒說和您搶，您就好好吃吧，回頭我再送好酒好菜過來！」趙恆笑著說道。

「乖孫子！」秦老王爺聽後更開心了。

游將軍也學著秦老王爺的樣子吃起燒雞喝起好酒來，這香味很快就傳遍了整座天牢，引得人饞蟲鬧騰，瞬間就飢腸轆轆。

從天牢出來之後，安玉善看到季景初正站在天牢外的一棵大槐樹下等著她，待她走近後笑道：「有沒有時間喝杯茶？」

安玉善一笑，說道：「難得有時間，就陪公子喝杯茶吧！」

「我也去！」趙恆笑嘻嘻地湊了上來。

季景初冷冷地瞥了他一眼，淡淡說道：「你沒時間。」

「我有……」趙恆到底還是把「時間」兩個字給吞回了肚子裡。

他覺得自己要是接著說下去，季景初保不齊要用眼神殺死他。算了，他還是先回家想想怎麼救爺爺吧。

不過安玉善以為這是一場她和季景初單獨的「喝茶約會」，沒想到到了茶樓雅間後，卻見到慕容遲和她三姊夫黎博軒都在。

看到兩人，她先是微微閃過驚訝，但很快就恢復了正常，有些疑惑地看了看季景初。

「先坐下再說。」季景初毫不避諱慕容遲和黎博軒，拉著安玉善在桌前坐了下來。

「你們兩個到底什麼時候把婚事辦了？怎麼婚期還不定下來？」看到兩人的黏糊勁兒，慕容遲有些嫉妒地說道。簡兒可不會讓他這樣在別人面前拉著她的手。

「這不是你該操心的，還是先說正經事吧！」季景初看了他一眼，沒什麼表情地說。

慕容遲早就習慣季景初的說話方式和面部表情，也習慣了他讓安玉善參與他們的事情。

這個男人還真是信任自己的女人。

「好吧，正經事就是——我已經查出秦老王爺和游將軍這件事是有人借題發揮，故意搗亂的。」慕容遲笑著說道。

「幕後之人是不是廢太子和葛家的舊人？」安玉善好奇地問道。

「不是。」慕容遲搖搖頭。「幕後之人另有其人。」

「是誰？」

第八十五章 戴罪立功

「究竟是誰我現在還沒有查出來，不過根據目前查到的線索來看，這事似乎和瓦番國大皇子有些關係。」慕容遲遲疑了一下說道。

「朝內有人和瓦番國的人過從甚密？」如果是瓦番國的大皇子在背地裡搗亂，安玉善對此並不覺得奇怪，畢竟秦王府和他之間的矛盾很深。

「這個還需要進一步證實。到底是朝內有人和瓦番國有著隱秘的關係，抑或背後之人只是把瓦番國大皇子推出來做擋箭牌，這都不好說。」黎博軒說道。

「三姊夫，你的意思是這件事比預想的還要複雜？」安玉善覺得這些在朝堂、各國之間玩心眼的人實在太累了，一環環、一計計都能把人給繞暈。

黎博軒點點頭。瓦番國的大皇子雖然和秦王府有舊怨，但那位大皇子和二皇子的脾氣性格他多少還是瞭解一些，都是有什麼說什麼的人，這也是瓦番國人的共同特性。

像這種玩陰謀詭計又設計得如此周全的人，並不像是那位瓦番國大皇子的作為，充其量這次他只是被人利用了而已。

「不管是誰衝著秦王府而來，我都有一件事想不通，雖說秦老王爺在大晉朝頗具威名，並得帝王敬重，但他老人家已經多年沒有領兵，秦王府如今也只有一點府兵可用，趙恆年紀尚小，日後亦不會上陣殺敵，除非深仇大恨，否則為什麼要對付秦王府呢？」安玉善說出了心中的疑惑。

在世人眼中，秦王府如今剩下的只有秦老王爺當年的戰功，還有一老一少和一幫沒多少戰鬥力的府兵，又有什麼能引起他人覬覦和摧毀的呢？

「或許秦老王爺這次也只是受了無妄之災而已。」季景初這時出聲說道。

「什麼意思？」慕容遲沒明白季景初話裡的意思。

「歐陽玉璇！」黎博軒腦筋轉得極快，猛然醒悟道。

「川王妃的姪女？難道……」安玉善思索過後也明白了季景初的意思。

雖然上次因為瓦番國大皇子的意思，歐陽三兄妹急匆匆地趕回了北疆，但是與秦王府的婚事並沒有就此作罷，聽趙恆的意思，他爺爺還是有意要和歐陽家結親，對方也是這個意思。

從季景初幾人的話中，安玉善曾瞭解一些北疆歐陽家的事情。當初瓦番國大皇子耍渾要娶歐陽玉璇，事後安玉善想了想，他應多少也是看到了歐陽玉璇背後強大的家族力量。

「難道一樁聯姻真的會改變什麼嗎？這些人也把歐陽家的人都想得太簡單了。」慕容遲嗤笑一聲，他也想通了其中的關鍵。

「正是因為歐陽家的人都不簡單，所以才引起那麼多人關注。歐陽家在北疆多年，那裡早已經是旁人無法插足的所在，莫說別人，就是當今咱們這位帝君也對此甚是憂慮，歐陽家的脈搏現在可沒人能診得準。」黎博軒頗有涵義地道。

「難不成歐陽元帥還準備造反不成？我爹說過，那人可是個錚錚鐵漢，疆場上的大英雄，歐陽家堅守北疆多年，要是有異心，也不會等到現在了。」慕容遲對於北疆歐陽家還是挺有好感的，他從小聽他爹講得最多的就是歐陽家精忠為國的事情。

「話也不能這樣說，畫虎畫皮難畫骨，知人知面不知心，歐陽家現在到底是一個什麼樣的情況，外人可不清楚。」黎博軒將安玉若常掛在嘴邊的話拿來借用。

「你們讀書人就是心眼多，整天不是懷疑這個就是懷疑那個，一個個都快成陰謀家了。」慕容遲撇撇嘴道。

「慕容公子，做人還是心眼多點為好，要都是你這樣的，估計慕容山莊早就被人搬空了。」黎博軒微微一笑說道。

「黎博軒，你什麼意思，你是說我心眼不夠多，那不是說我傻嗎，本少爺可聰明得很！」慕容遲立即反駁道。

「好了，你們別吵了，現在該要想想怎麼把秦老王爺和游將軍他們從這件事情中拉出來，總不能明知是壞人的陰謀還讓他們深陷其中吧！」安玉善看向鬥嘴的兩人說道。

「郡主，妳一向聰明伶俐，那妳想個好主意吧！」慕容遲提議道。

「我現在能有什麼好主意？就算有，一切還是要皇上說了算，也要那些御史肯放過秦老王爺和游將軍。」安玉善輕嘆道。

「小妹，聽妳這意思，妳真的有主意？」黎博軒笑著看向她。

這時，季景初和慕容遲也都轉向她。

「倒也不是什麼好主意，不管怎麼說，秦老王爺和游將軍是錯手把人打死了，依照律法國情來說，他們的確有錯，但罪不致死，只是因為背後有人故意煽風點火，所以事情才發生到如今這一步。」安玉善想了一下又道：「我聽說西南之地有悍匪作亂，那裡的百姓深受其害，朝廷雖曾派人去剿匪，但都沒有成功，如果皇上能讓秦老王爺和游將軍戴罪立功，說不定能堵住天下人之口。」

「可老王爺和游將軍兩個人加起來都一百多歲了，雖說老王爺現在身子骨也硬朗，但西南多山，又都是煙瘴之地，那裡的悍匪就是精兵強將過去也不一定能成功剿滅，更別說是兩個老人家了。」慕容遲雖覺得安玉善的提議很好，但去西南那個地方剿匪可不是一件容易的事。

「我倒是覺得這個主意不錯，越是難辦的事情交給他們去辦，才能顯示皇上沒有故意偏袒，也才能令天下人信服。如若兩位老將為西南百姓除去禍害，那麼錯手殺死孫寶這事就能將功補過，無論朝臣還是百姓，到時候都不會再說什麼。」黎博軒笑著說道。

「可萬一要是失敗呢？」慕容遲反問道。

「他們不會失敗。」季景初用一種十分篤定的語氣說道：「我相信老王爺和游將軍依舊是沙場上令人聞風喪膽的悍將。」

安玉善也贊同地點點頭。無論是當初秦老王爺殺葛輝，還是後來與瓦番國使者的對峙，都讓她感覺到這位老當益壯的主帥身上依舊有著不滅的「戰魂」，而游將軍亦是如此。

次日早朝，當有御史繼續請奏處置秦老王爺和游將軍時，皇上臉色微怒，直接就宣布要讓秦老王爺和游將軍戴罪立功，領兵去西南剿匪，剿滅悍匪之日就是他們再次回京之時。

皇上的這個決定讓文武百官都覺得很意外，有些人稱讚皇上英明，也有些人為秦老王爺和游將軍擔憂，認為兩人年紀太大，既不適合長途奔波，也不適合與悍匪作戰。

當然，還有些人認為皇上太仁慈，應該直接定二人的罪。對於這種人，皇上二話不說，直接怒斥著讓他們去領兵剿匪。

結果滿朝文武沒了聲音。誰都知道西南之地不是個好去處，御史言官是文人，自然沒那個體力和能力，武將們大多對秦老王爺和游將軍心存敬重，請求協助的多，反對的少。

最後，皇上當著百官的面寫了一道聖旨，讓人到天牢裡宣旨，命秦老王爺和游將軍兩日後集合兵馬前往西南之地。

趙恆和安玉善得到消息就一起等在了外頭，同來的還有秦老王爺身邊的幾個侍衛和游府的人。

「玉善姊姊，爺爺他怎麼還不出來？」趙恆心急如焚。

剛知道皇上要派秦老王爺去西南剿匪的時候，他一顆心就沈到了谷底，想著自家爺爺年邁還要領兵打仗，他就恨自己無能。

「別著急，宣旨太監進去好一會兒了，應該很快就出來。」安玉善安撫道。

站在不遠處的游夫人也是焦急非常。她的兩個兒子一直陪在她身邊，一想到自家老爺要去西南那種地方，她也是憂心不已。

「我聽說那西南之地陰冷潮濕，你爹這些年身體也不好，這可怎麼辦呀？」游夫人說著眼淚就要掉下來了。

「娘，您別擔心，等把爹接出來之後，我就進宮去求皇上，讓皇上准許我陪爹一起去西南！」游夫人的大兒子說道。

「娘，我也去！」游夫人的另一個兒子也說道。

「哈哈哈，痛快、痛快！」就在這時，兩道同樣偉岸的身影從天牢裡大笑著走了出來。

「爺爺！」

「老爺！」

「爹！」

秦老王爺和游將軍一走出來就被各自的家人圍住，安玉善也笑笑地站在一旁。

「爺爺，這次您去西南，我也要跟著！」趙恆下定決心了，他要陪著秦老王爺一起去西南。

「你在京城好好學你的醫術，跟著我湊什麼熱鬧？這次去西南，終於又能耍耍我的寶刀了！」秦老王爺笑著說道。

「老王爺說得是，皇上這道聖旨下得太好了，這段時間待在京城，我這身上都要閒得長毛了，西南那些山匪就等著本將把他們殺得落花流水吧！」游將軍看起來比秦老王爺還激動。

「老爺，這西南之行苦得很，那邊的悍匪可不好對付，您怎麼……」游夫人無奈一嘆。

「夫人莫要擔心，一般人可是傷不到妳家老爺我的，別管什麼悍匪，他們無惡不作、殘害百姓，就憑這一點，我就不能讓他們活在這世上！」游將軍信心十足地道。

「說得不錯，武將不上陣殺敵還叫什麼武將？老夫還以為這輩子沒機會再出兵了，沒想到因禍得福，又能大戰一場，只希望那些山匪不要那麼不堪一擊，否則就讓老夫太失望了！」秦老王爺哈哈大笑道，彷彿此刻已經手拿寶刀、身穿戰甲，傲然屹立在敵人面前。

「老王爺，您可一定要帶著小的們！」秦王府的侍衛們皆眼睛發亮，躍躍欲試，彷彿體內的戰鬥因子已經被激發出來。

「帶著，都帶著！這次也要好好讓你們活動筋骨，這幾年光守著王府的大門和我這個老頭子，你們也快廢了！」秦老王爺豪氣地道。

「小的們多謝老王爺成全！」侍衛們大聲應道。

回府的路上，秦老王爺開始和那些侍衛討論該帶誰去西南，還有去哪裡挑選兵將，趙恆連插句話的機會都沒有，只好湊到了安玉善身邊。

「玉善姊姊，我怎麼覺得皇上這道聖旨在爺爺看來根本不是什麼懲罰，倒成了獎賞似的。」趙恆苦著一張臉道。

「或許你說得沒錯，對於久未上場殺敵的老王爺來說，這次去西南剿匪反而讓他有種重返沙場的感覺。你沒看出來嗎？與將士們在一起，比做一個閒散逍遙的王爺更能讓老王爺開心激動，整個人彷彿都年輕了許多。」安玉善笑著說道。

「怎麼會這樣呢？我不懂……」趙恆有些茫然地說道。

「等到以後你就會懂了。」安玉善沒多做解釋。

很快的，秦老王爺和游將軍被皇帝一道聖旨派去西南剿匪的消息，就在京城的大街小巷傳開了，而這次百姓們議論的方向也開始發生了變化。

當然，背後自然是有季景初、慕容遲等人故意為之，但就像人們習慣同情弱者，這次在百姓眼中，年邁的兩位老將要去西南那種地方剿匪，又顯得皇帝有些「不近人情」了。

在穀雨來臨之前，安玉善又新出了一本關於種植藥草的圖文書冊，沒想到新書一上市，依舊被搶購一空，不只藥農，就是尋常百姓家也對種植藥草產生了興趣。

京城裡，隨著秦老王爺和游將軍出京去西南，沸沸揚揚的孫寶事件終於慢慢平息下來。

過了幾天，安平侯心急火燎地快馬來找安玉善，安玉善立刻提著藥箱跟著安平侯去了安平侯府。

一到侯府，安玉善就被請進後宅。她剛才從安平侯口中大概瞭解到病人的情況，原來是安平侯府懷孕七個月的世子夫人出了問題。

一聽說安玉善來了，安平侯夫人趕緊迎了出來。安玉善對她來說有大恩，她的姪子呂平的啞疾便是安玉善在幼年時治好的，而且她兄弟呂進還是安玉善表哥的師父，這些年在京城，她與尹雲娘也成為了好友，兩家關係很是親近。

兩個人一見面，客套的話沒有多說，只會意地對視一眼，安平侯夫人就拉著她的手去了自家兒媳的院子。

「夫人，我剛剛聽侯爺說，世子夫人之前已經請了太醫和我師兄診病，就連任太醫也來看過，憑著他們的醫術也沒有治好嗎？」初聽安平侯說起這個情況，安玉善心中就升起了疑惑。任太醫和安勿言的醫術雖說和她有些差距，但在大晉朝來說，醫術能比他們高的也不是太多。

安平侯夫人搖搖頭。她膝下只有一子，也就是如今的安平侯世子，後宅是非多，她以平民之女的身分走到誥命夫人這一步，其中艱辛曲折自不必說。

兒媳唐氏是她親自挑選的下一代當家主母，兒子也非常滿意這個妻子，夫妻二人新婚之後頗為和順，只是家家有本難唸的經，侯府有人不安分，現在還在覬覦世子之位，主意自然打到了剛剛懷孕的唐氏身上。

就在前不久，竟然有人暗中使壞，讓懷有身孕的唐氏染上了瘟疫之症。

「瘟疫之症？」安玉善眉頭皺了一下。三州瘟疫剛過去不久，還沒有完全消散，這後宅婦人害人的手段還真是毒辣。

安平侯夫人也不隱瞞，雖說是家醜，但現在唐氏和她肚子裡的孩子才是最重要的。

「沒錯，當時我這兒媳一出現不舒服，我就趕緊讓人拿了侯爺的牌子去請太醫，那位太醫來了之後望聞問切一番，就說是受寒導致的風寒，還拿了發汗的藥物，可我兒媳不但沒有好轉，反而病情加重，於是我又趕緊去請了任太醫。」任太醫因早些年和安平侯有些交情，所以安平侯夫人請得動他老人家。

「任太醫診完脈後說，我這兒媳並不是得了寒症，而是得了熱症，有些肝火旺盛，於是重新拿了藥，可結果和上次一樣，這病不但沒好，反而更嚴重了。任太醫一看這個結果，又趕緊拉來妳的師兄安大夫，可診斷出來的結果也是一樣，開出的藥方也和任太醫沒什麼不同，現在他們都在府中呢！」

「那現在病人情況怎麼樣？」沒想到問題竟然這樣棘手，任太醫和安勿言都搞不定。

「非常糟糕，說是孩子在肚子裡動得厲害，我那兒媳……唉！」安平侯夫人有些不忍說下去。

「那快走吧！」聽到安平侯夫人這麼說，安玉善也想快點見到病人。

第八十六章　前往戰場

任太醫和安勿言此刻都在唐氏院中的偏房內鑽研她的怪病，二人自信沒有診錯病，明明是對症下藥，可就不知道為什麼病人不但沒有好轉，反而更嚴重？

由於唐氏現在是孕婦，而且她執意要保住腹中胎兒，因此一些過於猛烈的藥他們也不敢輕易使用，可照這樣下去，大人和孩子可能都保不住。

好在安玉善來了，她這個女神醫說不定能解決這個難題，畢竟在對付疑難雜症方面，目前大晉朝還無人能比得上她。

三人見面之後，一起去了唐氏的臥房，而一看到床上躺著的病人，安玉善便吃了一驚。

她不知道唐氏原本的容貌如何，想來安平侯夫人不會為自己的兒子選一個醜媳婦，可現在的唐氏實在稱不上有多好看，甚至有些嚇人。

只見唐氏挺著七個月大的肚子，虛弱無力地半躺在床上，臉上滿是煩躁不安。安玉善先給她診了脈，又讓她伸出舌頭，發現她的舌苔已經泛黃。

一般來說，無病之人的舌苔該是薄白苔，如果患了熱症，舌苔就會微微泛黃，可唐氏的舌苔已經是正黃色，不僅如此，她的舌苔還有一半已經潰爛，這樣的情況非常危險。

更讓安玉善吃驚的是，唐氏的眼睛已經嚴重地突出來，脈象洪數兼浮。

「師妹，如何？」安勿言急問道。

「這是邪熱內盛，氣血兩燔之症。」安玉善說出了自己的判斷，同時也鬆了一口氣，這病並不難治。

任太醫和安勿言一聽，眉頭皺得更緊了。安玉善的診斷結果和他們的並無不同，都判定唐氏是得了熱症，可唐氏吃了藥為什麼不見好呢？

「既然是熱症，那用蘆薈、龍膽草這些苦寒藥物為何沒有見效，反而加重了病人的病情呢？」任太醫不解地問道。

安玉善走到一旁的桌子前坐下，一邊寫著藥方，一邊對任太醫和安勿言解釋道：「像世子夫人這種邪熱在人體內的情況，有時還真不能用大苦大寒之物，因為這樣的藥物都燥，會更加損傷津液，而且會造成更嚴重的後果，那就是冰伏邪熱。」

任太醫和安勿言都聽得十分認真，就連等在一旁的安平侯和安平侯夫人也凝耳細聽。

「怎麼會這樣？」安勿言覺得自己不知道的事物似乎又變多了，看來以後要更加努力鑽研醫術才行。

「其實道理很簡單，比如有人需要一些解毒藥物來治病，像大青葉、魚腥草這樣的草藥，要想有效用，在量方面自然有要求，可這類寒涼藥物導致病人高熱纏綿不退，病情反而加重，這都是冰伏了邪氣。遇到這種情況，就要用一些清透的藥材，使病人體內的邪熱散去，這樣才有利於病人身體的恢復。」

說完，安玉善的藥方也寫好了，任太醫和安勿言都拿在手中先看了一眼，只見藥方上頭寫著：炙甘草四錢、生石膏四兩、犀角六錢、知母一兩、麥冬五錢、細生地六錢。

「師妹，這生石膏是否太多了？她可是個孕婦……」安勿言心中有疑問，直接就問了出來。

安玉善微微一笑，說道：「生石膏具有透熱的功能，可以大劑量的使用，不過對於一些體虛的病人，就一定要配合其他藥物才可以。這道藥方中的知母便可以輔助生石膏，它可是有清肺熱的功效。」

「那這犀角又有何用？」犀角是一味很珍貴的藥材，在大晉朝很難尋到，不過任太醫聽說仙草莊似乎有。

「我記得有本醫書上曾記載道：『乍入營分，猶可透熱，仍轉氣分而解，如犀角、元參、羚羊等物是也』，如果沒有犀角這味藥，我可以改用別的藥，不過我記得仙草莊似乎有。侯爺，您可以先去問一問，現在仙草莊莊主就在京城。」安玉善說道。

安平侯從任太醫手中拿過藥方，又聽到剛剛安玉善專業的解釋，懸著幾日的心這才放了下來，趕緊派人去仙草莊在京城開的藥鋪裡抓藥。

在安平侯府的人去抓藥時，安玉善又給唐氏針灸。不久後藥就抓來了，等到唐氏喝下藥，她臉上的煩躁之氣減少了些，還驚喜地說肚子裡的孩子也不再躁動。

聽到唐氏這樣說，所有人都吁出一口氣，病人的症狀已經減輕了。

三日後，唐氏的情況又有了變化，她大解小解都有些困難，而且舌苔竟變成黑色，嘴唇也開始乾裂，這又把侯府的人給嚇了一跳，急急忙忙去請了安玉善來。

安玉善看後，卻是面露喜色，笑著解釋說表面上看起來唐氏的病似乎更重，事實上，她的這些症狀正是邪氣要從裡向外散去的表現，這時候只要用瀉下法即可。

但因為唐氏是個孕婦，安平侯夫人擔心會傷害到她腹中胎兒。眾所周知，瀉下法可能會導致孕婦流產。

安玉善卻胸有成竹地說道：「有故無殞，亦無殞也。」並重新開了藥方，讓人給唐氏熬了兩碗，分兩次服用，瀉去體內污物之後，新開的藥就要立即停用。

沒想到兩服藥下去之後，唐氏不但身體發熱的情況消失，脈搏平復下來，就是往外突出、嚇人的雙目也慢慢恢復正常。

之後，隨著唐氏情況好轉，安玉善又重新給她開了新藥方，直到她完全恢復為止。

安玉善給唐氏治病的藥方很快地傳了出去，對於安玉善的神奇醫術，已經沒有人再質疑，現在更多的人是希望能從她的身上學到更有用的醫術，以至於皇家醫學院還沒有開始招生，就已經有各地愛好醫學之人紛紛詢問。

面對大晉朝越來越熱的學醫潮，安玉善是欣慰的，但同時也覺得自己身上的擔子越來越重。

雖說唐氏的病看起來怪異難治癒，事實上都是很簡單的病痛，可就是這樣簡單的病也讓任太醫和安勿言這樣的高手陷入困境。歸根究柢，還是這個時代的醫學知識過於匱乏，單靠臨床經驗的積累，恐怕再過幾十年甚至上百年才能邁出幾小步。

於是，安玉善再一次把自己關在書房。她必須要把腦子裡那些牢記的醫書先寫下來，然後交由書鋪印刷；還有醫學院將要使用的教材也要重新調整，她覺得自己的時間實在不夠用。

就在這時，北疆突然不穩，瓦番國和東竹國竟然聯手集結了五十萬大軍，要在大晉朝的北疆撕開一道口子，分而食之。

突來的戰爭讓大晉朝的百姓變得不安，京城時時瀰漫著一股緊張的氛圍，安玉善也無法再安心待在房間裡，因為永平帝剛剛下旨，要讓季景初帶兵去北疆。

「怎麼好好的就要打仗呢？」尹雲娘還想著趕緊把她和季景初的婚事辦了，可季景初這一走，成婚的日子勢必又要延後。

「我看那瓦番國就沒什麼好人，回頭我讓人多釀一些藥酒讓夫君一起帶著到北疆，絕對不能讓那些壞人得逞！」已經懷有身孕的安玉若氣憤地說道。

當初瓦番國大皇子調戲歐陽玉璇以及二皇子糾纏她的事情，讓她氣惱了很久，她對瓦番國的人可沒有一點好印象，最重要的是這次出征，黎博軒也會跟著季景初一起去。

「怎麼，三姑爺也要去？」尹雲娘吃了一驚。原本季景初這個未來姑爺要去戰場她就擔心不已，沒想到黎博軒也要去。

「娘，不只三妹夫要去，我家那個也要跟著去！」就在尹雲娘和安玉若在房中說話時，安玉冉挺著大肚子，氣呼呼地走了進來。

「二姊，二姊夫惹妳生氣了？」安玉若問道。

「他沒有惹我生氣，是我生自己的氣，要是我肚子裡沒揣著一個孩子就好了，這次去北疆我也可以跟著。」安玉冉有些失落地道。

尹雲娘一聽，又急又怒。「妳都懷孕了還不安分，別以為二姑爺寵著妳就能無法無天，妳給我老老實實地在家裡養胎！還有，妳剛才說什麼？二姑爺也要去？」

尹雲娘有些頭疼。出征打仗又不是什麼好事，她家裡這幾個姑爺是怎麼回事？

「嗯，我也是剛才知道的，他在軍中竟然還有職位，這一次瓦番國和東竹國有五十萬大軍呢，現在新皇剛剛登基，妳家二姑爺說，這一仗咱們不能輸，他要去盡一份力。雖然我不知道他打仗行不行，但他武功還是不錯的。」安玉冉對姜鵬看起來信心十足。

「二姊，妳就真的一點都不擔心二姊夫？」安玉若覺得安玉冉有時候看起來挺沒心沒肺的，她沒從她臉上看出什麼擔憂來，反而是一臉無所謂的態度。

「這有什麼可擔心的，他命硬著呢，死不了！」擔心自然是有的，只不過安玉冉不善於這類情感表達罷了，她習慣用拳頭表達憤怒，但其他情緒她還真不知道如何展現，索性裝作無所謂的樣子。

「呸呸呸，妳這死丫頭說的什麼胡話，二姑爺、三姑爺還有四姑爺他們一定會平安歸來！」尹雲娘狠狠地瞪了安玉冉一眼。要不是她懷著身孕，自己肯定拿掃把敲她。

「娘妳不也說了『死』字？還有，我現在可是孕婦！」安玉冉指指自己的肚子，笑著看向被自己說愣的尹雲娘。

「我……」被女兒如此搶白，尹雲娘尷尬地不知說些什麼。她有時真會被自己這個二女兒氣得不知道東南西北。

「娘和兩位姊姊說得好熱鬧！」這時，安玉善走了進來，成功地替尹雲娘解了圍。

子，疑惑問道。

「玉善，妳手裡拿的是什麼？」尹雲娘見安玉善雙手各提了一個四四方方的小紅木箱

「這是送給二姊和三姊的禮物。」安玉善將小紅木箱子分別遞給了安玉冉和安玉若。

「禮物？」

安玉冉和安玉若詫異地互看一眼，接過箱子打開，箱子裡放了兩排大小不一的小瓷瓶，每個小瓷瓶上都貼著字條，上面有的寫著「止血散」，有的寫著「解毒丸」等等。

兩人瞬間明白安玉善送她們這份禮物的意義。這些藥粉、藥丸在戰場上非常實用，刀劍無眼，誰也無法預知會發生什麼事情。

當然，像這樣的小紅木箱子，安玉善準備的不止兩份，凡是這次要上戰場的熟人都人手一份。

不僅如此，安齊全、安齊志和安齊傑三兄弟，包括阿虎和安小遠幾人都主動請纓要去北疆，安玉善阻攔規勸不了，只得抓緊時間教他們一些戰場上的急救知識。

這幾天，她和季景初一個忙著教人戰場醫術，一個忙著點兵召將，分身乏術，眼看季景初帶領的大軍明日就要出發去北疆，而安玉善和他卻連一面也沒見到。

這天，兩個人好不容易擠出時間見了一面。

「大軍明日出發，該準備的藥物我都已經委託仙草莊送往北疆，明日張茂會隨同齊傑哥他們一起去。」離別在即，似是有很多話梗在口中，一時又不知說些什麼，安玉善只得揀一些兩人都知道的事情說。

季景初微微一笑，點點頭。他與安玉善之間，其實不必過多語言上的交流就能明白彼此的心意，這種心靈相通般的默契是從他們最初相識時就有的。

他們之間的感情沒有多少曲折離奇，也並非多麼波瀾壯闊，甚至很少爭吵誤會，好像山澗清泉般日夜流淌，但卻最能滋潤彼此心田。

「等我回來後，我們就成婚吧！」季景初站了起來。這一次出征非比尋常，他還要進宮再去見永平帝一面。

「好！」安玉善溫柔笑著。兩人的婚事已經拖了好幾次，她越來越渴望早點和季景初有個屬於他們的家。

將要轉身的時候，季景初不知為何又停下腳步，一臉期待地看向安玉善。「明天一大早我就要走了，妳……還有什麼想說的嗎？」

其實兩人都是內斂的人，即便心中有熱烈的情感，越到濃時反而表現得愈加冷靜。

安玉善一邊輕輕搖頭，一邊微笑著朝季景初走去。而他心中似是了然她要做什麼，緩緩張開了雙臂，接著安玉善就依偎在他懷中。

雖然只是一個看似平淡無奇的擁抱，但當兩顆心緊貼在一起時，他們能夠真切地感受到彼此心口「怦怦怦」的跳動之聲，那裡面藏著太多無法宣之於口的眷戀、牽掛與不捨。

大軍出征的那一刻，安玉善沒有前去送行，因為她被拉去給一位病人動手術。等她費盡千辛萬苦保住那位急症病人的命時，大軍已經在幾十里開外，她只能站在城樓遙望遠方，祝福他們能大勝歸來。

接下來的日子，安玉善過得越加忙碌，她幾乎足不出戶地將自己關在書房中默寫那些經典醫書，再交由書鋪印刷出來；而醫學院也在安氏族人的幫助下，按照她的構想與計畫一步步完建。

最終，三國之戰還是在北疆打響了，只不過這場戰爭從一開始就顯得有些詭譎。

瓦番國、東竹國的五十萬大軍，和季景初與重整北疆軍務後的歐陽家集結的五十萬大軍，全都深陷在一場迷霧中走不出來。

沒人知道深陷迷霧中的三國將士究竟經歷了什麼，迷霧之外的人根本聽不到任何喊殺之聲，而外頭的人一旦進入迷霧中就很難走出來，很明顯這是陣法在作怪。

只不過勝負一時難以分曉，兩邊都有善於運用陣法的高手在。

安玉善得知這個情況之後，已經是在戰爭開始的半個月後，而且她還知道大晉朝這邊的陣法高手竟然是神相大人，他老人家不辭辛苦去了北疆戰場，只為盡一份力。

雖然擔憂，不過她相信大家的實力，一定會凱旋歸來……

第八十七章 大結局

初秋的蕭瑟帶來一絲寒涼，雖然北疆戰事令人掛心，但京城繁華熱鬧依舊，皇宮內院也因為皇后娘娘即將臨盆而喜氣洋洋，又夾雜著一些緊張。

這天晚上，安玉善被永平帝急召進宮，蘇瑾兒準備要生了。

宮中早有接生嬤嬤候在一旁，安玉善之前也特意為蘇瑾兒準備了一間產房，所需用品也都交代清楚，只不過蘇瑾兒肚子裡是雙胞胎，雖然身體調養得好，但生孩子時還是比尋常孕婦困難些。

產房裡傳出一陣又一陣的嘶喊，永平帝想進去，卻被陳其人攔住。

「皇上別著急，有師妹在，皇后娘娘不會有事的。」

「這都兩個時辰了，天都要亮了！」永平帝雙手一下握拳，一下鬆開，顯得焦躁不安。

就在這時，產房裡傳出一聲嘹亮的嬰兒啼哭，很快就有人推門出來報喜。

「皇上大喜，娘娘生了位小皇子！」

緊接著又有一聲響亮的啼哭聲，這次報喜之人滿臉笑容地說道：「皇上大喜，娘娘又生了位公主！」

「恭喜皇上，賀喜皇上，喜得龍鳳！」陳其人笑著說道。

「好、好，賞、都賞！哈哈哈！」永平帝暢快大笑道。

一個時辰後，當安玉善和醫女們剛將有些虛弱的蘇瑾兒安置好，永平帝已經抱著他的一兒一女快步走到蘇瑾兒面前，然後將兩個孩子放在她身邊。

「瑾兒，這是我們的孩子。」永平帝臉上露出寵溺和溫柔的笑意。

蘇瑾兒在產房已經見過兩個孩子，此刻再見，心中母愛氾濫，眼淚更是忍不住。

「別哭，對眼睛不好。」安玉善低聲說了一句，不忍打擾帝后，打算退出去。

這時有太監急匆匆跑來稟告，說是西南八百里加急奏摺。

永平帝拆開一看，龍顏大悅，秦老將軍和游將軍不但將西南悍匪一網打盡，還重新整頓了西南軍務，更將意圖擾亂西南安寧的亂臣賊子也全部斬殺殆盡，如今的西南是一片清明。

沒等永平帝放下西南報喜的奏摺，北疆大捷的消息也快馬傳到了宮中。

安玉善也因此早一步得知，在北疆的三國之戰，突然發生了詭異的逆轉，原本瓦番國與東竹國聯手要對付大晉朝，可待迷霧散去之後，竟然變成了東竹國與大晉朝聯手，將瓦番國的二十萬大軍誅殺殆盡。

一個月後，季景初班師回朝，北疆所有軍務依舊由歐陽家掌管，與此同時，秦老將軍和游將軍也從西南凱旋而歸，之前的罪責自然一筆勾銷，永平帝還對兩家多有嘉賞。

後來，安玉善才從季景初口裡得知，這場戰爭是東竹國國主與瓦番國國主之前就密謀好的，兩人打算事成之後瓜分大晉朝的國土。

豈料東竹國內發生劇變，短短時日就江山易主，而東竹新帝初登帝位，最不想面對的就是內憂外患，因此他坐上龍椅後做的第一件事就是和大晉朝示好，承諾百年之內絕不主動挑起戰爭，願結兩國永久之好。

永平帝也不是一位好戰的君主，兩國的和平正是他求之不得的，況且大晉朝與東竹國歷來都是關係不錯的友鄰。

瓦番國大敗之後，瓦番國國主迫於東竹國和大晉朝的勢力，不得不寫下降書，並承諾每年都會給兩國奉上牛羊馬匹和金銀珠寶。

北疆大捷，舉國歡慶，又加上臨近過年，整個大晉朝都是一片歡欣。

臘月初六，安玉善心心念念的醫學院終於完工，為了慶賀，她特意舉辦了一次別開生面的自助火鍋宴，地點就在醫學院的大廣場。

這天，雖然溫度有點低，但陽光看起來很溫暖，偌大的醫學院廣場上擺滿了幾十張桌子，中間挖空，桌子下放著炭火，桌子上擺著鴛鴦火鍋，騰騰地冒著熱氣。

每張桌子前都圍滿了人，火鍋裡的大筷子和大鐵勺被人輪番搶著使用。

「我還是頭一次這樣吃火鍋，真熱鬧！」慕容遲的母親純妍郡主坐在蘇瑾兒的一側，笑著說道。

「我也是。」坐在純妍郡主另一側的長公主也是笑臉盈盈。

「看來大家都是！」已為人母的蘇瑾兒看起來容光煥發，她的身體是越來越好了。「對了，義母，玉善和景初的婚事到底準備什麼時候辦呀？」

蘇瑾兒這一問，大家都把目光轉向了坐在長公主身側的尹雲娘。現在安玉善和季景初都是大晉朝的大紅人，一個是女神醫郡主，一個是戰神大將軍，而兩個人的婚事也拖了又拖，好多人都關注著呢！

尹雲娘一笑，說道：「族裡的神相大人重新算了日子，說是明年正月十六是個諸事皆宜、大吉大利的好日子，幾十年也碰不到這樣一個婚姻和順的好時機，他們的婚事就定在這天。」

「真的？」純妍郡主雙眼發亮。安氏一族的神相大人她也是知曉的，那可是神仙般的人物，他算出來的日子定是不會錯的。「既然是這樣好的日子，那就把我家那臭小子和簡兒的婚事也訂在那天吧！」

「既然是好日子，不如我家瑤兒也在那天出嫁好了！」長公主微微一笑說道。

「長姐，季瑤同意嫁給陳院首了？」蘇瑾兒有些吃驚地看向了長公主。之前眾人一直極力撮合季瑤和陳其人，但季瑤顧忌太多，一直拒絕陳其人，也不知長公主是怎麼說動她的？

「能遇到一個對她好的男子，怎麼會不同意？她不同意，我這個當娘的可不答應！」自己的大女兒這些年受盡苦楚，如今有一個男人願意全心全意愛她，自己這個當娘的自然不願她因為世俗的一些看法將到手的幸福往外推。

「這樣好的日子的確不能錯過，看來我要趕緊給我家兄長寫封信，璇姐兒與秦王府的婚事也訂在那日最好了！」川王妃也跟著湊趣道。

「既然這樣，還不如辦個集體婚禮。」安玉善就坐在蘇瑾兒她們隔壁桌，和唐素素、黎悅等人坐在一起，剛才蘇瑾兒這桌說的話，她們全都聽到了。

「集體婚禮？」

「是呀！」安玉善並沒有女兒家談論婚事時的羞澀，反而眼中都是濃濃的興味。「既然正月十六是千載難逢的好日子，大家都想在這天娶媳嫁女，與其吃完東家飯再趕去西家場，不如大家一起熱熱鬧鬧地參加集體婚禮，在一起吃喜宴好了，還省時、省力、省錢！」

「我看這個主意不錯，到時候就在宮中辦這場集體婚禮，也讓我和皇上沾沾你們的喜氣！」蘇瑾兒也來了濃厚的興致。

「我看行！」純妍郡主和長公主都點點頭。光是能在宮中辦婚禮這點，就足夠讓新人感到榮耀了。

「說什麼呢，這樣熱鬧？」這時，永平帝由季景初、邵華澤、黎博軒、慕容遲幾人陪著來到了蘇瑾兒等人跟前，笑著問道。

蘇瑾兒將集體婚禮的提議告訴了永平帝，永平帝滿臉笑容地答應下來，還問都有哪幾對要在那天成婚？

「皇上，我和簡兒算一對！」慕容遲搶先說道，樂得嘴巴都開了花。他可沒想到這麼早就能娶簡兒進門。

坐在安玉善身邊的簡兒見慕容遲急不可耐的樣子，羞得臉都要埋在桌子底下了，純妍郡主只是嗔笑著看了自家兒子一眼。

「玉善和景初一對，趙恆和歐陽玉璇一對，季瑤和陳院首一對，一共是四對新人！」蘇瑾兒故意掰著手指算，笑著說道。

安玉善緊接著又說道：「皇后娘娘，還有兩對呢！」

「還有兩對？哪兩對？」眾人詫異地看向她。

「大爺爺說，我齊傑哥和素素姊的婚事也訂在正月十六！」安玉善有意瞥了唐素素一眼，後者聽她這麼說，和簡兒一樣羞得抬不起頭來。

「那還有一對呢？」

「這最後一對……」安玉善並沒有明說，而是故意看了看身旁的黎悅，又瞅了瞅站在季景初身邊的邵華澤，意思不言而喻。

「不會吧！」慕容遲張大眼睛看向邵華澤。「你們什麼時候看上眼的？」

慕容遲的疑問也是在場很多人心中的疑惑。自從錦韻侯府因簡兒歸來而查清原來那位嫡長女是李代桃僵的庶女後，邵華澤與錦韻侯府的婚約就作廢了，重新恢復單身的他自然讓不少名門閨秀都起了別樣心思，但玲瓏公主這次選媳更為謹慎，晉國公府也一直沒有任何消息傳出。

聽了慕容遲的話，黎悅成了安玉善這桌第三個羞得不想抬頭的人，而邵華澤則是一臉淡然笑意。

「澤兒，你與黎姑娘真的……」玲瓏公主剛才聽尹雲娘說正月十六是個婚嫁的好日子，心裡是羨慕、遺憾又酸澀，她還以為兒子會繼續固執下去，只要他肯成親，就是門第低一些的閨秀也沒關係，卻沒想到是崇國公府的嫡小姐，那可是真正的書香世家呀！

「娘，原本孩兒想等宴會結束後就告訴您，再去崇國公府求親，沒想到靈伊郡主嘴太快了，還請娘別生氣。」邵華澤似是不滿地看了安玉善一眼，又有些歉然地看向黎悅。

安玉善也不介意。從邵華澤此時的眼神中，她可以看出有些事情他是真的放下了，而且他的心中也開始有了真正在乎的人。

「是你動作太慢了。」季景初可見不得自己喜歡的女人受委屈，還被人埋怨。

「我生什麼氣？我高興還來不及了，這個兒媳婦我可是滿意得很，待會兒娘就回去準備聘禮！」玲瓏公主高興地說道。

也不知火鍋宴上眾人的這番話怎麼就傳了出去，以至於到了正月十六這天，大晉朝出現了前所未有的婚嫁潮，好多人家都趕在這天娶媳婦、嫁女兒，許多地方都出現花轎擁堵的場面。

這其中最壯觀、最引人注目也最熱鬧的，自然就數皇宮裡舉辦的六對新人的集體婚禮。百姓們聽說，這場集體婚禮的六位新娘穿的全都是皇后娘娘賞賜的鳳冠霞帔。

百姓們還聽說，六位新郎官迎娶時要「過五關、斬六將」才能迎娶到自己的新娘子，而新娘子的家人則是想盡辦法為難新郎官，急得其中一位新郎官差點因為娶不到媳婦而掉眼淚。

另外據說，鬧洞房時皇后娘娘想了許多法子考驗六對新人，其中表現最好的就是靈伊郡主和季將軍。

亦傳聞，六位新郎官被皇上和群臣灌得差點走錯洞房鬧笑話，最後全都是被抬著回府的……

六年後

熱鬧繁華的富源街上人來人往，這幾年大晉朝在永平帝的治理之下，百姓們安居樂業，日益繁榮昌盛。

突然，大街拐角胡同竄出了兩個人，一個衣衫普通的少年狂奔在前，一個小捕快緊追在後，兩個人將大半條街弄得雞飛狗跳、人仰馬翻。

就在小捕快一個猛撲將少年壓在身下、臉上揚起得意的笑容時，眾人卻發現那少年渾身抖動，臉上如雨的汗水直淌，身上的肉還直跳，看起來有些詭異。

小捕快也嚇了一跳。蒼天作證，他抓這個小偷時真的沒用太大的力氣啊！

「喂，你……你到底怎麼樣了？」由於小捕快是第一次單獨行動，他被少年的表情嚇著了。

此時，少年抖動得更加厲害，彷彿就要控制不住自己。

「他這是生病了，我來給他診脈看看！」突然，圍觀的人群中擠出一個五、六歲的漂亮小姑娘，手裡還拿著一串紅豔誘人的糖葫蘆。她徑直走到少年和小捕快面前蹲了下來，然後有模有樣地抓起少年的手腕診斷起來。

「大哥哥，你之前是不是喝了麻黃湯？」小大人診完脈，看著少年問道。

痛苦的少年正保持最後一絲理智，他對著小姑娘點了點頭。

小姑娘聽後，展顏一笑。「沒什麼大礙，不過是誤食麻黃湯發汗的緣故，因為這個大哥哥自己的正氣不足，服用藥力強烈的藥會導致身體紊亂，用真武湯便可以化解。」

說完，小姑娘又朝著圍觀的人群外喊道：「娘，我說得對嗎？」

隨著小姑娘的話音落地，眾人就看到一位優雅從容、大腹便便的少婦被一位丰神俊朗的男子扶著走了過來。

「說得沒錯。」只見那美麗少婦看了少年一眼，方笑著對小姑娘說道。

「真的有效？」不知為何，小捕快總覺得眼前的少婦看著有些面熟，接著他恍然記起她是誰，立刻大聲喊了一句。「我記起來了，妳是神醫靈伊郡主，幾年前我在渠州見過妳！」

小捕快祖籍便是渠州，當年三州瘟疫爆發時，他還是個小孩子，就在給安玉善一行人送行的百姓隊伍中。

小捕快這一喊，人群頓時騷動起來，靈伊郡主的神醫之名在大晉朝可是人盡皆知。

「女神醫，求求妳給我老娘看看腿吧！」一個大漢猛地跪在了少婦面前。

「女神醫，求求妳給我兒子治治眼睛吧！」

「女神醫，求求妳給我娘子診診脈吧！」

「女神醫，求求妳……」

片刻之間，安玉善四周就跪滿了尋醫問藥的百姓，她有些無奈地看了自家夫君一眼，又看了一眼明顯想要躍躍欲試給人治病的女兒。

「夫君——」安玉善輕搖了一下季景初的手臂。

「爹——」小姑娘討好地喊道。

「只許一個時辰。」原本冷著臉的季景初寵溺地看了妻女一眼，最後只得無奈妥協。
「多謝夫君！」安玉善笑著說。
自從再次懷孕之後，季景初就不許她出診看病，一心讓她養胎，她閒得都快成廢人了。
「謝謝爹！」嘻嘻，終於可以跟著娘做個名正言順的醫徒了！
於是，街上很快就自動排起了長長一串隊伍，而隊伍的最前頭是一間茶棚，茶棚下臨時擺了一張桌子，桌子上放著一個普通的醫枕，醫枕旁邊是一只紅木藥箱。
桌子後面坐著正在給人診病的安玉善，每當她看完一個病人，季景初就會根據她所說的寫好藥方，把這張藥方遞給女兒，再由女兒將藥方解釋給病人聽。
小姑娘的聲音軟糯又清脆，聽的人心裡甜滋滋的。
原本的一個時辰，變成了兩個時辰，最後直到晚霞映紅了半邊天，黑著一張臉的季景初才一手摟著懷孕的妻子，一手牽著吃糖人的女兒往回家的路上走，三個人的影子被夕陽拉得長長的。
「夫君，我是不是有句話忘記跟你說了？」看著明顯還在生氣的季景初，安玉善假裝一臉迷茫地轉向他說道。
「什麼？」季景初不解地看向她。
安玉善停下腳步，示意季景初靠近自己，然後在他的耳邊輕柔地說了三個字。
季景初先是呆愣，繼而歡喜，最後是滿滿的深情。
「爹，娘和你說了什麼呀？」小姑娘實在太好奇了。

「秘密！」安玉善刮了一下女兒的小鼻子，略有些害羞地說道。

「對，秘密，只有爹和娘才知道的秘密。」季景初也寵愛地刮了一下女兒的鼻頭。

小姑娘俏皮地皺皺鼻子，很是不滿地嘟著嘴。她也好想知道這個秘密呀！

這個秘密究竟是什麼呢？親愛的你，知道嗎？

——全書完

2017年9月出版

情定悍嬌妻

文創風 556～560

她羨慕了兩輩子一世一雙人，
總要尋個良夫讓自己如願才不辜負此生，
可這些打算自遇著了那人之後，
便再也拎不清了，
他，會是老天爺賜給她的良配嗎？

情繫佳人，緣牽兩世／新蟬

重生之後，她寧櫻雖是鄉野來的小姐，
可自莊子回歸寧府這龍潭虎穴，
她也絕非任人隨意拿捏的軟柿子，
這廂反擊惡毒的老太太，
那邊料理心機的堂姊妹，
輕鬆撂倒這些自以為會算計的小人之外，
她還開始走好運，入了貴人的眼而聲勢看漲。
正當日子逐漸混得風生水起，
她機關算盡，偏偏就漏算了會巧遇「故人」。
重逢前世的夫君譚慎衍，
她想來個「一別兩寬，各自歡喜」，
哪曉得這人卻黏上來，還向她表露求娶之意？
不是吧……她這般頑劣不馴的野丫頭，
今生何德何能被他給看上了？

2017年8月出版

小妻嫁到

文創風 551～555

前世，她的魂魄依附著他，
今生，他又出現在她身邊，
這樣的緣分，注定他們要糾纏生生世世。

純粹愛戀 甜蜜暖心／慕童

睜開眼，她已經從一縷幽魂變成一個軟呼呼的小萌娃，
還是個出自大戶人家的千金小姐，集千嬌萬寵於一身。
相較於上輩子的坎坷落魄，上天大概是想補償她吧？
事實證明，她太小看老天爺了……
紀清晨這個女娃，根本就是親爹不疼、後娘不愛的倒楣蛋嘛！
直到她遇見了前世曾與她朝夕相處的裴世澤之後，
她才知道原來自己不是投胎了，而是以不同身分重活了一次。
本想捏捏看他這張年輕許多卻依舊俊俏的臉，觸感好不好，
可他卻突然抓住她嫩白的小手，讓她不小心跌進了他懷裡。
真是天外飛來豔福啊！她雖是娃娃身，卻有著一顆少女心，
面對眼前的美男誘惑，她的心思早就不知歪到哪裡去了……

文創風
568

醫門獨秀 3 完

國家圖書館出版品預行編目資料

醫門獨秀 / 煙雨著. --
初版. -- 臺北市 : 狗屋, 2017.10
冊 ; 公分. --（文創風）
ISBN 978-986-328-781-0（第3冊 : 平裝）. --

857.7 106014529

著作者 煙雨
編輯 王冠之
校對 黃亭蓁 簡郁珊
發行所 狗屋出版社有限公司
地址 台北市104中山區龍江路71巷15號1樓
電話 02-2776-5889～0
發行字號 局版台業字845號
法律顧問 蕭雄淋律師
總經銷 知遠文化事業有限公司
電話 02-2664-8800
初版 2017年10月
國際書碼 ISBN-13 978-986-328-781-0

本著作物由瀟湘書院〈www.xxsy.net〉授權出版

定價250元
狗屋劃撥帳號：19001626
網址：love.doghouse.com.tw E-mail：love@doghouse.com.tw